MEMORY HOUSE

记忆坊文化

吟唱

run away, run away

林莴——著

江苏凤凰文艺出版社
JIANGSU PHOENIX LITERATURE AND
ART PUBLISHING

图书在版编目（CIP）数据

吻合 / 林蒿著 . —— 南京：江苏凤凰文艺出版社，
2023.2
ISBN 978-7-5594-7441-4

Ⅰ . ①吻… Ⅱ . ①林… Ⅲ . ①长篇小说 – 中国 – 当代
Ⅳ . ① I247.5

中国国家版本馆 CIP 数据核字 (2023) 第 000182 号

吻合

林蒿 著

选题策划	北京记忆坊文化
策划编辑	朱 雀
责任编辑	白 涵
营销编辑	杨 迎 刘 洋 史志云
绘图支持	我不害怕啊 Mcvotex
封面设计	小贾设计
版式设计	段文婷
出版发行	江苏凤凰文艺出版社
	南京市中央路 165 号，邮编：210009
网 址	http://www.jswenyi.com
印 刷	环球东方（北京）印务有限公司
开 本	880mm × 1230mm 1/32
印 张	8.5
字 数	290 千字
版 次	2023 年 2 月第 1 版
印 次	2023 年 2 月第 1 次印刷
书 号	ISBN 978 - 7 - 5594 - 7441 - 4
定 价	45.00 元

江苏凤凰文艺版图书凡印刷、装订错误，可向出版社调换，联系电话 025-83280257

目录

Chapter01 直播事故 ······ 001

Chapter02 春日序曲 ······ 018

Chapter03 故地重游 ······ 038

Chapter04 坦白秘密 ······ 055

Chapter05 恋爱警告 ······ 074

Chapter06 月明皎皎 ······ 093

Chapter07 情有独钟 ······ 112

Chapter08 你是礼物 ······ 133

Chapter09 酒的过错 ······ 149

Chapter10 裙下之臣 ······ 166

Chapter11 完美男友 ······ 182

Chapter12 予她欢愉 ······ 195

Chapter13 年少轻狂 ······ 212

Chapter14 静谧无声 ······ 226

Chapter15 浪漫天赋 ······ 239

番 外 一 好好相爱 ······ 253

番 外 二 同学聚会 ······ 259

番 外 三 百依百顺 ······ 264

目录
CONTENTS

包间里灯红酒绿，满屋年轻男女聚集在一起，各色空酒瓶歪歪斜斜，散落一地，红的、白的、啤的。众人谈笑，畅快聊天，尤嘉的歌声反而在这样的氛围中变成了背景音。

她独自坐在点歌台前，唱着《苏州河》，虽不如原唱气息平稳，一字一句却也动情。

今天是高中好友孟晓善的婚礼，她和季莹作为伴娘提前一晚从北城赶回老家安平，忙前忙后，累得上下眼皮直打架。

原本婚礼结束她就想回家睡觉，但晓善为了感谢伴郎、伴娘团，又热情地张罗了派对，她推辞了几个回合，到底拗不过，还是来了。

一曲完毕，略有些微醺的季莹拎着半瓶啤酒凑过来："别唱了，走，过去和我们聊天。"

尤嘉回头看了一眼人群聚集的沙发，除了新郎、新娘还有身边的季莹，其他人她谁也不认识。

她小声嘀咕："都是谁啊？"

"你不用管是谁，你只要留意有没有喜欢的男人就好。"季莹笑着趴在她耳边促狭道，"晓善说，其他伴娘都名花有主了，就剩下咱俩，刚好六位伴郎都单身，她让咱俩好好把握这千载难逢的机会。"

经季莹提醒，尤嘉才发现其他几位伴娘都走得差不多了。

两人正说着，包厢的门突然被人从外面推开，一道光亮倾泻而来，恰好落在点歌台上。

她顺势看去，一个身材挺拔的男人走进来，径直坐到了沙发的另一端，翻开手里的笔记本电脑，专注地投入了工作模式，好似周围的热闹都与他无关。

"啧，叶敬辞还真是可怕，特地回车上拿了电脑办公。"季莹悄悄和她咬耳朵，"其他人你不认识，叶敬辞你应该知道吧？不过……他不太适合谈恋爱，你看他那张脸，一本正经，整个晚上都没笑过，长得帅也没用，太吓人了。"

尤嘉顺势看去，男人侧脸线条俊朗，坐在那里十指翻飞地敲打键盘，鼻梁上的银边眼镜不时滑落，被他用食指轻轻推了上去。

随处可见的淡蓝衬衫被他穿在身上挺括有型，天气渐热，他把袖口挽了两折，露出肌肉紧实的小臂，一看就知道平时一定严格律己，是健身房的常客。

他就像造物主心情好时花费许多心血创就而成的人，举手投足都是常人无法战胜的矜贵。

这样气质绝尘，尤嘉当然对他有所耳闻，在她的高中时代，全校无人不知叶敬辞。

他是重点班的学霸，明明理科成绩遥遥领先，却拒绝了教导主任的建议，义无反顾地选择念文科。

三年间每次考试都是毫无悬念的第一名，其间还有精力参加省内中学生辩论赛，后来被保送至政法大学，念了法学专业。

这样一个人，仅成绩一项就足以令人羡慕，偏偏他家境优渥，长得还好看，导致那时候每个班都有女生给他递情书，连晓善和季萤也没少八卦他。

然而她是一个例外。

家庭原因，她从小早熟，对爱情不抱任何幻想，情窦初开的年纪比较晚，对叶敬辞少了些关注，时隔多年突然在婚礼现场看见他只觉得惊艳，却没能立刻想起他的名字。

她后知后觉反应过来："原来他是叶敬辞啊。"

褪去年少的稚嫩和青涩，他越发内敛沉稳，曾经干净清爽的"初恋脸"不知道引得多少女生怦然心动，如今这张脸经过岁月的洗礼依然散发着无穷无尽的魅力，甚至多了一些成熟男人特有的韵味。

这几年老同学纷纷结婚生子，结婚照里往日高瘦的少年转眼变成了啤酒肚，可是眼前这位叶敬辞同学好像特别受时光的优待，换身校服站在母校门口，依然可以让校内最受欢迎的男生黯然失色。

季萤没说错，除了这张脸不苟言笑，其他堪称完美。

记忆的匣子被打开，好奇心作祟，尤嘉兴致盎然地追问："晓善什么时候和他认识的？没听说啊。"

"不是晓善，是她老公。"季莹说，"她老公和叶敬辞是朋友，她也是最近才知道。听说一开始邀请他来做伴郎，他拒绝了，后来也不知道为什么，又答应了。"

尤嘉好奇心起："他现在怎么样？是不是特厉害？"

"那还用说。"季莹消息灵通，什么都知道，"人家本科司法考试全系最高分，直接保送研究生，毕业后国考、京考都过了，却放弃了法院的面试，选择了律所，北城顶级的律所，能解决户口的那种。"

嚯，一句话听得尤嘉倒吸一口凉气。

不愧是学霸，轻松掌控人生主动权，不像他们这些普通人，只有被生活蹂躏的份儿。

"你们俩在这里嘀嘀咕咕说什么呢？"晓善突然出现在两人背后，一手拉住一个，"别说悄悄话了，过来和我们玩阿瓦隆。"

只要不喝酒，不用和不相熟的人尬聊，尤嘉就回到了自己的主场。玩游戏她最擅长，几局下来回回都是赢家，不过不管他们玩得多热闹，沙发另一端的叶敬辞都无心参与。

聚会结束的时候已经夜里十点多，大家吵吵嚷嚷散了局，各自回家。KTV门前喧嚣热闹的街道，随着大家陆续离开渐渐归于安静。

叶敬辞拟好合同，点击发送，待邮件发出后他才走出包厢，和新婚夫妇告别。

孟晓善的老公喝多了，歪靠在大厅墙边哼哼唧唧地唱《小跳蛙》。她尴尬地和叶敬辞握手道谢："听我老公说你工作特别忙，谢谢你百忙之中来参加我们的婚礼。你不知道，我以前上学的时候特爱打探你的八卦，没想到你和我老公……"

"你喝酒了吧？"叶敬辞瞥了一眼傻瓜好友，单刀直入问重点，"你们怎么回去？"

"哦，我们叫了车。"晓善看见叶敬辞手里拿着车钥匙，忙摆手说，"你快回去吧，车马上到。"

叶敬辞面无表情地说："也好，你老公喝多了就吐，我前天刚洗的车。"

孟晓善无言以对。

叶敬辞低头看了一眼腕表："一会儿回去我还要准备明天开庭的资料，先走了。"

说完头也不回，提步走出了旋转门。

晓善无奈地看向他冷酷决绝的背影，再回头看烂醉如泥的老公，气不打一处来，狠狠地掐了他一把："你这是什么朋友啊，也太直男了吧，难怪单身，真是可惜了那张脸。"

说完看见尤嘉扶着季萤从洗手间出来，也顾不上她老公了，忙走过去帮尤嘉搀了一把："萤萤还好吧？"

季萤后来又喝了一瓶白的，好几种酒掺和到一起，酒劲上头，离开包厢的时候已经走不稳了。

尤嘉勉强扶着她，吃力地说："刚吐过。"

晓善还想说什么，司机却打来电话说已经到门口了，她手忙脚乱地回头，看见老公正抱着店里巨大的观赏花瓶，顿时一个头两个大。

等她好说歹说把老公劝出门，又想起尤嘉和季萤，回头问："你们怎么走？不然一起吧，先送你们回去。"

尤嘉正在打车，晃了晃手机："算了，不顺路，一个城南一个城北，太远了。我这边司机还有五分钟到，你们先走吧。"

晓善老公借着醉意，抱住媳妇的脸一顿狂亲，晓善又羞又气，把他的脸一把推开，和尤嘉挥别："那你们到家说一声。"

尤嘉好笑地看他们的车离开，等她回头，季萤不知道什么时候把上衣脱了。她的西装外套里面只有一件吊带裙，要不是尤嘉动作快，眼看这件吊带也要被她脱掉。

这人喝多了就脱衣服的毛病真得改改。

尤嘉忙着给季萤穿衣服，浑然没注意一辆银灰色汽车正从停车场的方向，缓缓向她们驶来，直到汽车在她身边停下，她才察觉到头顶一片阴影，莫名地看过去，只见黑漆漆的车窗落下，坐在驾驶座的人竟然是叶敬辞。

他皱眉看向躺在地上撒泼打滚喝多了的季萤："她怎么了？"

尤嘉尴尬："嗯……她喝多了就这样。"

叶敬辞收回视线，墨色眼眸暗沉如深潭。

他盯住尤嘉，不容置疑地说："上车，我送你们。"

哎？尤嘉惊诧之余，连连摆手拒绝："谢谢，不用了，我叫的车马上到。"

话音刚落，一个电话打来。

司机说他已经收工了，是平台自动分配的订单，希望尤嘉可以取消。

她握着手机，感觉自己好像被捉弄了似的，眼角的余光瞄向迟迟不准备走的叶敬辞，挂断电话苦笑着说："司机说他收工了。"

叶敬辞嘴角上扬，手肘搭在车窗上漫不经心地说："安平不比北城，这个时间很难打车。"

言外之意，再给你一次机会。

她内心纠结，留意到眼前这辆车流畅炫酷的线条，还有叶敬辞手握着的方向盘最中间的徽标，就算不懂车的人也知道这车不便宜。

只是……

她回头看看醉醺醺的季萤，忧心忡忡地说："我朋友刚去洗手间吐过，我怕路上把你的车弄脏。"

叶敬辞却一改方才与晓善说话时的冷淡，一脸无所谓："那正好，我很长时间没洗车了，脏了再洗就是。"

他这么说，尤嘉却觉得哪里怪怪的。这车通体锃亮，和新提的车没什么两样，平时肯定没少保养。她又试图叫了一次车，果然没人接单了。她没办法，只好扶起不省人事的季萤上车。

季萤上了车就四仰八叉地霸占了整个后排，尤嘉帮她把腿往里收了收，无奈地关上车门，被迫去坐副驾驶位。

她坐好，系上安全带，向叶敬辞报上地址。

"真是麻烦你了。"

男人设置好导航，口吻淡淡的："客气。"

安平是一座毗邻北城的小城，到北城乘坐高铁只需一小时。小城不比繁华都市，晚上八九点，路上已经人影寥寥。正是海棠花开的季节，道路两侧栽种的绿植茂盛，经过城区浮阳大道，尤嘉情不自禁地落下车窗，春风徐来，空气里是清新悠然的花香。

到了季萤家所在的小区，尤嘉从季萤包里找到手机，用她的指纹解了锁，给她哥打电话，让他下来接这个酒鬼，很快就看见一个身穿T恤、短裤，趿着拖鞋的男人从小区里跑出来。

尤嘉下车去帮忙，叶敬辞就坐在车里等。短短几分钟，他不停地向窗外看去，手指因为紧张有节奏地敲打着方向盘，心里好像装着一台老式打字机，精心措辞的腹稿被他删删改改，最后在她重新坐进副驾驶座的那一刻，被他全盘否定。

"好了，我们走吧。"尤嘉一副大功告成的样子。

叶敬辞回过神来，未发一言，安静地向尤嘉家的方向驶去。

她家与季莹家在同一个街区，前方转弯就是目的地。叶敬辞看起来面无表情、云淡风轻，实际上已经设想了几个不同版本的开场白，最后，他轻咳一声，下定了决心，动作利落地从中控台的储物盒里拿出一张名片递给她。

尤嘉抬头看见名片，客气地双手接过。

名片是纯白色商务风，设计简约，字体做了烫金工艺，低调又有质感，名片上写着叶敬辞的公司、职位、联系方式，还有邮箱。

"北城盛通律师事务所，叶敬辞律师。"她念出来，笑了笑，坦率地说，"我知道你，我也是安平一中毕业的，和晓善是同班同学，咱们同一届。"

她说着翻找自己的包包："不好意思，我今天好像没带名片，我目前在北城尚阅出版集团任职编辑，我叫……"

"你不用自我介绍。"他突然打断。

车子驶过十字路口，停在小区对面的临时停车区。

他转过脸来，看着眼前这个温婉清丽的女人，与镌刻在脑海里那个穿校服、梳马尾的少女身影渐渐重叠。

他微笑着，看着她的眼睛："我认识你很久了，高三九班的尤嘉同学。"

一刹那，时间仿佛静止，尤嘉整个人呆掉。她恍然抬头，迎上叶敬辞的目光，少女时代的记忆纷至沓来，像快速镜头般从脑海中一晃而过，不过片刻犹疑，她几乎百分之百可以肯定，她和眼前这位叱咤风云的叶敬辞同学，人生交集为零。

可是这一刻，他的眼睛里藏着滚烫的星河，好像她是他穷尽毕生也要追逐的热望和理想。

"你……认识我？"她难以置信。

高中时她是一个各方面都很普通的女孩，丢在人群里都找不出来。晓善性格大大咧咧，讲义气，人缘好；季莹特立独行，从小学击剑，又飒又美，运动会总能拿下诸多第一名。

唯独她，普通又平凡，淹没在人海里，暗淡无光。

　　叶敬辞这么耀眼的人，怎么会认识她呢？

　　狭小的车厢里安静非常，未等尤嘉从震惊中回过神来，身后突然传来"砰"的一声撞击，车身摇晃，尤嘉与叶敬辞齐齐回头，发现车尾猝不及防被撞，肇事车辆是一辆黑色SUV（运动型多用途汽车）。

　　这条路是八车道，他们的车好好停在路边还能被撞，明显不是意外。

　　果然SUV上走下三个身形健硕的男人，人手一把安全锤，径直向他们的车而来。叶敬辞反应机敏，迅速遥控，将所有车窗严丝合缝关闭，发动引擎，驱动车子。然而那辆SUV突然横冲直撞地拦在车前方，害得他们无处可逃。

　　叶敬辞这次回来不单是为了参加好友的婚礼，早在两个月前，他就约见了荣恒地产的法务代表。荣恒正在安平市开发新的楼盘项目，原本竞标的土方公司昌耀工程进展到一半，突然无理由罢工，漫天加价，荣恒评估后决定与昌耀解约，昌耀公司却恶人先告状，先一步把荣恒告上了法庭。

　　其实官司不难打，只是昌耀的幕后老板在安平颇有财势，一般人不敢得罪，本地律师纷纷拒接案子，荣恒费了几番周折，才找到在这方面闻名遐迩的叶敬辞。

　　眼看开庭在即，这次回来，他假扮成业主去工地实地探访了一趟，没想到昌耀的人警惕性这么高，这么快就觉察到了异样。

　　既然被困车上，无法脱身，叶敬辞火速拿出手机拨打110，同时向尤嘉解释："不好意思，我因为工作偶尔会得罪一些人，吓到你了。"

　　方才嘴角带笑的男人顷刻间又恢复了往日冷峻的面容。待电话接通，他镇定自若："你好，我要报警，我们在清月寺南街口……"

　　话没说完，那几个人已经挥起安全锤，砸向了后车窗，随即响起玻璃碎裂的声响。尤嘉一阵心颤，回头一看，整扇窗玻璃犹如蜘蛛网般，裂纹四散蔓延。

　　她哪里见过这种阵仗，大脑一片空白，不自觉地抓住叶敬辞的衣袖："现在怎么办？"

　　叶敬辞快速讲完电话挂断，看她穿的是一字领连衣裙，面料轻薄，肩颈裸露在外，一把拿下搭在座椅靠背上的西服外套，顺势披在了她肩上。

"出于安全考虑，还是等警察来吧。"

虽然他也想下车耍帅和他们打一架，但他更怕事态不可控，到时不能保护好尤嘉。

又是一声落锤，整扇后车窗霎时沦为碎片。两名同伙随即绕到车前方，不用想也知道他们要做什么。叶敬辞几乎条件反射般，在他们扬起手里铁锤的瞬间，迅速解开安全带，翻身把尤嘉护在了怀里。

挡风玻璃被砸碎，碎片四溅，两侧窗玻璃也无一幸免，接踵而来的碎裂声令人头晕目眩。叶敬辞只觉得背后传来一阵痛感，来不及细想，摸到副驾驶座椅旁边的调座按键，毫不犹豫地按下。

尤嘉猝不及防被叶敬辞压在身下，额头紧贴他的胸膛，能清晰地听见他节奏有力的心跳，他身上的衬衫散发着清新好闻的洗衣粉香气，让她莫名地安心，一时忘了周边的嘈杂。

她从他的怀里慢慢抬起头，发觉他正用身体帮她挡住那些细碎锋利的碎片，而将自己暴露在最危险的境地。他的头发上还残留着亮晶晶的碎玻璃，肩膀处浸出了鲜红的血迹，他的额角也被划出了血，他却对这些浑然不觉。

对方来势汹汹，目的很简单，就是给叶敬辞一个教训，威胁他趁早识相，别接不该接的案子。砸碎车窗不过是餐前菜，紧接着一声声落锤的声响在耳边回荡，再这么下去，这车就要彻底废了。

她于心不忍，眼珠子小狐狸似的转，冷静下来想办法，突然灵机一动："有了！"

叶敬辞不明所以，低头看她闪亮的眼睛："什么？"

尤嘉试图把他推开，却猛然发觉他们现在的姿势过于亲密。

她突然感到颊边一阵烫意："你……你先起来。"

叶敬辞低头瞥了一眼，立刻意识到什么，他别扭地转过脸，手撑椅背，起身坐好。

尤嘉整理好衣服，拿出手机："车都砸成这样了，不能便宜他们。"

她打开播客APP（手机软件），对叶敬辞狡黠地一笑："你玩直播吗？"

播客是时下最红的视频APP，很多自媒体或素人都会在上面开账号，宣传产品或记录日常。她也有一个账号，业余时间玩一玩，起初不温不火，后来莫名地被推上了热门首页，关注量激增，从那以后她就保持着每个星期更新一次的频率，日积月累，如今已经获得了一百多万粉丝的关注。

平时非正式场合，她不怎么化妆，包里随时装着口罩。她翻出口罩戴上，对叶敬辞胜券在握地挑了下眉，然后把手机镜头悄悄对准窗外三名"肇事者"，点击了播客的直播间模式。

这是她第一次直播，很快就有粉丝注意到，点进了页面。等她把三人的正脸拍得清清楚楚，继而开启作战第二步，夸张地举起手机探出头去，扯着嗓子喊："直播间的朋友们，这是一条求救视频，我的车停在路边突然被砸，大家快看看他们的样子，一定要记住他们的脸！"

她的声音把三人惊动，其中一个眼角有疤的男人冲过来抢夺尤嘉的手机，被她躲开，顿时恼羞成怒，指着她的鼻子呵斥道："你干什么？放下手机，不然别怪我对你不客气！"

见尤嘉不为所动，他看向车里的叶敬辞，恐吓道："告诉你女朋友别乱来！"

叶敬辞从业这几年见识过太多的威逼利诱，砸车这种事对他来说根本不算什么。

他说："不好意思，她在直播，目前已经有两万人观看了，你们最好现在就住手，不然只会有更多人记住你们的脸。"

现在网络这么发达，万一视频在网上传开，后果不难想象。疤痕男害怕了，忙用手遮住脸，他的本意是还想给他们点颜色看看，同行的两个人见势不妙，凑过来劝道："算了算了，也给过他们教训了，我们快撤吧，闹大了不好收场。"

三人逃似的回到车上，黑色SUV很快消失在了街角。

世界重归安静，尤嘉确定他们已经走了，随手把手机扔进了身上披着的外套口袋，扣动车门锁，小心地避开一地碎片下了车。

她好笑道："还以为多厉害，跑得也太快了吧。"

她绕到车前方，弯腰检查车前盖上那些被砸出来的凹陷。车辆损坏严重，就算不是自己的车，她的心也在滴血。听见身后叶敬辞逐渐靠近的脚步声，她说："这维修费得多少钱啊，快给保险公司打电话备案吧……"

话没说完，她突然跌进一个紧实的胸膛。

叶敬辞一把拿走了披在她肩上的西服，继而围在了她的腰间，他的双臂顺势绕到她的身前，用两只衣袖打了一个结。她穿的连衣裙裙身不算长，趴在车前盖上，裙摆不经意往上蹿，他一下车就注意到了。

他低头，在她耳边犹如讲悄悄话般，善意地提醒："你的裙子也太短了。"

他的呼吸近在耳畔，尤嘉觉得身体像接通了电源，全身酥麻一片，想说的话全被她忘到了脑后。她转过身来，张了张嘴，话到嘴边的"谢谢"又因为叶敬辞的逼近，被吓了回去。

和她面对面而立，叶敬辞发觉她身量娇小。她的口罩还没摘，露出一双杏仁眼，此时仰头看着他，眸光水葡萄似的动人，简直要把他的心都看化了。

尤嘉察觉到他的瞳孔里映着自己小小的身影，莫名地有些惶恐和不安，对面就是她家小区，她紧张地说："很晚了，如果没什么事我先走了。"

话说出口又突然想到什么，她伸手指了指叶敬辞的额角："你这里受伤了，记得去医院处理一下，免得以后留疤。"

她的手指白皙修长，不经意间蹭过叶敬辞的额头。他的喉结动了一下，一把握住她的手，在她转身离开前将她拦下："先别急着走，刚才的话还没说完呢。"

他的手掌温暖宽厚，像五月的春夜令人心旷神怡，贪心四起。

她仿佛被蛊惑，没有挣脱。

"什么话？"

他似笑非笑，嗓音清润："你问我怎么会认识你。"

她恍然想起刚才被打断的话题，于是驻足，等待他的回答。

"有件事我觉得你有必要知道。"他郑重其事地说，"我不仅认识你很久了，我还喜欢你……很多年了。"

一个晚上，两声惊雷，尤嘉久久没能回过神来，她只觉得心脏怦然加速，等她从愣怔中恢复了一点神志，叶敬辞竟长臂一伸，手指擦过她的耳朵，一把摘掉了她的口罩。

"尤嘉。"他喊着她的名字，像在念一首情诗。

她茫然应声："嗯？"

"在追你这件事上，我已经浪费了很多年，所以我就有话直说

了。"叶敬辞唇角轻翘，字正腔圆，"你介意我吻你吗？"

尤嘉的大脑彻底宕机，整个人呆若木鸡。

叶敬辞喜欢她？开什么玩笑？

她难以置信："你……是认真的？"

叶敬辞点头："嗯，我很认真。"

说完他将她带入怀中，一手插入她浓密的秀发，紧扣住她的后脑勺，俯身吻住了她柔软的唇。

微风习习，路旁的海棠花好像被施了魔咒，在这一刻纷纷坠落，落在车上、地上，还有她的头发上。

她觉得他一定是误会了，她想说的其实是"你喜欢我是认真的吗"，而不是"你是认真想吻我吗"，可是事已至此，已经没办法拒绝了。

不知道为什么，她竟然没有反抗。叶敬辞的吻一开始像小孩子的试探，青涩中有几分保留，后来愈加大胆，尤嘉的身体也跟着不由自主地向后倾倒，直到在他的攻势中沦陷。

这是她的初吻，以前她设想过无数次接吻的场景，却没想过会像今天这样疯狂。她看着眼前叶敬辞浓密卷翘的睫毛，一时竟不知该做何反应。

直到耳边响起一阵叩击声，她才如梦初醒，恢复了一丝理智，一把将叶敬辞推开。

他也听到了声响，意犹未尽地把怀里的人放开。两人循声看去，车尾不知何时站着一个年轻民警，民警身后停着一辆警车，大概怕鸣笛声惊扰了犯罪分子，于是来得悄无声息。

民警屈着食指，一下一下敲着车棚顶，视线在二人脸上游移，有些不确定地问："是你们……报的警？"

那一夜可谓是鸡飞狗跳，尤嘉本想溜之大吉，奈何警察来得正是时候，于是只好一同前往警局做笔录。

如今这事已经过去三天了，每当她回忆起来都觉得犹在梦中。

她和叶敬辞搭乘警车一同前往警局的途中，她伸手摸了摸口袋，想找手机和老妈报备一声晚点回家，结果翻出来看见屏幕的那一刻，她两眼一黑，险些昏厥。

直播间网友们已经刷了满屏的留言——

"怎么没有画面了？现在只能听到声音。"

"现在是什么情况？砸车的人已经走了吗？"

"好像从悬疑剧变成偶像剧了。"

"告白了！告白了！这个男人也太甜了吧，声音也好好听。"

该死，忘记退出直播间了。

最后的观看人数足足有十二万。

而眼下，小长假过后开工第一天，尤嘉刚抵达尚阅集团的办公室，就被邻座的营销同事小芸促狭调侃："那天向你告白的男人是谁呀？也太会了吧！他做什么的？帅吗？怎么会有人砸车呢？"

她的播客账号绑定了手机号，没火之前就和很多同事互相关注了，经历了那晚的直播事件，她已然成了全公司的重点"吃瓜"对象，所有人都很八卦她和叶敬辞的后续进展。

她边打开电脑登录钉钉，边无奈地回答小芸的盘问："高中校友，律师，帅。"

"律政俏佳人！"小芸一副心心眼的模样，"那你答应他没啊？"

她回想起那天他们在警局告别的情形，她很快结束问询被告知可以回家，而叶敬辞作为荣恒外聘的律师，被昌耀如此明目张胆地威胁恫吓，还要留下做进一步的配合调查，一时半会儿无法离开。

他不放心她深夜一个人回家，特地与民警沟通，请一位与她同住一个小区、正准备下班的女民警送她回家。

到家洗完澡已经是凌晨一点多，她坐在书桌前，从包里找到叶敬辞的名片，犹豫着要不要打电话给他，最后还是觉得太晚了，干脆用微信搜索他的电话号码，鼓起勇气添加了他的好友。

他的微信昵称是Eucaly，头像仔细看有点眼熟，她坐在昏黄的台灯下，把那张图放大，确定那是安平一中图书馆的阅读区。

傍晚时分，斜阳透过玻璃窗照射进来，像钻石一样的余晖把坐在窗边桌前的人完整笼罩，连轮廓都很模糊。

后来她躺进被窝里，翻着他的朋友圈睡着了。

次日醒来，验证已经通过，叶敬辞发来一张医院挂号单的照片。

Eucaly："去看过了，医生说只要按时涂药就不会留疤，放心。"

她松了口气，躺在床上，在信息输入栏中打出"那就好"，想了想还是删掉，换了另一句，点击发送。

尤嘉："关于你喜欢我这件事，虽然我还是觉得有点匪夷所思，但如果你是认真的，我会考虑一下。"

面对他的热烈告白，她的回复简洁、大方又得体。

如果时间倒退回十八岁，当她还是丑小鸭般平凡无奇的少女时，面对叶敬辞的告白，她一定会惊慌失措，选择灰溜溜地跑掉。

可是如今，她再也不是那个敏感又玻璃心的少女了，她从事自己热爱的工作，拥有独立自主的能力，在节奏很快的北城，过着自己喜欢的生活，成了自己期待的样子。

每天早晨站在镜子前，她都觉得自己光彩照人，自信美好。

如果叶敬辞是被现在的她吸引，她一点都不觉得意外。

可是他说："我还喜欢你……很多年了。"

现在的她姑且还算闪光，以前的她有什么值得被喜欢的呢？

叶敬辞没有让她等太久，屏幕很快伴随着信息提示音亮起，他未有只言片语，只是分享了一首歌：*Run Away*（《逃离》）。

很少有人知道，她喜欢这首歌，已经十年了。

恐怕他并没有开玩笑，他在告诉她，他是认真的。

耳边，小芸见她不说话，还在兴奋地追问他们的后续进展。

尤嘉回过神来，伸手在她额间戳了一下："我看你呀，这么有心思八卦，肯定是工作不饱和，新书营销方案写完了吗？"

小芸如临大敌："糟了，今天要交！"

尤嘉终于得以脱身，只不过刚解决掉一个小可爱，又来了一个大魔王。

手机振动不停，她头痛欲裂，拿起来发现微信里多了十几条语音信息，扫一眼备注，"大魔王"三个字让她恨不得今生投胎做鸵鸟，这样就能心安理得地逃避现实。

然而事实是，勇敢解锁，认真倾听大魔王沈放的刁钻诉求。

工作这几年，背靠财力雄厚的尚阅出版集团，她发掘了不少有流量，写得又好的作者，沈放就是她入行签约的第一个作者。

当时他在网站连载刑侦推理小说，她也算慧眼识珠，笃定他未来能火，于是约他见面洽谈合作。见了面才知道作者这么年轻，而且长相颇讨时下女孩子的喜欢，第一本书上市后，她联系销售渠道，为沈放办了一系列线下签售会。当时正是影视行业的春天，他的书也被购买版权影视化，电视剧开播后口碑不错，他也乘了东风，从此人气居高不下，再没跌下来过，每本书的稿费都能过百万。

与此同时，沈放的脾气也呈指数上涨，一年比一年难搞。其他出版公司编辑寻求合作，他干脆让助理对接，而她因为有发掘沈放的情面，有幸能和他保持直接联系，至于回不回，全看他的心情。

尤嘉点开第一条语音信息，沈放欠揍的声音隔空传来："小嘉嘉，我的新书终于写完了，稿子发你邮箱哦。你加油，争取一个月把书做出来。"

尤嘉无语……

"这次的书封最好用橙色做主色调，预售时间选在六月二十四日上午十点最佳，我找大师算过了，说这个时间点可以大卖。

"对了，这次预售我最多签两千本签名，物以稀为贵，太多就不值钱了。

"签售会城市我只去一线哦，其他城市就不去了，我身体不好，你是知道的。

"我的出行标准还是老样子，飞机头等舱，高铁商务座，酒店五星级，接机车辆务必是商务车，此外我还会带一名助理和一名化妆师。"

语音公放，声音不算大，但恰巧进了邻座小芸的耳朵，没等尤嘉气愤地摔手机，小芸已经听不下去了。

"一个月把书做出来？他想什么呢？还有这出行标准，他是作者还是明星？"

尤嘉苦笑："呵呵，习惯了。"

小芸继续吐槽："还有他说他身体不好是什么鬼？身体不好去年去北极，前年去珠穆朗玛峰？"

尤嘉默默补刀："他还是酒吧的常客，经常蹦迪到凌晨两三点发朋友圈定位，这健康状态，感觉能蹦到八十岁。"

这边她的话音刚落，身在三里屯某酒吧的沈放本人莫名地觉得脊背发冷，连续打了两个喷嚏。

为了庆祝交稿，他犹如终于被放出栅栏的野马，兴奋得不行，最后决定办一个派对，邀请朋友们出来玩，又兴冲冲地订了去肯尼亚半月行的私人旅游行程，明天就出发。

他一向秉持着"今宵有酒今朝醉"的人生名言，写小说不过是副业，真正的主业则是"吃喝玩乐"。

截至下午五点，在他的盯工下，派对现场终于全部装饰完毕。他预订的三十箱酒也已全部送达，受邀客人陆续到场，灯光音乐到位，白日安静的酒吧渐渐苏醒，DJ（打碟者）开始打碟，舞者登台表演，尖叫声、调笑声、喧闹声混杂其中。

沈放一身让人看不懂的时尚大牌穿搭，每每听到有朋友称赞他的品位，他都愈加坚信自己的审美。他这边刚与一位知名"综艺咖"干杯，转身又和一位时尚杂志的总编有说有笑，这人交际圈不是一般广，被邀请的客人里各界名流都有，大家愿意来，虽说是给他面子，更重要的其实是来这种场合拓展人脉，万一有自己需要的人，名片一换，摇身就能成为朋友。

沈放眉开眼笑地和朋友们叙旧，放在茶几上的电话屏幕兀自亮起，他看了眼手机，不敢怠慢，忙放下酒杯，抄起电话，出门找了条安静的走廊接听。

"辞爷。"一向高傲的沈放一反常态，狗腿地称呼对方，"您到了吗？"

"好好说话。"叶敬辞懒得和他寒暄，当初登珠峰时自己就不该分他氧气瓶，结果捡回来这么一个"戏精"朋友，"你订的什么鬼地方，这么不好找。"

说着转弯看见了不远处的沈放，他把电话挂了。

沈放一路小跑迎上来，笑得见牙不见眼："难找是难找，但隐秘嘛，你早说我就出去接你了。"

说着作势去接叶敬辞的手提电脑包。

叶敬辞不吃他这套，冷漠躲开："我纯粹路过，就不进去了，里面的人我也认识大半，见面免不了喝酒。你不是找我有事吗？就在这儿说。"

沈放只好吹了记口哨，叫侍者又开了一间包间，请辞爷进去说话。

包厢宽敞，两人面对面坐在圆几前，沈放也不绕弯子，笑得像向日葵一样灿烂，开门见山地说："是这样，我的新书交稿了，这次书里涉及不少法律常识，担心写得不专业，想请你帮我校注一遍，此外还想邀请你写一篇序言，嗯……如果有时间的话。"

叶敬辞毫不犹豫："没时间。"

沈放厚着脸皮继续游说："你看，我新书首印至少二十五万册，你写序言，落上你的名字，也是给你提高知名度，对吧？"

"我在业界知名度挺高的，就不蹭你的热度了。"叶敬辞起身，"没什么事我先走了，眼下三四个案子等着开庭，我可没时间接你的差事。"

沈放心里腹诽这个无情无义的男人，却咧着嘴，笑着把他重新劝坐下："没时间就算了，但有一件事，你一定得帮。"

叶敬辞抬眼："什么？"

"上个礼拜宿醉在你家借住，我把U盘（移动存储设备）落客房了。"沈放不好意思地摸摸后脑勺，"里面有我整理出来的新书内文图片，但我订了明天一早的航班，来不及去拿，你回头帮我给编辑送去呗。"

叶敬辞刚想回绝他，这种事叫个闪送不就解决了？话到嘴边，沈放的手机忽然响起夸张的《恭喜发财》来电铃。

他扫了眼备注：稿费。

于是他食指放在嘴边，冲叶敬辞比了个"嘘"："我编辑。"

叶敬辞很配合，一言不发地查看手机邮箱，耐心等他讲电话。

沈放按下接听键，只听对面一道霸气强势的女声隔空传来："沈放！你出行费用那么高，当书店是冤大头啊？今年行情不比以前，照你的标准，书店根本就赚不了多少钱，谁愿意接啊？"

尤嘉忙了一天，终于下班，走在去地铁站的路上，有时间给沈放回电话。换其他编辑，没人敢这么和沈大作者说话，但她不一样，他们认识三年了，相识于微末，一直是"相爱相杀"的状态，有什么说什么，不绕弯子。

尤嘉被沈放气得一肚子火，一激动吼得声音有点大，不仅把沈放吼得脑袋"嗡嗡"直响，连叶敬辞也听见了一二。他隐约觉得这编辑的声音耳熟，等沈放聊完，他若有所思地放下手机，试探着问："你新书签了哪家公司？"

沈放揉了揉刚被摧残的耳朵："尚阅。"

叶敬辞的舌尖下意识地舔了舔嘴角，老狐狸似的盘算着什么，佯装随口问："你编辑的名字是？"

"尤嘉。"沈放老实答，看叶敬辞那副不冷不热的态度，生怕他拒绝帮忙，立马可怜兮兮地说，"我们可是在珠峰上结下过命交情的，你就帮我送一次吧，等我回国一定给你带礼物。"

"我没说不帮啊。"

"你就看在咱们……哎？你答应了？！"

叶敬辞淡定起身，走到沈放面前，他的眼镜片反射出包间内炫彩的灯光，将眼底的情绪隐藏彻底。

他一把揽住沈放的肩膀，语气也不似方才那般冷淡了："你都说了，我们是过命的交情，U盘我帮你送。还有校注和序言对吗？没问题，都交给我。"

沈放受宠若惊，甚至怀疑是自己幻听了，待确定叶敬辞没开玩笑后，开心得合不拢嘴，激动到直接给他一个熊抱："辞辞你可真是太够意思了！"

叶敬辞道："好好说话。"

叶敬辞实力演绎"醉翁之意不在酒"，当晚回家翻遍客房，终于在角落里找到了沈放遗落的黑色U盘。

他把U盘攥进手里，像攥住一把心心念念的钥匙。

他等了这么久，念了这么久，兜兜转转后，命运再次把她送到他的面前，如今的他心里只有一个念头——

尤嘉，我要开始追你了。

Chapter02
春日序曲 ♪

星期五的早晨，尤嘉抵达公司大厦，经过一楼星巴克买了一杯摩卡，乘坐电梯迈出门的刹那，看见前台一道熟悉的身影，顿感一阵天旋地转，连带脚下崴了一下。

"你怎么在这儿？"

叶敬辞看见她，径直走过来，从手提电脑包里翻出U盘递给她。

"沈放出国了，这是他整理的新书内文图，让我拿给你。"

尤嘉接过："你们认识？"

"嗯，是朋友。"叶敬辞答应着环顾四周，边打量尤嘉的办公环境边说，"不过我也是昨天才知道他是你的作者，他还让我帮忙写了序言，已经写好发到你的邮箱了。"

人长得帅，走到哪里都是风景，不过两句话的工夫，叶敬辞已经吸引了不少陆续抵达公司的女同事的目光。

议论声更是由低到高，越来越清晰——

"你看那个男人好帅啊。"

"身材也好好啊。"

"是尤嘉姐新签约的作者吗？"

"或者是……男朋友？！"

"会不会就是那天直播的那个？"

尤嘉尴尬，这些小丫头知道的事可真多。叶敬辞却好像并不在意，给她送完东西，他还要去客户那儿一趟，不方便久留。

尤嘉送他进电梯："其实你寄同城闪送就行了，你那么忙，还要特地跑一趟，怪不好意思的。"

"是寄的闪送啊。"叶敬辞指了指自己，煞有介事地说，"我就是送件人。"

尤嘉被逗笑，晃了晃手里的U盘："谢谢，有时间请你这个送件人

吃饭。"

"客气，上次的事多亏了你，后来我们和昌耀的官司进展得很顺利，公安机关也对昌耀展开了调查。"他有备而来，从口袋里摸出一张票来，"既然想谢我，择日不如撞日，就今天吧。"

尤嘉接过来，低头一看，竟然是德云社的演出门票。未等感谢的话说出口，再抬头，电梯门已经缓缓合上，叶敬辞朝她挥了挥手，没给她拒绝的机会，就消失在了门后。

她曾经连续抢过三场都没抢到德云社的票，深切地知道这票有多不好买，只是她没想到叶敬辞也喜欢听相声。

因为这张难得的门票，她整天都很兴奋，本来下午的新书介绍会，她作为主讲人还有些忐忑，多亏了这突如其来的惊喜，她抱着电脑去会议室的心情都轻松了许多。

大会议室坐满了人，销售部、市场部、营销部的主要领导都在，总编曼姐烈焰红唇，一袭黑裙，端着保温杯姗姗来迟，冲尤嘉招招手说："你的PPT（演示文稿）我又补充了几点，最终版本你拷一下，用新版本讲。"

尤嘉正想回工位拿硬盘，却碰到了口袋里叶敬辞给她的U盘，参会同事早已等候多时，她没多想，干脆用U盘把文件从曼姐电脑上拖了进去。

投影连接后，她坐在主讲席上清了清嗓："各位久等了，今年上半年我这边会有三本S级重点书上市，接下来给大家介绍一下这三本书的主要内容和卖点。"

她说着打开U盘，大家齐刷刷看向大屏幕，下一秒，现场众人纷纷目瞪口呆。

尤嘉也愣住了——U盘里都是视频，满屏小电影的缩略图画面让她直接傻掉。

叶敬辞他……

还真是和想象中不太一样呢。

紧接着满座哗然，女人脸红，男人坏笑，她迅速反应过来点击右上角的"×"，关掉了页面。

可是已经晚了，众人不约而同地向她看过来，每个人脸上心照不宣的笑意足以说明一切。

"尤嘉你存货挺多啊，有几部我都没看过。"

"不是，我……"

"不用说了，我们都懂，都懂。"

"哎呀！"她拍桌而起，语无伦次地解释，"大家听我说，这个U盘不是我的！"

坐在她旁边的小芸起身拍了拍她的肩膀，安抚她坐下："好好好，不是你的，我们知道不是你的，亲爱的，听我一句劝，如果有需求，就赶紧谈恋爱吧。"

尤嘉无语……

她要怎么解释，大家才肯相信那些小电影不是她的啊？！

"安静安静。"到底还是曼姐应变力强，关键时刻帮她解了围，"这U盘确实不是尤嘉的，是作者寄给她的，里面本来应该是新书的文稿和配图，估计作者寄错了。"

得知原来是误会一场，大家也收敛了许多，会议在尤嘉的主持下正式开始。

傍晚一场暴雨突降，乌云散去，转眼霞光漫天。

同事陆续下班，尤嘉还在工位上对着门票发呆，自从发现了叶敬辞的"秘密"，她觉得自己有点无法直视他。时间一分一秒过去，她还是收拾好东西离开了办公楼。

她从大厦侧门出去，一眼就看见了等在树下的叶敬辞。暴雨初歇，有雨珠顺着葱茏叶脉落下，恰好落在他的头顶，他随手拨了拨头发，慵懒而洒脱。这样一个一身倜傥西装、领带系得一丝不苟、禁欲感十足的人，怎么看也不像欲求不满啊。

尤嘉想到这里不由自主地脸红，还在犹豫要怎么开口说这件事时，他已经向她走过来了。

"时间还早，我知道有家杭帮菜很正宗，走路十分钟就到，要不要去试试？"

杭帮菜？

他再一次精准戳中了她的喜好。

"好啊，不过说好了，我请客，不能白蹭你的票还让你破费。"

叶敬辞笑："好。"

　　她觉得他还真是神奇，不仅知道她最喜欢的歌是哪首，还知道她喜欢相声和杭帮菜。她甚至有点好奇，他到底还知道多少。

　　然而满屏缩略图实在让人印象深刻，她时不时瞥一眼叶敬辞都觉得脸颊滚烫。

　　其实她理解，生理需求嘛，人人都有，只是联想到他身上就觉得有些不可思议。

　　大概是她心里有事，整个晚上都有些心不在焉，看完演出从会场离开时，她甚至连包都忘了拿，还是叶敬辞细心，在她走后顺手把那只杏色水桶包挎背在了自己肩上。

　　等她从洗手间出来发现包不见了的时候，叶敬辞把包递还给她："是相声不好看，还是和我在一起不舒服？"

　　他俨然是在开玩笑，虽没有半分不悦，尤嘉还是很怕他误会。

　　她连连摆手说："没有，演出很棒，和你在一起也很轻松。"

　　她以前还不知道，这世上会有这么细心又周到的男人。吃晚饭的那家店生意火爆，座位略显拥挤，她坐的靠椅与身后的人紧紧挨着，连放包的地方都没有，叶敬辞留意到，让她把包递给他，放在了自己身后。

　　他的车应该是送去检修了还没取回来，也不知道他什么时候叫的车，吃完饭刚离开餐厅，一辆出租车就停在了他们面前。

　　抵达演出地时还有一些时间，附近商场有抓娃娃机，他怕她等得无聊，就买了五十块钱的游戏币。看起来无所不能的叶敬辞原来是个"游戏黑洞"，连续败北后，还是她看不下去了，投入最后两枚游戏币，这才抓到了一只丑丑的小恐龙。

　　她想到这里，瞄了一眼水桶包，里面毛茸茸的小恐龙正张着嘴巴冲她笑呢。

　　场馆外的广场上，灯光喷泉开始表演，水流如注，冲上夜空，夜晚人来人往的新城区更加热闹了。她想了想决定有话直说。

　　她在喷泉前驻足，转身问叶敬辞："我问你，你知道给我的U盘里面都是什么吗？"

　　叶敬辞道："不是内文图吗？"

　　看他这副样子似乎不知情，她心里猜出七八分，顿时有些如释重负。

　　她从包里翻出U盘还给他，红着脸说："你回去自己看吧。"

叶敬辞被她故意卖关子搞得摸不着头脑，正想追问，沈放这时打来语音电话。

他心里有疑问，索性接听，问问U盘的主人这里面到底是什么。

谁知电话刚接通，远在肯尼亚的沈放就火急火燎地问："你把U盘给我编辑了吗？"

叶敬辞看了一眼尤嘉："给了。"

"完蛋了！"听沈放这语气，情况似乎有些糟，"我发现我给错U盘了，我给你的U盘里面都是……呃……都是我女神。"

沈放说得很委婉，叶敬辞却蒙了，紧接着他反应过来，顿时两眼一黑，恨不得把他从电话里揪出来暴打一顿。

沈放还在喋喋不休地为自己辩驳，叶敬辞一个字都不想听，他咬牙切齿道："你可闭嘴吧！"

一旁的尤嘉一脸看好戏的神情，早就忘了下午被U盘坑得有多惨，再看叶敬辞脸色窘迫地挂断电话，未等他开口，她忍住笑抢先说："你不用解释，我都理解。"

叶敬辞一世英名可不想被沈放毁于一旦，他一个从小打辩论、法学系毕业、打过不少漂亮官司的律师，第一次觉得自己口才差劲。在尤嘉面前，他的舌头仿佛打了结，什么逻辑、条理通通罢工，只知道遵从内心，百感交集道："你听我说，不是你想的那样，U盘是沈放的……"

尤嘉故意装听不懂："不管是谁的我都理解，你放心，我不会到处乱说的。"

她越说越觉得叶敬辞手足无措的表情难得一见，于是笑得更加肆无忌惮了。

叶敬辞后知后觉地意识到她在开玩笑，看她伶牙俐齿、嚣张神气的样子，视线不由自主地落在她红艳的樱桃唇上，猛然想起了海棠花落的那一晚，她柔软的唇。

他想到拿捏整治她的办法了，坏笑着开口："你是不是忘了那天晚上的事？你再笑下去我可有办法让你闭嘴。"

她怎么可能会忘，他的吻从天而降，火热炽烈，害得她理智全无，就此沉沦。

尤嘉不敢笑了，立刻安静如鹌鹑，再不敢造次。

不过，既然他主动提及那一晚，尤嘉也坦然迎上他的目光，诚恳

说："你知道吗？那天如果换成别人，我早就一巴掌扇过去了，但我不仅没有，还偷偷给你的吻技打了五星好评。"

叶敬辞错愕一瞬，随即眉眼含笑："是吗？我很荣幸。"

"所以……"她落落大方地说，"我们现在也算是接过吻、约过会的关系了，你可以告诉我，你为什么那么了解我吗？*Run Away*、相声、杭帮菜，还有什么是你不知道的？"

她问得认真，他也收敛了唇角的笑意，郑重地回答："说来你可能不信，但我认为，和你有关的一切，我应该都知道。"

这句话换别人来说，尤嘉一定判定为油嘴滑舌，可是从叶敬辞的嘴巴说出口，她竟然没理由怀疑。

和他单独相处的这一晚实在太舒服了，她的一个眼神、一个举动，他好像都能迅速领悟到她的用意。显而易见，他对她的了解超出了她的想象范畴。

她心里还有诸多疑问，话未出口，却听见身后有人喊："尤嘉！"

尤嘉和叶敬辞一齐转身，循声看去，只见一个男人将一辆蓝色Mustang（福特野马）停在路边，推开车门走下来。

男人的帽衫领口松松垮垮地敞着，整个人看起来吊儿郎当，没半分正经样子，那副放荡不羁的邪气与叶敬辞的气质截然相反。

男人走到尤嘉面前，顺便把叶敬辞从头到脚打量了一遍，继而收回目光，对她玩世不恭道："哟，好久不见，谈恋爱了？"

遇见余铭涵实属意外，尤嘉已经和他很久不联系了。

想起最后一次见面时她泼过去的水，如今当街遇见难免尴尬。既然他误会，她也就顺势挽住了叶敬辞的手臂，冲余铭涵盈盈一笑，答应着："嗯，好久不见啊。"

她还不忘在叶敬辞手臂上悄悄捏了一下，希望他能配合自己。

叶敬辞反应也快，如她所愿，陪她飙戏："老婆，这位是？"

她愣了一下，被叶敬辞的机智戳中笑点，佯装淡定地说："以前在补习班认识的同学。"

余铭涵听见叶敬辞称呼尤嘉"老婆"，心情瞬间跌落谷底，又听尤嘉火上浇油地介绍他是"同学"，一颗心霎时被劈得四分五裂。

只是他眼底的黯淡转瞬即逝，很快就恢复了往日的纨绔。

"你们也刚看完演出？这么晚了怎么回去？"

他说"你们"，眼睛却只看着尤嘉，当叶敬辞不存在似的，又回头指了下停靠在路边的车，说："我送你们。"

尤嘉才不想和他再有什么瓜葛，礼貌拒绝："不用了，我们坐地铁就好。"

"地铁？"余铭涵瞥了叶敬辞一眼，露出不屑的神情，嗤笑道，"哥们儿，你没车吗？"

叶敬辞看了他一眼，没说话，反手却掏出手机，给助理先发了一条定位，又发了一条信息。

尤嘉本想看在昔日情分上给余铭涵面子，但他这人实在狂妄，说话又没有分寸，于是她笑里藏刀地回敬："我们有没有车，和你有什么关系？"

余铭涵心情倍感复杂，胸口憋闷，想说什么，又顾忌叶敬辞在场，最后只好不情不愿地转过头来，拿出商量的口吻对她说："我想和你单独聊两句。"

尤嘉才不想和他单独聊，虽然她在单纯天真的少女时期喜欢过余铭涵，虽然他们之间也有过还算美好的回忆，但只要想到他后来的渣男行径，她就觉得是自己识人不清，活该被耍。

叶敬辞却不知道这些，见气氛僵持，他主动走远了些，给他们创造了单独说话的空间。他一走，余铭涵瞬间紧张地问："你结婚了？"

她没好气地"嗯"了一声。

余铭涵不甘心："什么时候的事？我怎么不知道？现在这个世道，骗子的道行都深得很，你别看他衣冠楚楚，说不定没车没房，骗财骗色。"

叶敬辞耳朵灵得很，骗财骗色？

呵，这人"脑洞"还挺大。

他不动声色地瞄了一眼余铭涵的那辆Mustang。

尤嘉懒得和余铭涵废话："你管人家是不是骗子，人家比你帅、比你优秀、比你靠谱不知道多少倍，当初我喜欢你的时候你不知道珍惜，这时候跟我说这些，你觉得合适吗？"

不远处的叶敬辞对她这通直击灵魂的发问很满意，正准备悄无声息地凑近些，听听尤嘉怎么夸自己，突然身后一声"老大"打断了他的想法。

他转身看向来人，尤嘉和余铭涵也留意到了动静，闻声看去，只见一个抱着滑板、学生模样的男生从路边车上走下，等人走近，男生隔空丢给叶敬辞一把车钥匙："老大，你的车我帮你提回来了。"

小助理是他去年校招时看中的人，研究生在读，还没毕业，但能力强，来律所实习不久就被他收到了麾下。

他那辆车受损严重，安平没有店能修，回北城打听了一圈，维修费都够买一辆新车了。他不做赔钱生意，衡量了下保险公司的理赔，自己垫了一部分去订了辆新车，炫酷程度比从前那辆有过之而无不及。

他这几天忙，晚上约了尤嘉，下班时就把手续证件全交给了小助理，让他帮忙把车提回来送到他家附近的停车场，但架不住有人煽风点火，非要让一向低调的他炫个富，叶敬辞这才临时通知小助理把车改送到这里。

果然不白折腾，余铭涵瞧见他的车眼睛都直了。小助理家就住附近，事情办妥后，看老大身边还有朋友在，就没多话，摆摆手踏上滑板汇入人潮。

叶敬辞把玩着手里的车钥匙，抛上抛下，余铭涵的视线不知不觉地跟随他手里的钥匙上上下下。那车是新款，他垂涎已久。

叶敬辞嘚瑟够了，走回尤嘉身边，当着余铭涵的面一把揽住她的腰，客客气气地说："你们聊完了吗？时间不早了，我明天还要陪老婆去医院产检，没什么事先走了。"

产检？

尤嘉险些被呛住，但还是配合叶敬辞把戏演完，在余铭涵惊骇的目光中坐进了副驾驶座。

尤嘉在北五环和季萤合租了一套两居室，平时上班远了些，但性价比高，至少不用和七八户陌生男女挤在一起，共用一个洗手间。

叶敬辞送她回家的途中，她心情愉悦，哼着歌，打量他的新车："你特地让助理把车送来的？"

"嗯。"叶敬辞说，"你刚才也听见了，他非要比，那我不能输。"

又好像突然想起什么，叶敬辞颇为懊恼道："忘了告诉他了，我名下在通州有房。"

看起来他被余铭涵气得不轻，尤嘉哭笑不得："你很幼稚哎。"

叶敬辞板着脸："还行，没你前男友幼稚。"

"他才不是我前男友。"尤嘉迅速和余铭涵划清界限。

叶敬辞没想到她会否认，愣了一瞬，就听她说："不过我以前确实喜欢过他，为此还和他填报了同一所大学，但我们没在一起。他那个人心性不定，身边从不缺女朋友，等他迷途知返，我已经不想在他身上浪费时间了。"

她大大咧咧地提起那段无疾而终的初恋，释然道："凡是错过的感情，都是因为不够喜欢，既然不够喜欢，那就放过彼此。不过我已经放下了，他好像还没有。估计不甘心吧，就像将军都渴望打胜仗，浪子也渴望战无不胜。"

路口交通信号灯跳转为绿色，叶敬辞因为失神未能及时启动，直到后面的车发出催促的鸣笛声，他才如梦初醒。

这么多年，他无数次试想添加她的微信好友，闯入她的视野，出现在她的世界，最终这些念头都被他克制住了。

因为他知道，尤嘉有一个高中毕业就在一起的男朋友，他们报考了同一所大学。

直到前不久，他应邀担任伴郎，通过孟晓善，他才得知尤嘉单身的消息。

他以为她和男朋友分手了，如今才知道，他们根本就没在一起。

看来把道德标准定太高也不是什么好事。

叶敬辞心情微妙："我还以为你和余铭涵是……"

"没有，虽然我身边好多人都这么认为……"尤嘉突然停下，后知后觉地反应过来，"你怎么知道他叫余铭涵？"

十分钟后，叶敬辞按照导航把车停在了尤嘉租住的小区。

车内没开灯，有些昏暗。尤嘉一直在等他的答案，直到他转过头，静静地看着她，缓缓开口："高三上学期，我为了不影响室友，向学校申请了在校外租房复习，恰好就租在你家楼下，老房子隔音效果差，楼上的声音我都听得见，差不多从那时起我就认识你了，也见过余铭涵送你回家。"

车窗敞着，夜风温热，叶敬辞的声音沙哑慵懒，承载了太多情绪。

他说得很委婉，没有直接道出楼上传来的是什么声音，但尤嘉知道，那是争吵声、打骂声、摔砸声，还有她爸带不同女人回家时床板摇

晃的声响。

她爸妈的感情一直很坏，分分合合许多年，纠缠不休。后来她爸染上赌博，家里一日难过一日。她爸不甘心，想把仅剩的房产变卖拿去赌，她妈拼死也不肯拿出房产证，两个人经常吵得不可开交，街坊四邻听见骇人的声响生怕闹出人命，常常连警察都惊动。

安平一中是全封闭式教学，只有家住学区的学生可以申请走读，她就是其中之一。

她家虽然是学区房，好在那一幢楼里和她年龄相仿的孩子少，不是在读初中，就是已经考上了大学。她自尊心强，脸皮薄，不肯在外人面前透露丝毫脆弱，连季茧和晓善也不知道她家的真实情况，因此家丑才没有传进学校。

她以为她隐藏得足够好，如今听到叶敬辞讲起这些事，她像突然被人扯掉了遮羞布一样，只觉得自己赤身裸体，而那些她竭力修饰和遗忘的伤疤，也再次被人一览无余。

她强装镇定，声音却微微发抖："我怎么从没见过你？"

"我没租多久，寒假回来，参加完保送考试，我就回学校住校了，而且……"

叶敬辞回想当初，他搬进出租屋的第一天，楼上大动干戈吵闹不休，有邻居打了110。警察来时，他从窗户看出去，一个身穿安平一中校服的女生进入他的视野。

后来，他在学校也看见了她，知道她是九班的尤嘉。与那一晚不同，在学校，她总是笑得明媚灿烂、无忧无虑，可是离开学校，她就又变成沉默寡言、满怀心事的少女。

她好像在故意隐藏另一面的自己，她不想被人可怜、被人同情、被人区别对待。

尤嘉见他许久不说话，忍不住追问："而且什么？"

他回过神来，眼睛一眨不眨地看着她，好像要把她藏在时光深处的少女心事看穿。

他说："我猜想，你应该不愿意被同学知道家里的事，所以我一直在躲你，我怕你看见我不自在。"

这一晚信息量太大，尤嘉回家时，季茧的房间已经安静无声。她蹑手蹑脚地洗漱、躺下，若有所思地盯着天花板，反复琢磨和叶敬辞告别时他说的话，心里升起一股说不出来的熨帖。

她从不知道，在她跌跌撞撞努力长大的岁月里，有一个人躲在暗处，小心翼翼地保护着她的自尊心，帮她把青春期里最想掩埋的秘密妥善隐藏。

她犹豫了一下，拿起手机给叶敬辞发信息。

尤嘉："关于那时候的事，还有什么是我不知道的吗？"

很快，手机屏亮。

Eucaly："今天讲故事的额度已经用完了，下次吧。"

老狐狸如意算盘打得精明，精心排布陷阱，确保狩猎万无一失。

小狐狸看破不说破，心甘情愿走进他布的局。

尤嘉："那……明天？"

Eucaly："明天我出差，下周才回来。"

出差啊……

尤嘉翻了个身，盯着手机屏幕怔怔地出神，不知为何，当得知明天不能见到他时，她心里空落落的。

手机又响了一声。

Eucaly："等我回来就找你，好不好？"

看见这句话，心里的空落感似乎一下子被填补了，她缩在被子里莫名地嘴角上扬。

尤嘉："好！"

楼下停车场，收到回复的叶敬辞心情愉悦。

一个晚上，在他陪尤嘉听完相声送她回家的几个小时里，微信已经有无数未读信息在等他回复了，而他无动于衷，视而不见。

可是在收到尤嘉信息的瞬间，他毫不犹豫地选择了秒回。

他无奈地笑笑，笑自己的双重标准，也笑他久违的心跳加速。

小区里种植了成片的丁香花，一阵淡雅的香气飘进车厢。

他觉得再没有哪个春天，比今年更令人沉醉。

第二天是礼拜六，尤嘉睡懒觉睡得好好的，突然听见季萤在外面惊天动地地拍门。

"嘉嘉！你什么时候隐婚怀孕的，我怎么不知道？"

　　尤嘉还在梦会周公，听见"隐婚""怀孕"几个字立刻睡意全无，"噌"地坐起来跑去开门。

　　季萤的妈妈有俄罗斯血统，她幸运地遗传到了欧式双眼皮，尤嘉开门就看见她震惊地瞪着一双大眼睛，一脸"吃瓜"群众标配的兴奋脸："怎么回事？余铭涵说的是真的？"

　　尤嘉抓了抓头发，哈欠连天，奇怪这件随口胡诌的事，怎么一夜间就传进了季萤的耳朵。

　　季萤仿佛知道她要问什么，举着手机，把通话记录拿到她面前，咋咋呼呼地说："余铭涵一大早给我打了二十三个电话，眼看我就要亲到男神了，结果被他吵醒。他说你结婚怀孕了，问我知不知情。坦白从宽，到底怎么回事？这么劲爆的消息我不会是最后一个知道的吧？"

　　尤嘉真是服了余铭涵，当年左顾右盼，女朋友不断，如今倒好，志向远大要当太平洋警察，管得够宽的。

　　既然醒了，她也不打算浪费时间，穿衣洗漱做早餐，顺便和季萤解释昨晚的事。

　　说起她和余铭涵的纠葛，那可有很多年了。

　　他们是在高考前的英语补习班认识的，她一中，他二中，因为在补习班坐同桌才有交集。

　　她性格被动，很少说话，直到有一天她带伤去上课，余铭涵发觉异样，一把掀开她的袖子，看见那些瘀青，从此两人才算正式熟络起来。

　　他问她身上的伤是怎么来的，她撒谎说是走路不小心摔的。他当然不信，放学后跟在她身后，一路跟到她家门口。她还记得那天下了冬天的第一场雪，纷纷扬扬落下的雪花很快在地上铺了厚厚的一层，她每走一步，身后就跟着"咯吱咯吱"的脚步声。

　　她在单元楼前停下，转身问他："干吗跟着我？"

　　少年一脸担忧："我家也在这个小区，而且你……我不太放心你。"

　　她很警惕："我们好像不熟。"

　　少年红着脸，小声说："你对我不熟，但我已经偷偷观察你很长时间了。"

　　后来他经常送她回家，想方设法逗她开心，给她带层出不穷的好玩的东西。一开始她只把他当作朋友，知道他成长于单亲家庭，更多的是惺惺相惜的同情，直到他步步为营，不设防的她才渐渐被打动，不知不觉动了心。

她每个月零花钱有限，没有多余的钱买漫画，想看《海贼王》只能去学校附近的书店蹭着看。余铭涵在书店遇见过她一回，第二天她去楼下取订购的牛奶，就发现信箱里多了一本《海贼王》，恰好是她在书店没读完的那本。

因为课业繁重，她几乎用了一星期才看完。久而久之他们就形成了默契，她每次看完，都会用铅笔在扉页留下"谢谢"两个字，然后把书悄悄放回信箱还给他，等星期一上学，信箱里的书已经被他取走了，取而代之的是她没看过的下一本。

她喜欢猫，可惜以家里的情况是不可能养的，小区里有许多流浪猫，冬天寒冷，它们喜欢躲在车底，如果车主没注意，它们很容易被碾压。她于心不忍，绘制了提示海报，打印后偷偷贴在了每家每户的门上。

小区住户多，她只能周六日行动，她让余铭涵帮忙，他表面嘴硬说没时间，海报贴出来的第二天，她却发现他打印了很多份，帮她挨家挨户全贴完了。

初春流感严重，她感冒发烧没去补习班，一个人在家昏昏沉沉地睡，那时安平已经停了供暖，室内还没有阳台暖和，她裹了里三层外三层，搬了躺椅去阳台晒太阳发汗，手机里循环播放着《晴天》。余铭涵突然打来电话问她为什么没去上课，她说自己三十九度高烧，口干舌燥、食之无味，只想喝可乐。十五分钟后，她听见有人轻叩门扉，开门出去，门口放着一听罐装可乐。

原生家庭不幸的少女受够了父母无休止的争吵，无数次奢求有人带她走，他恰好在那时给了她珍贵的陪伴，让她错以为那些青春期里熠熠生辉的瞬间，是他喜欢她的凭证。

高考结束，她和余铭涵报考了同一所大学，大学里他们出双入对，所有人都以为他们是情侣。季萤放假来找她玩，恰好看见余铭涵来宿舍楼找她，也误会了他们在恋爱，后来才知道并不是。

季萤骂她"天真愚蠢"，这种男人就是玩暧昧，故意吊着你。

渐渐地，傻事做多了，她也学会了及时止损。

或许余铭涵曾在寂静深冬里赐予她一缕光，让她误以为那是太阳，

可她不能仅凭这一缕光就任由他折磨自己。

她看清了，决定洒脱放手，从此视他为过客。反而是余铭涵，大学毕业后转了性似的，不停地买礼物讨好她，偶尔还会来公司接她下班，让不少同事误以为他是她的男朋友。

他们最后一次见面是前年圣诞节。她和季萤去沪市看演唱会，彼时余铭涵也在沪市出差，恰好和她们入住同一家酒店，双方在大堂不期而遇，余铭涵惊喜之余言辞恳切地说找不到女伴，希望她能临时救火，陪他去参加当晚非常重要的一个酒会。

她不想去，但转念一想，决定借这个机会和他把话说清楚，给这段感情画一个句点，于是盛装赴宴。

她对余铭涵的家世知之甚少，却也知道他爸是房地产大佬，那天是她第一次见识到余铭涵身处的圈子。

整晚，他身穿偶偶西装，周游在各位达官显贵之间，高脚杯里的红酒就没断过，从头到尾的漂亮话几乎没有重复。

后来他喝多了，她把他送回房间，房门刚关上，他就好像醒了酒，一把扣住她的手腕将她按压在墙上。

余铭涵的身体很重，欺压在她身上，让她觉得又热又喘不过气。她生理性反感，本能地挣脱，无奈和他之间力气悬殊。

他在整晚的觥筹交错间说了太多话，声音略有些沙哑，在她耳边低声呢喃："嘉嘉，再给我一些时间，不要离开我好不好？"

她听不懂他到底在说什么，试图把他推开，他不为所动，反而开始撩她的裙身下摆，情急之下，她摸到身侧吧台上的水杯，一把抄起，朝他的脸上泼了过去。

他的意识渐渐清明，终于放手。

她问："醒了吗？"

他抹了把脸，找回理智："对不起。"

她没多言，只觉得恶心，他们好歹也是从少年时期就认识的，余铭涵到底把她当什么人了？玩物还是宠物？他以为她永远顺从听话，召之即来挥之即去吗？从前她是被感情蒙蔽了双眼，一味付出真心换他青睐，一旦清醒，他又算是什么东西？

她把杯子放下，洒脱离开。

事后她有过刹那懊恼，觉得未免做得太绝，让他太过难堪，直到她刷微博看见一个十八线网红当晚发了和余铭涵在一起的亲密合照，顿时觉得自己英明绝顶。

如果再给她一次机会，她要泼开水。

她没有无聊到把余铭涵拉黑，他也不好意思再找她，两人相安无事，默契地做彼此生活里的陌生人。

估计是昨天她和叶敬辞演的戏码太逼真，他一时无法相信，这才找到季莹求证真伪。

"所以！你泡到了叶敬辞！"季莹听完她的解释，准确抓到重点，"什么时候的事？我怎么不知道？"

尤嘉翻白眼，关掉灶火，把两颗金黄的煎蛋盛进盘中："晓善婚礼那天，我俩送你回家，你喝得烂醉如泥，能知道才怪。"

"天啊！天啊！"季莹不敢相信，叶敬辞严肃归严肃，帅也是真帅，身材更没得说，泡到就是赚到，"嘉嘉你可以啊，闷声发大财。怎么样？叶敬辞的肉吃起来口感如何？"

尤嘉失笑："你够了，我们还在初步了解阶段呢。"

季莹咬了一口又脆又嫩的煎蛋："那余铭涵说你怀孕是怎么回事？"

"那是我忽悠他的。"

"唉，可怜的余铭涵。"季莹感慨，"不过可怜之人必有可恨之处，谁让他当初不懂珍惜，如今和叶敬辞站在一起，不用比他就出局了。"

尤嘉做了蛋煎吐司、水果沙拉，又煮了牛奶，两人坐在餐桌前边吃边聊。

尤嘉的电话突然响了。

是陌生号码，她狐疑着拿起来接听："喂？"

"是嘉嘉吗？"

尤嘉依稀记得这个声音，是住在她家隔壁的邻居阿姨，经常和她妈组团跳广场舞。

邻居阿姨焦急地说："你妈突然昏倒了，现在正往医院送呢，你快回来一趟吧！"

北城往返安平的车次很多，尤嘉没敢耽搁，买了最近的一趟，终于

在中午时出现在了安平中心医院。

邻居阿姨说早晨她们跳完广场舞还没什么事，等两个人回家的时候她走在前面，忽然听见身后"砰"的一声，再回头就看见兰姐倒在了地上，医生初步诊断是心源性脑缺血。

邻居阿姨着急回家给小孙子做饭，叮嘱尤嘉几句就先走了。

她送走邻居阿姨回到病房，看见妈妈躺在床上，心里一阵酸涩。

这么多年妈妈的心脏一直不好，医生说是郁结于心，经常生气所致。也难怪，她和那个男人吵吵闹闹半辈子，那个男人做了太多对不起她的事，嫖娼、赌博、输尽家财，妈妈要离婚，他哭哭啼啼、以死相要挟，不离婚他又不珍惜，一旦妈妈做什么事不顺他的意，他就动辄打骂，心态再好的人也受不了被他这样折磨。

记得她高中有段时间，妈妈为了隐藏房产证的下落，借口娘家有事回去小住，她亲眼见证了那个男人的龌龊下流。

他趁妈妈不在家，每天晚上都带不同的女人回来，从不顾及她还在隔壁复习功课，也从不压抑和掩饰他们的声响。

后来她干脆习惯了，戴上耳机当作无事发生。那时候她最大的愿望就是离开这个家，离开安平，有一天工作赚钱了，把妈妈接走，帮她摆脱那个男人。

然而没等她大学毕业，她的愿望就实现了。

高考出成绩那天，台风登陆，安平市暴雨，妈妈做了一桌菜给她庆祝，眼看窗外阴云密布，那个男人却迟迟没有回来。后来她才知道，他结束了和狐朋狗友的酒局，醉驾前往和情人搭建的爱巢，中途出了车祸，当场死亡。

葬礼上尤嘉一滴眼泪没掉，她觉得这是报应。

然而那个男人酒驾造孽，欠下的债，还要她们母女来还。因为有无辜行人在那场交通事故中受伤，妈妈为了赔偿伤者，迫不得已卖掉了房子，开始了居无定所的日子。

好在她够争气，大学成绩很好，每个学期都能拿奖学金，按理说考研问题也不大，可是她放弃了。毕业后她只身来到北城求职，那时季莹在沪市读研，他们还没有合租，她贪图便宜，一个人在北五环租了一个隔间，旁边住的是一对情侣，房子隔音效果差，每天晚上她都被吵得睡不着。

三年后，她终于攒够了买房的首付，贷款三十年，在安平市买了一套房子送给了妈妈，至此，她终于完成了昔日的愿望，让妈妈过上了好日子。

可是日子变好了，妈妈也慢慢变老了，而她作为女儿，不能陪在她身边总是很愧疚。

躺在病床上的人悠悠转醒，看见身边的尤嘉感到奇怪："嘉嘉？你怎么回来了？"

尤嘉回过神来，放下手里剥了一半的橘子，无奈地扶妈妈起来："王美兰同志，你现在感觉怎么样，头晕不晕？"

王美兰眨了眨眼睛，似乎在回忆晕倒前的事，又活动了下筋骨，掀开被子下床："哎呀，我好得很。你们也太大惊小怪了，还给我送医院来了。走，我们回家，我追的电视剧马上就要开始了。"

尤嘉哭笑不得，她这副样子还真不像有事。

不过她可不敢自作主张，还是说服妈妈听从医院的安排，乖乖留院做检查。

她跟公司请了几天假，曼姐听说是妈妈生病，通情达理地让她在家办公，线上保持联系，她感激涕零。

尤嘉："谢谢老板！"

曼姐："谢我？那就多签几个像沈放这样的作者。"

一个沈放就够她忙，多几个她有三头六臂也不够用啊。

她噤若寒蝉，假装没看见微信，把手机扔在了一边，

出差回来的叶敬辞下了飞机一身疲惫，不知道是不是有明星的航班落地，出机口等着清一色举着应援牌的小姑娘。大家守候多时，早已身心俱疲，冷不丁看见气质绝伦的叶敬辞迈着长腿走过来，纷纷拿起手机偷拍。

叶敬辞当然没留意，拖着行李箱去打出租车，他这些天忙得没合眼，本该回家休息，只是他低头看了一眼手里的东西，上车后转念对师傅说："麻烦去尚阅出版集团。"

尤嘉因为请假，最近一直让小芸帮忙代收快递。短短一个上午，小芸已经取了六份合同，她在快递单上龙飞凤舞地签了字，回头看见叶敬辞和他那只纯黑色行李箱一高一低并排站，瞬间成为尚阅门前亮丽的风

景线。

"帅哥。"小芸不等他走向前台，就主动凑过去搭讪，"找人吗？找谁？"

叶敬辞礼貌地问："请问尤嘉在吗？"

"嘉嘉啊。"小芸大大咧咧的，"你来得不是时候，她妈妈病了，她请假回老家了。"

叶敬辞眉头微蹙："什么病？"

"好像是心源性……什么缺血？"尤嘉在微信里和她说过一次，她没记住，"听说要做手术，最快她也要下周回来，你找她有什么事？着急吗？我可以帮你转达……"

"不用了，谢谢。"小芸话没说完，他就拎着行李箱急匆匆走了。

趁乘坐电梯下楼的短短时间，他已经迅速盘算好了。

这次出差共六天，占用了周六日，可以调休两天。

他没犹豫，打开手机订票软件，果断买了回安平的高铁。

安平市中心医院。

尤嘉跑了一上午，取化验单、打印片子、陪妈妈去诊室咨询，最后大夫给出保守治疗的建议，毕竟心脏手术风险较大，日后恢复情况也各不相同，除非特别危急的病症，否则还是不要轻易冒险。

她谢过大夫，送妈妈回病房休息，又拿了处方单去一楼大厅交钱取药。一楼人声鼎沸，有一个急诊送进来的老人已经奄奄一息，子女们还在为家产吵得面红耳赤，各不相让。

她不爱看热闹，目不斜视地从他们身边经过，然而那群人吵疯了，随手抄起服务台上摆放的杂物大打出手，其中一盆绿萝在混乱间遭殃，被人举起来当作武器扔了出去，本该受它一砸的人慌乱躲过，于是绿萝继续按照既定轨迹飞速前进，径直向尤嘉袭去。

尤嘉交了钱，取了药，正准备转身离开，眼角的余光忽然瞄见异物，待意识到危险想躲已经来不及了。

与此同时，一只强有力的手突然扼住她的手腕，把她拉进了一个温暖的胸膛。那盆绿萝堪堪擦过她的脑后，猝然砸中取药处的柜台玻璃，花盆和玻璃双双发出壮烈牺牲的碎响。

有保安听到大打出手的声音，带人前来制止闹剧。

周围一团嘈杂，她惊魂未定，抬起头，意外地看见叶敬辞。

"你怎么在这儿？"

看她惊讶的样子，叶敬辞忍俊不禁："不是说好了，出差回来就找你吗？"

他说着指向脚边堆放的东西："特地给你带了纪念品，保质期只有一天，今天不吃，就要投喂垃圾桶了。"

尤嘉顺势看去，他脚边除了探病的果篮，还有一只雕刻海棠花纹的木质食盒。

叶敬辞俯身将食盒提起，把盒盖打开，里面盛放着六块精致玲珑的糕点，每一块都诱人垂涎。

尤嘉识货，认出这是杭州百年老店花棠家大师傅的手笔，之前风靡播客，成为人人追捧的网红店，店里的糕点通常都被告知即刻实用，超过二十四小时口感将大有不同。

她一时呆住："你……不会是为了给我送这个特地回来的吧？"

"嗯。"叶敬辞想起她妈妈的病，关心地问，"听你同事说你妈妈病了，怎么样？需要做手术吗？我可以给你介绍医生，张大夫手术成功率最高，周大夫是心脏方面的专家，之前给很多重要人物做过手术……"

"哦，不用不用。"她回过神来，连忙打断他，"已经没事了，医生说过两天就能出院了。"

两人说着话走到病房门口，尤嘉推门进去，看见王美兰同志正在和同病房的病友斗地主，目睹此情此景，她僵立门口，一阵头痛。

幸好病房里只有三个人，这要是四个人，估计能凑一桌麻将。

不过她又有些开心，好像自从那个男人过世以后，妈妈的笑容渐渐多了起来。

去年除夕，母女俩守岁等零点钟响，王美兰坦然承认，她生下尤嘉不久产后抑郁，一度想跳楼自杀，又怕扔下女儿没人管，动过要带她一起跳的念头，可每当看见女儿那双清澈的眼睛，她就舍不得了。

王美兰又赢了一局，眼角眉梢都是笑，利落洗牌，一抬头，看见女儿和一个长相格外标志的男人出现在病房门口，顿时喜不自胜："乖女儿终于开窍了，知道交男朋友了？"

一句"还不是"就在尤嘉嘴边，叶敬辞却先她一秒，掏出名片递过

去，嘴甜地应声："阿姨好。"

王美兰把名片正反面看了个仔细，一脸欣慰，放下手里的扑克牌细细打量起他，一脸"丈母娘看女婿，越看越满意"的架势。

"小叶是哪里人呀？"

叶敬辞说："安平本地人，和嘉嘉一样，都在北城上班。"

"哎哟，那可太好了。"王美兰丝毫不掩饰内心的喜悦，"在北城做律师挺赚钱吧？"

叶敬辞谦虚："还行。"

王美兰问："家里有几个兄弟姐妹呀？"

叶敬辞态度端正，有问必答："就我一个。"

王美兰笑眯眯的，正准备再往下问，尤嘉实在看不下去了，把妈妈拉到一边："妈，你怎么回事，调查户口啊？"

"你懂什么？"王美兰回头看叶敬辞还站着，用手示意他随便坐，转身对女儿说，"不知道为什么，我看他觉得特别眼熟，好像在哪里见过似的，但就是想不起来了。"

"真的假的？"她总觉得这是妈妈为了"调查户口"临时找的借口，"他以前住在咱家老房子楼下，你可能见过吧。"

王美兰摇头，转身看叶敬辞在沙发落座，走过去说："小叶，别怪阿姨问题多，阿姨只是看你面善，多唠叨了几句。阿姨年纪大了，记性不太好，你好好想想，我们是不是在哪里见过？"

叶敬辞抬头，视线落在王美兰脸上，又看尤嘉，一脸茫然，嘴角却漾起笑意："没想到过了这么久，阿姨还记得我啊。"

这句话证实了王美兰的猜测，她欣喜不已："真的是你？我果然没记错！"

眼看这两人激动相认，尤嘉满脸问号。

喂，到底什么情况？你们俩说清楚行不行？

Chapter03
故地重游 ♪

  王美兰出院这天，天朗气清，气温攀升，街上已经有年轻女孩穿上火辣吊带和超短裙了。叶敬辞借了父亲的车，专程去医院接尤嘉母女回家。

  王美兰很有眼力见，一到家就借口出门买菜，给尤嘉和叶敬辞制造了独处空间。

  孤男寡女，共处一室，气氛尴尬。

  两人并肩坐在沙发上，电视里播放着王美兰正在追的网剧，剧里的男女主角正在接吻……

  尤嘉实在没眼看下去，拿起茶几上的遥控器把电视关了，原本还有些声响的客厅陡然变得安静。

  她闭了闭眼睛，试探地问："不然我们出去走走？"

  叶敬辞顺从起身："去哪儿？"

  她想了想，推开客厅的窗户，遥遥指给他看，一座红砖教学楼就矗立在不远处。

  那是安平一中，他们的母校。

  毕业后越来越忙，每次回安平都宅在家里，她好久没回去了。

  他们走路过去才花了十五分钟。从前低矮的图书馆，扩建后已有五层高，昔日坑洼不平的操场变成了塑胶跑道，主席台被重新粉刷成一片清新盎然的薄荷绿，上体育课的学生正在排队等待体测，校服不知道改到了第几版，早就不是他们当年穿的款式了。

  唯一不变的只有红砖教学楼的爬山虎，葱茏、茂盛、无尽蔓延。

  哦，还有守了十几年学校大门的门卫室大爷。

  哪怕听说他们是往届毕业的学生，大爷也坚决不肯放他们进去。叶敬辞耐心十足，还在认真地与对方交涉，尤嘉看大爷斩钉截铁的样子实在说不通，灵机一动，拉他离开了门卫室。

她说："我想到一个地方，应该能进去。"

叶敬辞任由她拽着自己的手腕，兴致盎然地跟在她身后绕到了学校后门。尤嘉沿着斑驳的红砖围墙走到道路尽头，终于找到了一处被疯长的灌木丛掩映的缺口。

"找到了。"她没想到都这么多年了，这个缺口还在。

叶敬辞低头看着眼前这个隐秘的狗洞，忍俊不禁。

真是难为她了，这地方确实不好找。

"你一定没逃过课。"尤嘉骄傲地说，"我以前逃课去喜欢的作家签售会，就是从这儿爬出来的。"说完她拨开灌木丛凌乱的枝丫，帮他开出一条通畅的小路，"你先进。"

叶敬辞身上的衣物向来熨帖平整，一丝褶皱都没有，平日别说钻狗洞，就是日常起居他都相当讲究，如今看她一脸得意，大义凛然地让他先走，他竟有些哭笑不得。

不过既然到了这里，他也没那么多顾忌，他索性解开衬衫顶端的两颗纽扣，听话地钻进了灌木丛。

灌木繁茂，虬枝盘错，爬出来的时候白衬衫染了灰，他下意识地皱了皱眉。尤嘉也爬了进来，她已经变成了花猫脸，头顶还钩带出一朵红色野蔷薇，像童话故事里梦游仙境的爱丽丝。

她怕眯眼睛，一路闭眼钻出来，刚睁开眼就看见叶敬辞伸过来的手。

他的手长得真好看，指骨分明。他站在她面前，弯腰帮她摘掉头顶的杂草和花。

尤嘉通过男人解开的衣领，能看见他精致的锁骨。正是上课时间，校园里静悄悄的。尤嘉看得愣住，直到教学楼里响起琅琅的读书声，她才匆匆站起来。

尤嘉本来想去教学楼顶层的天台，那是她以前念书时经常去的地方，午休时她和季莹、晓善会一起躲在天台上听周杰伦的歌，体育课她会躲在这里背单词，有时候爸妈吵架她心情不好，也会偷偷躲在这里写日记。

可是这次回来，她发现天台的门被锁死了，门上还贴着"禁止进入"的标志。

她有些失望，只好和叶敬辞原路返回，下课铃却在这时响起。

正是下午的大课间，有二十分钟的休息时间，学生们鱼贯而出，校园里立刻生机盎然。

他们默契地对视一眼，担心形迹败露被赶出去，又退回楼梯间。通往天台的阶梯多出半层，通常没人会来，他们躲在墙后，等走廊渐渐安静，才松了口气，不约而同地坐在了台阶上。

尤嘉觉得有点好笑："我们明明是回来看母校的，怎么好像做贼，现在怎么办？"

"等他们上课再出去好了。"叶敬辞说。

台阶狭窄，两个人并排坐下刚好，他们的肩膀紧靠在一起，在狭小的楼梯间，好像有暧昧在发酵，尤嘉有些不自然地绷紧身体，精神也莫名地绷紧了弦。

叶敬辞察觉到她的尴尬，从口袋里摸出一副耳机，递给她一只："如果觉得等待无聊，就边听边等。"

她像看见了救命稻草，把耳机塞进耳朵，可是等叶敬辞打开播放列表，听到熟悉的旋律，她愣住了。

耳机里，女歌手唱着："And if we run away run away now,we won't ever look back.（如果我们一同远走高飞，就永远不用回头。）"

这首*Run Away*几乎陪她度过了无数难眠的夜晚。

她转头看坐在身边的男人，昏暗楼道里，他的侧脸轮廓不知不觉和她记忆里的画面交叠在了一起，让她感到不可思议。倏忽间，她有片刻晃神，误以为自己穿越了时空。

一首歌结束，叶敬辞把耳机摘下："你昨天在医院问我的问题，今天还有兴趣知道吗？"

昨天在病房，她追问他和妈妈在哪里见过，他只是神秘地笑笑，没有回答。后来大夫来查房，看见病床上的扑克牌，给大家上了一堂思想教育课，这茬儿就被打断了。

现在他主动提起，口吻像在哄小朋友，她莫名被蛊惑似的点了点头。

他说："记得是高三的元旦夜，学校放了一天假，那天我没回家，留在出租屋复习，直到晚上才出门吃饭，吃完回去已经很晚了，然后，我听见你坐在楼道里哭。"

听他说到最后，尤嘉的脑子里"轰"的一声乍响，散落在脑海深处的记忆碎片被拼凑完整。

原来，是他。

尤嘉念高中时，王美兰一直在筹划等她上了大学，就离开尤嘉的爸爸尤诚。

为了能独自支付得起女儿的学费，这么多年她四处做家政打零工攒钱，其中一个客户是一位单身中年男性，功成名就，比她小五岁，久而久之两人渐渐成了无话不谈的朋友。

每次男人出差总会给她带礼物，多是便宜有趣的小玩意儿，不值钱却心意十足。男人知道她婚姻不幸福，希望她可以认真考虑一下离婚的事宜，这也给了王美兰坚定离婚的勇气。

王美兰是传统女性，内心挣扎不已，最后选择和女儿坦白此事。

她本以为尤嘉不会同意，谁知早熟的她反而支持。她赞同爸妈离婚，不希望他们以"为她好"的名义勉强在一起，只为给她一个千疮百孔的家。她真心实意地为妈妈感到高兴，于是王美兰终于下定决心和尤诚谈判。

那天是岁尾最后一天，新的一年即将来临。

尤嘉戴着耳机在房间里做作业，突然收到余铭涵发来的短信。

余铭涵："要不要出来玩？去运河边放烟花跨年。"

她听着外面渐渐清晰的争吵声，恹恹地按下发送键。

尤嘉："不去了，他俩又在吵架。"

紧接着客厅里响起酒瓶猝然摔碎的声响，她警觉不好，放下手机跑出去，看见妈妈坐在一地碎片里，散乱着头发呜咽痛哭，那个男人喝了酒，拎着酒瓶声嘶力竭地怒骂着，骂妈妈不守妇道。他说除非她死，否则别想离婚，说着就挥起酒瓶去打王美兰。

她跌跌撞撞去拦爸爸，抱住他的腿，夺他手里的瓶子，反被他嫌碍手碍脚，把她像提小猫一样揪住后衣领扔出了家门。

她穿着单薄的睡衣站在零下十几摄氏度的楼道里，老楼的物业经常偷懒，楼道的灯坏了好久也没人来修，她又怕又冷，拍打着门求那个人不要伤害妈妈，可是里面的人毫无回应，只有破口大骂的声音间或传来。

她感觉自己的人生就像这栋被物业遗忘的老楼一样，她也正在被这个世界抛弃。那时候的她根本想不到，若干年后她会去北城工作，摆脱这里的一切，拥有独立自由的人生。那时的她以为她和妈妈今夜会死在这里。寒意流窜进四肢百骸，她从心底感到绝望。

后来她听到脚步声，楼下缓缓走上来一个人影，她依稀辨认出黑暗里少年的轮廓。

她喊出他的名字："余铭涵？"

那人迟疑一瞬，没有否认，而后走到她的面前，伸手在她的头顶轻轻揉了一把。

她立刻放下戒备，像世界末日时终于拿到挪亚方舟的船票，紧紧攥住他的衣角，号啕大哭。

他们并肩坐在台阶上，余铭涵把羽绒服脱下来披裹在她的身上，她哭累了，渐渐变成小声啜泣，好像在苦求，又像是祈祷："我们什么时候才能长大啊？我不想在这里生活了，你带我走吧。"

余铭涵什么话也没说，那天他出奇地安静，沉默地陪在她身边，用手轻拍她的背，安抚她的情绪，好像在说"别怕，有我在"。

门内的夫妻大打出手，吵声刺耳，让人揪心，他从口袋里摸出MP4，分给她一只耳机，耳机里传来女歌手独特的嗓音，她唱："And if we run away run away now,we won't ever look back."

后来外面隐约响起爆竹声响，她也累了，迷迷糊糊地靠在余铭涵的肩膀上睡着了，度过了一个非同寻常的跨年夜。

再醒来已是第二天，妈妈守在她的床边，说她有些发烧。

妈妈额角有伤，眼睛红肿，此外没有更严重的外伤，她终于松了口气。那个男人不过吓唬妈妈泄愤，不敢真的拿她怎么样，骂完了，喝了酒，夜里夺门而出，不知道去找哪个女人共度春宵了。那时候她想，他要走就走，最好一辈子都别回来，她和妈妈两个人生活也很好。

她问起昨晚的事，妈妈说后来开门，看见她和一个男生坐在台阶上，她靠在男生的肩膀上睡着了。男生长得很高，穿着单薄的卫衣，看见她先是礼貌地喊了声"阿姨"，然后小心翼翼地帮忙把她抱进了卧室。

妈妈问起他的名字。他说，他叫余铭涵。

余铭涵临走前在书桌上给她留了一张字条，写的是纪伯伦的话：

"你要静守，度过你心里凄凉的冬日。"

他的钢笔字清隽利落，力透纸背，是少年难有的笔力。

尤嘉也很喜欢纪伯伦，她把这张字条折好，放在了钱包里。直到后来她已经彻底对余铭涵失望了，才把那张字条拿出来，原本是要扔掉的，到底舍不得，被她留下来收进了存放旧物的箱子里。

因为那一年元旦夜发生的事，她无论如何也对他讨厌不起来。

毕竟在她最无助的年纪，是他一直陪在她身边。

那件事过去不久放了寒假，临近过年，补习班停课，她有很长一段时间没见过余铭涵，再见到他已经是春暖花开。

她向他郑重道谢，在提及那一晚的事时，他安静地听着，没有半句否认，最后腼腆地一笑，对她说："我们考到同一所大学好不好？"

她几乎没有犹豫就说了"好"。

这么多年，她一直以为那个突然出现在黑暗里的少年，那个陪她坐在冬夜楼道里的少年，那个借她温暖肩膀靠着的少年，是余铭涵。羽绒服的温度，字条的笔迹，耳机里的旋律，也都属于余铭涵。

不是没疑惑过，在看见余铭涵龙飞凤舞的字迹时，在问他为什么喜欢Run Away这首歌时，在提起那个冬夜他的反应时……只是她错以为时间匆匆，往事对他而言已经如烟，或许模糊，或许记不真切了。

殊不知，那一晚叶敬辞谎称自己是余铭涵，而余铭涵也顺水推舟撒了谎。

上课铃响，尤嘉从回忆里抽身而出。她看着叶敬辞的侧脸，心里一阵难以言喻的复杂情绪。

"当时你为什么……"

"你看见我就喊余铭涵，我如果说不是，你该多失望。"他笑了笑，在她的头顶轻轻揉了一把，"早知道你们没在一起，我何必等到今天，早出手说不定你现在已经是我女朋友了。"

他的手掌宽厚，他的动作轻柔，他的口吻像夏日里的蔚蓝海洋，令人不知不觉沉迷其中，不愿返航。

她的眼睛里原本还盛放着粼粼波光，突然被惹笑："你未免也太自信了。"

叶敬辞收敛笑意，一把扣住她的手腕。尤嘉被突如其来的动作吓到，下意识躲闪，他反而将她的手捉住，手指嵌入她的指缝，与她十指紧扣，她骤然心跳加快，心口好像有一簇火种，燎原不过刹那。

看见她脸色绯红,他心满意足地戏谑道:"你心跳得这么快,我有理由怀疑你也喜欢我。"

原来他一直在试探她的脉搏。

尤嘉试图抽回手,奈何他不肯放,她只好红着脸反驳:"换你被异性突然牵手,你也会紧张得无所适从,心跳加速。"

叶敬辞笑眼灼热:"可惜这种情况不会发生。因为除了你,我不会给任何异性牵手的机会。"

"喂!你们俩!什么人?"突如其来的一声呵斥让尤嘉回过神来。

教导主任来天台检查门锁,拾级而上发现他们俩鬼鬼祟祟地坐在门前台阶上,相当可疑。

叶敬辞率先亮明身份,教导主任扶了扶眼镜,将他认了出来:"哟,是叶敬辞啊。"

主任又转头看尤嘉,她还以为主任也记得自己,谁知主任冲叶敬辞欣慰一笑:"带女朋友回来看母校啊?"

尤嘉无言以对。

好吧,她念书的时候是没什么存在感,主任不记得她也正常。

叶敬辞没纠正他们的关系,忍笑答应:"嗯,回来看看。"

主任很热情,邀请他们去办公室坐,教导处正热闹,有两个男生打架,还有一个男生和一个女生被抓交往过当,要求请家长到学校谈话。

尤嘉甫一坐下就不甘心地向主任澄清:"主任,我也是咱们学校的学生,我叫尤嘉,和叶敬辞同一届,是九班的。"

"尤嘉?"主任端着茶缸喝水,认真回忆,终于想起来了,"哦!是那个文科班作文写得特别好的尤嘉吧?我记得那届高考,你的作文是咱们市唯一的满分,好像叫……叫……"

时光飞逝,主任一时想不起来。

尤嘉正要开口提醒,叶敬辞却先说:"题目是《青山暗红》。"

主任猛地一拍大腿:"对,就是这个。"

尤嘉难以置信地看向叶敬辞,他还真是无所不知啊。

相比之下,她对叶敬辞的了解就少得可怜了,仅有昔日从晓善和季萤口中听来的有限信息,比如他出身书香门第,祖父母、父母都是大学教授,他念高中时父母主动请缨去贫困山区援助,人品高尚,不计回报,再比如他名片上写的公司、职位等,至于其他的,她一概不知。

　　她忽然有了危机感，这是敌在暗、她在明啊。

　　主任重新把两人仔细打量，似乎领悟到了什么："你们这是念书的时候就在一起了吧？毕业都快十年了，真是难得啊。"

　　这话说得叶敬辞和尤嘉都是一愣，没等反应，一旁正在接受思想教育的男同学看过来，嬉皮笑脸地插嘴："主任，那学长学姐算是'交往过当'吗？这结果不是挺好的嘛，您干吗非要喊我们的家长啊，您这是在破坏姻缘，月老好不容易配成一对，您棒打鸳鸯，月老肯定不乐意。"

　　主任一道凌厉的眼风扫过去："你个臭小子，回去站好！"

　　现在的学生真是越来越皮。

　　"我们不是早恋。"叶敬辞笑着纠正，"我是暗恋你学姐，正在努力争取交往资格，还没成功呢。"

　　他说完看向尤嘉，显然，她被他的坦诚杀得措手不及。

　　主任得知两人不是情侣一阵惋惜，转而对尤嘉语重心长道："能让叶敬辞暗恋这么多年，看来你不光作文写得好，其他方面也很优秀嘛。想当年，不少女生喜欢他，我没收的情书就不知道有多少，你可一定要珍惜啊。考察归考察，差不多就得了，可别让他跑了，到时候后悔都来不及。"

　　叶敬辞站在旁边笑而不语。

　　主任苦口婆心，尤嘉不敢反驳，她只能偷偷瞪一眼叶敬辞，以解心头之恨。

　　再抬头，她发现整个办公室的人都在看自己，顿时觉得好像回到了学生时代做错事被揪住现行。再看叶敬辞，他倒是眸光温柔，端着一杯主任倒的待客茶，喝得有滋有味，悠闲看戏，看起来心情愉悦。

　　他们没在学校过多逗留，被叫来的学生家长陆续到学校，主任忙着进行思想教育，他们也就告辞了。

　　从学校离开已是傍晚时分，夕阳落进地平线，把整座城市映成一片剪影。

　　回家的路上，尤嘉走在前面，叶敬辞手插裤袋悠闲地跟在她的斜后方。

　　华灯初上，路灯温黄似月亮。尤嘉随手用手机拍了几段剪辑视频用的素材，突然好像想起什么，转身问："你读过我的作文？"

叶敬辞走近停在她面前，大方地承认："语文老师经常拿你的作文到我们班传阅，你的每一篇文章我都看过。"

每一篇？想当初她在作文里可没少撒谎，凡是和家庭、父母有关的题目，最后写出来的文章都会被她极尽渲染，与事实严重不符。

那种被拆穿的感觉再次出现，她觉得自己在叶敬辞面前几近透明。

这不公平。

她突然有一种迫切想要了解他的欲望，又被这个乍现脑海的念头吓了一跳。

叶敬辞像一个手法绝妙的猎人，他用自己做饵，一步一步诱她靠近。她心甘情愿，她深陷着迷，她第一次对男人产生浓厚的兴趣，想把他的前世今生都琢磨清楚，研究彻底。

夏风丝丝缕缕，他们一前一后，抄近路走在故城小巷，脚下翻修的新路被尤嘉的高跟鞋踩出节奏有序的声响。

她若有所思，低头问出困扰已久的问题："你说喜欢我，你喜欢我什么呢？"

叶敬辞一愣，随即嘴角上扬："你终于对我有好奇心了？"

尤嘉没说话，心里却是默认的。

其实她一直都有，只是她没找到合适的机会问而已。

叶敬辞不再开玩笑，认真地回答："其实在很早以前，我并不知道什么是'喜欢'，我只知道你和别人不一样，和我也不一样，无论是家庭背景，还是成长轨迹，我们就像两颗永远不会交会的星球，遥遥相望，只是偶然之中，你的倒影出现在我的视野，让我有幸知道了你的存在。

"这些年，我打过一些离婚官司，在那些硝烟弥漫的家庭环境中，处于青春期的孩子多乖张叛逆，他们怨天尤人，把所有不幸推诿到家庭和父母身上，直到那时我才知道，为什么是你吸引我，因为在那样的成长环境中，你没有怨言，没有堕落，你孤立无援，却自信笃定，好像外界施加于你的苦难，对你而言都不足挂齿。你没有博取过任何人的同情，甚至一直在铸建坚硬的外壳，不肯让别人发现你的脆弱，只有我未经允许，躲在暗处窥见过你的无助。因为见过那时的你，所以我放不下。

"一开始我没意识到这就是'喜欢'，我只是想确认你过得好不

好。我有朋友和你高中同班，每次见面我都旁敲侧击打听你的消息，于是知道你考了中文系，毕业后去了北城。我想，真好，你终于离开了安平，拥有了属于自己的生活。

"后来我又找朋友去探寻你有没有恋爱，所有人都告诉我，你和余铭涵在一起，你们在同一所大学，你们出双入对，从那以后我开始心无旁骛地念书、准备司法考试、读研，没有多余的精力去想其他事。直到上次回安平参加婚礼，意外地知道你还是一个人，我才后知后觉地意识到，我对你的感情，就是喜欢。

"你问我为什么喜欢你，我也答不出来。我只知道这么多年，每当有人问我有没有喜欢的人时，我总能想到你。在我的世界里，只有你和'喜欢'这个词吻合。"

太阳已经完全消失不见，剩下天边火红的霞光，而另一边则是深沉的暮色，有一弯月牙皎皎地缀在其间。

尤嘉简直惭愧，她哪里有他说的那么好。

什么自信笃定，无非是迫不得已。有的人，生来就赢在起跑线，衣食无忧，生活富足，而她的家庭不仅无法给她提供帮助，还时不时飞过流弹，她不能坐以待毙，所以才选择苦撑。

如果可以选择，谁愿意经历这些呢？

她一时无言，过了许久，她忽然觉得自己罪孽深重，害如此优秀的叶敬辞白白单身这么久，她心生负罪感，好奇地问："这么多年……你都没谈过恋爱吗？"

他摇了摇头："也遇见过一些人，但我能感受到，她们都不是我想要的。"

尤嘉再次沉默了。

叶敬辞沉吟半晌，开口念出她的名字："尤嘉。"

"嗯？"

"你能明白吗？我只想要你。"

叶敬辞说完这句话，脚步飞快地抢在她前面走进了单元门。尤嘉愣怔一瞬，借着楼道里的光，发现他耳朵红红的，好像在……害羞？

奇怪，竟然有点可爱。

他们到家时王美兰已经做了满桌子的菜，女儿回来这么多天，忙前忙后跑各个科室，她因为住院都没让女儿吃顿好的，眼看她出院，尤嘉又要返回北城了，她可得赶紧大显身手。

王美兰盛情邀请叶敬辞留下一起吃，他倒是很想答应，只是早上出门时爷爷特地嘱咐他晚上回家吃，叶老爷子今年八十八，待孙辈和蔼可亲，尤其疼爱叶敬辞这个长孙，他不好辜负爷爷的心意。

叶家在龙湖区，这一片是新城，到处都是正在开盘的小区，以别墅区居多，他们家五年前在这里买了房子，去年刚装修好，正式入住。

说来都觉得夸张，这房子算上地下停车库一共有五层，室内安装电梯，他以前只知道父亲擅长理财和金融投资，也知道自己家比一般人家富裕，却不知道他们私下有这么多财产。

买这套房子是因为叶爸叶妈考虑到儿子到了成家立业的年纪，自作主张为他准备的婚房。谁知他太争气，毕业直接留在了北城，连户口都转了过去，去年又在通州付了房子首付，未来多半是在北城定居了。于是全家人商量，把婚房变成了家庭住宅，全家搬了过来，叶敬辞也乐得如此。

他刚进宅院就听见客厅里传来一阵欢声笑语，这幢房子大得离谱，平日就父母和爷爷住，此外还有一条父亲饲养多年的金毛，今天这么热闹，看来是有客人来访。

他在玄关处换鞋，发觉门前擦鞋垫上多了一双款式时尚的高跟鞋，明显和母亲的年纪不符。他大约猜到了访客是谁，不禁蹙眉，面露不悦。

客厅里爷爷正在和人下围棋，对面坐着一位年轻的女人。

女人长发及腰，发质乌黑，上身是白色雪纺衬衫，配了一条砖红色半身包臀裙，坐姿优雅，端庄大方，不知道在和老爷子聊什么，哄得爷爷朗声大笑。

爷爷最先看见叶敬辞，慈祥地朝他招手："敬辞回来了。"

江晚吟也顺势看过来，妆容精致的脸上闪过一丝欣喜，方才的得体与从容顷刻不见，小女孩一样措手不及地放下棋子，走到叶敬辞面前，温婉地和他打招呼："最近还好吗？"

叶敬辞面无表情地说了句"还行"，也没再多看她一眼，对爷爷说："今天家里聚餐吗？"

叶老爷子乐呵呵地说："晚吟博士毕业回国了，陆阿姨听说你回

来，两家就张罗聚一聚。"

叶敬辞点了点头，没再说什么。

他爸和江叔叔是认识三十几年的朋友了，各自成家立业后两家人也常常走动，先前叶家没搬到这边时，两家住同一个小区，他和江叔叔的女儿江晚吟从小就认识，小学还是同班同学。

他看向厨房，母亲不知道在和陆阿姨聊什么，很开心的样子。

听见玄关的动静，陈青也看见了儿子，她走过来，亲昵地搂住晚吟的肩膀，骄傲地向儿子介绍："人家晚吟现在可有出息了，在互联网公司做影视版权经理，会英、日、韩三种外语，身边都是制作人、大明星。我看啊，马上就要赶超你了。"

江晚吟被夸得不好意思，娇俏可人地抿唇笑笑："陈姨，你可别'捧杀'我。"

叶敬辞神情淡漠："我们不是同行业，没有可比性。"

陈青伸手在叶敬辞脑门上戳了一记："你这孩子，狂妄得不行。"

江晚吟却落落大方道："敬辞说得没错，我们完全是两个不同的行业。敬辞专门打离婚和房产类官司，目前这类民事纠纷正热，很多律师都是因为承接了明星夫妻的离婚案而名声在外，我看过网上敬辞参与庭审的视频，他很厉害。我才回国，刚刚到北城打拼，敬辞经验丰富，接下来还要多多向他请教呢。"

"你快别为他说好话了，这孩子从小就有主意，什么都不听我的，那么多专业不念，非要去念法律，每天和那么多复杂的人打交道，净让我操心。"陈青嗔怪道，瞟了叶敬辞一眼，看他领口纽扣也没系，衬衫被汗水浸透，一身脏兮兮的，又嫌弃又无语，"知道的，你是做律师的，不知道的，你这副样子说是打群架都有人信，快去换身衣服，马上就开饭了。"

叶敬辞如蒙大赦，可算找到机会脱身。

他走进洗手间洗了把脸，烦躁地揉了揉眉骨，突然为自己的智商下线感到担忧。他真是太天真了，还以为爷爷让他回家只是单纯地吃饭，合着又是联手爸妈为他张罗婚姻大事。

这么明显的相亲局，他一眼就看出来了。

一顿晚饭叶敬辞吃得浑身不自在，席间长辈们没少过问他和江晚吟的感情状况，他本想顾全大局，给大家一个面子，敷衍了事，谁知陆姨提起女儿目前在北城还没租到合适的房子，正借住在同学家，陈青闻言放下筷子，热情提议："还找什么房子啊，敬辞在通州买了房子，晚吟如果不介意，可以暂时搬过去住呀，等找到房子再搬走也来得及。"

叶敬辞懒得拆穿他妈的小心思，不动声色地吃饭，闷不作声。

房子的主人不开口，江晚吟也不敢贸然答应："陈姨，这样不太好吧，我怕敬辞觉得不方便。"

叶敬辞还是不说话，专注地往碗里舀汤。

陈青瞥了儿子一眼，眉开眼笑地搭腔："哎呀，没什么不方……"

"是不太方便。"叶敬辞放下筷子打断。

饭桌上忽然寂静非常，大家齐齐向他看来，陈青更是一脸愠怒，隐忍不发。

他懒得解释那么多，索性直言："我准备和女朋友同居，江晚吟住过来不合适。"

他随口胡诌的一句话，杀伤力却无限大。

叶振宁一口酒喝下去差点呛住，陆姨和江叔叔的脸色也是赤橙黄绿变换不停。江晚吟早就没了笑容，气氛陡然凝固，空气冷得要结冰。

众人的表情各有亮点，唯独叶敬辞和爷爷各自坦然地喝掉一碗汤。

喝完，他抬眼冲母亲赞道："妈，您的厨艺真是越来越好了，汤很入味。大家慢慢吃，我还有一些工作要处理，先上楼了。"

陈青好久才反应过来："你什么时候交的女朋友，我怎么不知道？"

然而叶敬辞早就消失在了门口。

叶振宁倒是沉稳，一把拉住夫人，体面地劝说："敬辞这么大人了，你管他的私事干什么？老江，真是不好意思，我这个儿子向来自作主张惯了，让你们见笑了。来，把酒满上，咱们接着聊，不管他。"

叶敬辞的房间在三楼，陈设简约，所有家具都是他自己挑的。当初装修，他强烈要求把自己的房间空出来，单独找了心仪的设计师，如此才免遭爸妈审美的荼毒。

他坐在书桌前，打开电脑处理了几封加急邮件，到底心里有事，不够专注，索性一把摘下眼镜，拿起手机翻看微信，置顶联系人很安静。

他把手机放到一边，想了想，又把它捞回来，思忖片刻，还是把送她回家时没说出口的话编辑好，点击了发送。

尤嘉明天早晨的高铁返回北城，本地有"上车饺子下车面"的说法，王美兰一定要煮饺子送她上车，于是晚上吃过饭，她就在餐厅帮妈妈擀饺子皮。

上次回来参加晓善的婚礼，来去匆匆，她都没和妈妈多待一会儿，这次总算找到机会聊天。

王美兰先是关心她在北城累不累，又问起工作怎么样，兜了好大一圈，终于绕到了叶敬辞身上。她对叶敬辞印象很好，尤其还有当年的事做基础，更加放心女儿和他在一起。

她没向妈妈解释他们还不是男女朋友，只是静静地听着，她知道妈妈要说什么。

果然，王美兰沉吟半晌，问："嘉嘉，你最近身体还好吧？"

她的厨艺都是和妈妈学的，饺子个个小巧饱满，她一边包一边答应："挺好的，能吃能睡。"

"那就好，平时注意休息，不要熬夜，保持好的心情。"

"知道了。"

王美兰又犹豫了一会儿，紧张地问："你和小叶在一起多久了？那件事……你告诉他了吗？"

尤嘉稍一出神，手里的饺子不幸因肉馅太多破了皮。

她颓丧地把失败品放到一边，顺便在围裙上擦了擦手。

"还没有。"

王美兰松了口气："那就好，这事你可考虑清楚，虽然现在人们的思想开放了，但还是有很多人介意。就算小叶不介意，人家父母肯定也介意。要我说，就不要讲了，等走到结婚那一步再说。"

尤嘉并不赞成母亲的提议，皱眉反驳道："等结婚再说就晚了，你看你和我爸。"

当初王美兰已经怀了尤嘉，在孕期仓促张罗婚礼，直到那时她才向尤诚坦言自己的身体状况。

"我俩感情差也不全是因为这个，他知道这事以前就吃喝嫖赌，当初我都不想生你了，是他跪在地上求我给他一次机会，我想着既然要结婚才告诉他的。"王美兰愤愤地为自己辩解，"后来我和你李叔叔准备再婚，我可是实话实说全告诉他了，结果怎么样？婚没结成呀。反正你自己想清楚，最坏的就是小叶知道这件事和你分手，你如果能接受这个结果，妈也没意见，路都是自己选的，考虑好就行。"

王美兰说完端起一蒸屉包好的饺子进了厨房。

尤嘉摘下围裙，坐在餐桌边怔怔地出神。受原生家庭的影响，她对爱情一直没什么憧憬和期待。余铭涵的出现就像冬夜里的火光，让她萌生了几缕希望，只是那微弱的光亮终究在时间的海里湮没了。

她长得虽不是大众意义上的美人，但眉清目秀，身边不乏爱慕者，她也会观望、审视，只是最后还是会选择婉拒。她总觉得自己还没准备好经营亲密关系，而他们所谓的喜欢，浓度不够。

有人喜欢她，也不妨碍给别人发暧昧短信；有人约她一起吃饭，也不耽误约其他女生看电影。他们要货比三家，这个摊位转转，那家店铺逛逛，好像在挑选精美的洋娃娃带回家，不像是在寻觅人生伴侣。

如果遇不到"非我不可"的爱，她觉得一个人过一生也不坏，叶敬辞却在这个时候突然出现，在她紧闭的心扉前不由分说地强势进攻，闯入她的领地，告诉她，她曾贪慕的火光是他深藏功与名的杰作。

她好像没有理由拒绝他。

可是，关于那件事……她到底要不要如实相告呢？

她想得入神，手机突然响起信息提示音，她解锁点进和叶敬辞的信息对话框，看见他诚挚的措辞。

Eucaly："这是我第一次追女孩子，没什么经验，你多担待。你之前说过，如果我是认真的，你会好好考虑。那么，现在你考虑得怎么样了呢？"

叶敬辞从高中开始就养成了跑步的习惯，经常跑步的人心跳速度比普通人慢，通常一分钟六十次，发出这条信息时，他低头看了眼戴在腕上的运动手环，数值显示一百一十八。

他从来没有这样紧张过。

夜深人静，他睡不着，随手从书架上拿了一本《民法总则》，翻了几页，实在无心学习，拿起手机点进了尤嘉的朋友圈。

她发布的状态不多，大多是和新书上市的信息相关，往前翻一翻，近期有一条是关于沈放的，她发了"喜大普奔"的表情包，配文："各部门注意，沈放交稿了！"

沈放还在下面留了评论："小嘉嘉辛苦了，爱你哟。"

叶敬辞无语。

沈放，你等着。

他正咬着后槽牙琢磨怎么找沈放的麻烦，手机忽然"嗡嗡"振动，看见是尤嘉的电话，他迅速接听。

听筒里传来她轻柔的声音："你应该还没睡吧？"

叶敬辞假装淡定："嗯，在看书。"

"我想了想，还是打电话跟你说比较好。"

他心里"咯噔"一下，手环显示的心跳频次又上涨了。

"我明天一早的高铁回北城，这几天请假落下不少工作，接下来要赶沈放的新书估计会很忙。你问我的问题，再给我几天时间好不好？"说到这里，尤嘉停顿片刻，笑着说，"你放心，我不会让你等太久，只是有件事我还没想好要不要告诉你，我怕告诉你，你不会接受。"

听见最后一句，叶敬辞的心里闪过无数猜测："什么事？"

她有些犹豫，思量片刻，说："还是等我想好了，和你见面说吧。"

叶敬辞却被激起了好奇心，顿时百爪挠心："不然给一个提示？"

没等尤嘉说话，他又忽然想到什么，瞬间恍然，笃定道："我知道了！如果是那件事，你放心，我不介意。"

电话另一端的尤嘉被他搞糊涂了："你知道我要说的是什么事？"

叶敬辞按照自己的推测，一本正经地解释："关于你过去的感情，无论发生过什么，我都选择尊重。所以你放心，如果是大部分男人都会介意的事，那我不介意。"

尤嘉彻底蒙了，琢磨半天，终于意识到了什么，狂笑出声："哈哈哈！你在想什么啊？不是那个！"

他竟然以为她和余铭涵睡过？

开什么玩笑，她才不是爱情大过天的人。

在没确定这个男人是真心实意喜欢她之前，她绝对不会让自己掉以轻心被人占便宜。

"不是这件事？"叶敬辞原本相当自信，没想到会猜错。

"原来你'脑洞'这么大。"尤嘉调侃道，"我看网上的调查，你们男人不是很在意这些事吗，是不是第一次之类的？你怎么不按套路出牌？"

叶敬辞也不执着于正确答案，猜错就猜错，认真答疑解惑，回答她的问题："那是普通男人，我不一样。"

嚯，还带拐弯夸自己的。

尤嘉已经洗漱完躺在了床上，她盯着天花板，说："我以为你会是占有欲很强的那种男人。"

"嗯，我是。"这寂寂深夜，他的声音慵懒性感，近在耳畔，"但我不会霸道不讲理地把你的过去也一并占据，毕竟那时候你还不知道我喜欢你。但是，如果你是我的女朋友，那么从你答应我的那一刻起，你就是我的人了。尤嘉，我非常欢迎你来鉴定我的占有欲。"

尤嘉的心跳漏了一拍，一时无言。

叶敬辞有分寸，既然猜错，就没再过多追问。

在挂断电话前，他说："你想考虑多久都没关系，我等你的答案。"

尤嘉返回北城就开启了疯狂加班的修罗期。

沈放的新书书名，公司尊重了他本人的意愿，最终定为《白昼边界》，故事讲述缉毒警在边境执行任务时的离奇遭遇。目前稿子完成了三校和灌版，已经送审出版社，公司走了加急流程，七天下书号，封面也在历经重重坎坷后筛选出了三个版本。

尤嘉胆战心惊地发给沈放过目，没等做好心理建设，他一个电话打过来哀号："封面也太难看了吧！"

搁沈放的审美，就是性冷淡风，越酷越好，可是站在公司的立场，肯定要为大众着想，难免趋于市场化。尤嘉协调无果，最后汇报曼姐，好不容易定下的封面就这样在作者的强烈排斥下整个推翻，全部重做。

沈放为期大半个月的肯尼亚之行已经结束，他刚到家，就边整理行李边在群里和他们开语音会议。

"不然这样吧，小嘉嘉你和设计师约个时间，找个咖啡馆，按照我的提议盯着她再做几版，有方案随时发给我。"

曼姐在语音里恭敬顺从，相当捧着沈放，强势吩咐道："那就明天吧，眼看就要下书号了，封面越快越好，尤嘉你和设计师约时间。"

尤嘉欲哭无泪，回复两个字："好的。"

话音刚落，她就发现曼姐私下发了一个大红包给她，后面还跟着一串"抱抱"的表情。

行吧，谁让她遇见一个这么好的老板，心里再苦也忍了。

设计师老师住在三里屯附近，尤嘉和老师就近约了一家名叫"山南"的甜品店。她申请了外出，大老远带着电脑赶过去，设计师已经到了，两人泡在甜品店一下午，把时下热销的甜品点遍，终于结合沈放的喜好和公司的要求出了三版封面。

天色已暗，她稍微得到喘息，把封面逐一发给沈放，等他回复。

沈放这会儿却是麻烦缠身，不知道是不是"水逆"，许久不开车的他回国后一时兴起，宠幸了自己的坐骑。

他想着把从肯尼亚带回来的礼物亲自送到辞爷手上以表诚意，谁知车刚开到盛通律所楼下，拐弯时一个没留神，差点撞了人。

对方被突然冲出的车吓了一跳，慌忙躲闪，却不慎被身后的缓冲带绊了一下，狼狈地摔坐在地。

沈放眼尖，看妹子颜值高，立刻升起几分怜香惜玉的绅士风度，落下车窗询问："不好意思啊，你没事吧？"

没承想女孩子看着文静贤淑，开口竟是得理不饶人，她捡起散落一地的手提袋，从里面拿出一个纸盒，拆开后发觉紫砂壶摔得稀碎，登时气不打一处来，一把拉开车门，把盒子扔在沈放身上，气势汹汹地说："你长没长眼睛啊？开车不看路吗？"

沈放饶有兴致地看着她，也不气恼，调侃道："看你长得乖巧，怎么说话这么凶悍野蛮啊？"说着低头翻看盒子里的紫砂壶碎片，"不就是把破壶嘛，赔你就是了。"

什么破壶啊？

江晚吟知道叶敬辞喜欢喝茶，特地托她爸从名家手里购来了一把紫砂壶，想着回国后送给他。不过名家制壶的时间稍稍长了些，上次去叶家做客没带上，前几天她和陈姨打听到了叶敬辞的工作地址，思量后决定亲自送来。

一来，他虽然自称有女朋友，但看叶叔叔和陈姨的态度，他们好像都不知情，这女朋友有没有还是一个问号；二来，有没有女朋友，去问问他身边的人就知道了，同事就是一个不错的选择。

江晚吟懒得和沈放废话，白了他一眼，从牙齿缝里溜出一句："没品位，不识货。"

这六个字不偏不倚踩到了沈放的雷区，方才因她的颜值对她产生的好感荡然无存。

他立刻摔门下车，将江晚吟从头打量到脚，冷笑道："我说，别以为穿几件奢侈品就自诩品位高端了，我去巴黎看秀的时候，你连Chloe、Celine、Graff是什么都不知道呢！"

"你……"

江晚吟要气死了，她可是被人捧在手心里长大的，哪里吵得过这种

"嘴炮"流氓，心里委屈得不行。正努力积蓄爆发力，搜肠刮肚地挖掘吵架词语，身后忽然传来叶敬辞的声音。

"你们俩怎么凑一起去了？"

两人不约而同地回头，办公楼门口，此时以叶敬辞为首，身后跟着三个身穿衬衫西裤的男士，他们刚从庭审现场回来，正准备去吃饭。

盛通律所承接各种案件，甚至一些颇有争议的案子也来者不拒。

律所按照案子的性质，将内部分为ABC组，由叶敬辞负责的B组主要负责房产与离婚案，某影后出轨被告就是由他们承接的，历时半年，叶敬辞率领麾下得力干将收集了影后被老公家暴的证据，最终官司打赢，为盛通狠赚了一笔律师费。前不久舆论还在口诛笔伐影后水性杨花，如今公开事实，发现家暴"实锤"，一时影后和她老公又上了热搜。

叶敬辞一向不关注娱乐圈的八卦，热搜风向如何变化也与他无关，仗打赢了最要紧的是组织内部庆功，谁知刚走出大楼，就看见沈放和江晚吟吵成一团，也是新奇。

弄清楚事情的来龙去脉，叶敬辞无可奈何："你们俩念幼儿园吗？"

看在双方父母是朋友的情面上，他先礼貌地谢过江晚吟的好意，而后招呼沈放："没吃饭吧？正好这帮人敲我的竹杠，一起吧。"

既然邀请了沈放，他也不好忽略江晚吟，最后一行人热热闹闹地去了三里屯附近的商场，众人挑来挑去，不是火锅就是烧烤，都觉得吃腻了没新意。最后还是沈放提议，附近有一家独具特色的馆子名叫"山南"，白天是一家甜品店，晚间是一家日料店，九点之后则是一家酒吧，一家店划分三个时段来经营，背后是三个不同的老板，很有特色，值得去尝尝。

大家都没异议，只是他们去的时间正是用餐高峰时段，店员告知没有大桌，如果他们不介意，可以和正在用四人桌的两位客人拼一下。

"不然换一家好了。"江晚吟不想和人拼桌。

叶敬辞向里张望，顺着店员的手指看进去，霍然发觉那道正在用餐的背影很眼熟，他嘴角微翘，立刻决定："不换了，就这家吧。"

结束工作已近饭点，尤嘉顺势邀请设计师老师一起吃晚餐，席间还碰撞出了两个新的封面方案，她正开心地与老师碰杯，忽然听见身后一声："这位小姐，方便拼个桌吗？"

她蓦然回头，就这样猝不及防地撞上了叶敬辞眉眼含笑的视线。

她没想到会和他突然偶遇，顺势看向他身后的众人，意外地发现沈放也在。还有一个熟脸，是那天特地来给叶敬辞送车钥匙的小助理。

小助理也认出了她，冲她露出一个灿烂的笑容。

其他人尤嘉不认识，于是她收回视线，看向叶敬辞："这么巧？"

叶敬辞抽出她身边的椅子坐下："我带同事来聚餐。"

"我来蹭饭。"沈放错以为尤嘉是在问他，咋咋呼呼地说，"你发给我的封面我看过了，没来得及回复，我觉得第二个版本还行，不过需要再改改，书名字体怪怪的。"

沈放说着在叶敬辞对面的空位置坐下来，下结论道："我觉得这个设计师做的封面……"

尤嘉机灵，听出他要说什么，在桌下狠踹了他一脚。

这人斜睨了旁边的设计师一眼，反应过来，把"有点难看"咽回肚子，改口说："挺合我心意的。"

尤嘉松了口气，转而向他介绍设计师老师，这时有服务员过来，把邻桌挪过来和她们的拼在了一起。大家陆续坐下，叶敬辞依次做了简单的介绍，大家热络寒暄了一番开始点餐。

原本小助理挨着老大坐，去了趟洗手间，回来却看见江晚吟神不知鬼不觉地换到了老大左手边，他似乎懂了，乖乖坐到角落围观老大这该死的魅力。

江晚吟第一眼看见尤嘉就没把她放在眼里，她穿着简单的白衬衫牛仔裤，周身连件像样的首饰也没有，不知道的还以为是初出茅庐的学生呢。

她漫不经心地翻看着菜单，故意凑近叶敬辞，犹如彰显主权般，亲昵道："敬辞，我第一次来，对这里不熟，我们从小一起长大，你知道我的口味，你来点吧。"

正在和沈放沟通封面细节的尤嘉立刻长出兔子耳朵，方才叶敬辞介绍江晚吟是"朋友"，可是看女生的表现，好像又不只是朋友，现在明白了，原来是青梅竹马。

她心里顿时五味杂陈，好像尘封的醋坛子忽然倒了似的，吃什么都觉得酸。

等她意识到自己在吃醋，浮现在脸上的情绪已经被叶敬辞敏感地捕

捉到。

她借口去洗手间调整状态，叶敬辞也不动声色地放下餐具，起身跟上。

"山南"装修精致，连洗手间都贴满了墨绿色的复古花纹瓷片，头顶灯光昏暗，尤嘉站在洗手池前，看着镜子里的自己发呆。

她太自作聪明了，以为感情像香水，有开关，无论何时何地，想释放多少泵都能精准拿捏。如今才知道是高估了自己，哪怕她竭力控制对叶敬辞的感情，她也已然对他产生了占有欲。

身后响起"咔嚓"一声按动快门的声响，她被惊动，转身看见扰乱心绪的罪魁祸首正拿着手机，把她对着镜子发呆的一幕定格成画面。

他靠在另一侧的洗手池旁，低头欣赏自己的大作："完美。"

也不知是夸他的拍照技术，还是夸她。

她假装若无其事，匆匆洗过手，转身就走："我先回去了。"

叶敬辞却伸手拦住她："别急着走，帮我个忙。"

她抬头："什么？"

他用手指外面，做委屈状："你也看见了，那是我爸妈朋友家的女儿，从小就认识，我谎称自己有女朋友了她却不信。不然这样吧，看在上回我陪你演戏的分儿上，今天你也帮我一次？"

听完他的解释，尤嘉心里好受了一些，问："你们俩是青梅竹马？"

他冷漠地划清界限："算不上。"

看他一脸诚恳，她败下阵来："需要我怎么做？"

她话没说完，外面忽然传来一阵高跟鞋急促的脚步声，叶敬辞反应灵敏，一把搂住她的腰。他的力气太大，尤嘉被他逼退了几步，直到撞上身后贴满瓷砖的墙。

她伸手去推叶敬辞的胸膛，反被他钳住双手，一把按压在头顶，同时他用力抵住她的小腹，两人的身体线条立刻完美契合。

高跟鞋的声音越来越近，尤嘉领会了他的用意："你可没说还要牺牲色相。"

叶敬辞勾唇，俯首紧贴她的耳畔："牺牲给我，你不算亏。"他的声音低沉，气息温热，呵在尤嘉的耳朵上，让她全身仿佛触电，忍不住瑟缩了一下。

江晚吟注意到尤嘉和叶敬辞都不在位置上，觉得奇怪，于是向服务员打听，一路找到这里。她的高跟鞋落地有声，很有辨识度，叶敬辞老远听见就知道是她。果然，他话音刚落，江晚吟就走了进来，恰巧看见洗手间里这一幕，立刻惊讶出声。

　　从她的视角看过去，眼前画面更旖旎，更引人遐想。她红着脸不敢再多看一眼，只觉得一颗心霎时跌进了百尺寒潭，气得转身就走。

　　等叶敬辞和尤嘉重新回到座席，江晚吟的脸已经黑成了炭，再没有刚才的骄矜与傲气，而是闷闷不乐地坐在角落里喝烧酒。

　　叶敬辞和尤嘉对视一眼，不动声色地采取了第二步计划。

　　他先以水代酒，举杯向三位下属郑重道："这段时间辛苦大家了。"

　　这些阅历尚浅的毛头小子立刻谦虚地应道："不辛苦不辛苦，都是应该做的。"

　　叶敬辞又说："今天这顿饭从我个人账上走，一是感谢大家这段时间的付出，二是也想趁今天这个机会，正式向大家介绍一下我的女朋友。"

　　"什么？！"沈放惊呼出声，环顾四周，毫不犹豫地先把尤嘉排除，而后手指重点怀疑对象，强烈抗议，"不是吧？以你的品位能看上这么肤浅的女人？你啥眼光啊？！"

　　"不是我。"角落里的江晚吟冷漠地开口，视线不动声色地瞟向尤嘉，眼角好似要飞出刀光剑影。

　　"不是你？"沈放还很蒙。

　　叶敬辞一把揽过尤嘉的肩膀："我女朋友，尤嘉。"

　　沈放嘴里的一口寿司就这么卡在嗓子里，他抄起手边的树莓汁灌了一大口，好不容易舒服些，没等吞下去，就惊讶地囫囵问："啊？我错过了什么？什么时候的事？"

　　叶敬辞拍拍他的肩，安抚道："就最近。"

　　下属们个个八卦脸，尤其是小助理，对尤嘉惊喜道："那天晚上看你和老大在一起，我就在想老大不会是谈恋爱了吧？没想到我的直觉这么准，一猜即中！大嫂好！"

　　尤嘉只好回："你好……"

　　她瞄了一眼叶敬辞，看他脸上那副奸计得逞的神情，莫名地有一种

误上贼船的错觉。

一顿饭吃得空前热闹，沈放的惊讶和江晚吟的失落很快被大家的起哄声淹没，九点过后，设计师老师看时间不早，先行告辞。

店里不再加餐，服务员为所有客人递上酒水单，叶敬辞本想摆手说不用，沈放却接了过来："你太不地道了，我让你写个序言送个U盘，你怎么还把我的人拐走了？"

叶敬辞挑眉："尤嘉一直都是我的人。"

沈放莫名地吃了一口狗粮："行行行，你的你的。"

尤嘉明知这是演戏，故意做给江晚吟看的，还是很没出息地脸颊绯红，任由其他人打趣，怕自己说错话露馅，整个人兔子似的缩在叶敬辞身边。

沈放却不依不饶，一时接受不了自己的编辑变嫂子的现状，崩溃道："我出国这段时间到底发生了什么啊？不行不行，你们俩该罚！"

沈放是出了名的酒鬼，他毫无节制地点了酒水单，待清一色的鸡尾酒端上来，就要和叶敬辞一决高下。

叶敬辞除非应酬，平日不喝酒不抽烟，这规矩自然也不是随便什么人都能打破的。

沈放请不动他这尊大神，只好转战攻击尤嘉，声泪俱下地哭诉道："我们认识三年多了吧，你说你怎么和叶敬辞在一起了呢，这以后……以后……"

尤嘉看他情真意切，还以为他作为朋友有多舍不得，谁知这人开口找打："以后我还怎么折磨你改封面啊？叶敬辞这不得揍我啊？"

她哭笑不得，被他这么一闹，一口酒不喝也太不给人面子了，顺势就拿起桌上最小的一杯鸡尾酒，一口闷了下去，一滴没剩，喝完还把杯口翻转朝下，她诚恳道："怎么样，够意思了吧？"

她动作快，等叶敬辞反应过来已经来不及阻拦了。尤嘉把杯子放下，只觉得脑袋晕晕乎乎，头顶的吊灯摇摇晃晃，好像随时都要掉下来。

过了一会儿，她自言自语："是不是要地震了啊？"

叶敬辞无奈，回头狠狠剜了罪魁祸首一眼："看看你干的好事。"

沈放也没想到会这样，她喝的那杯酒看着小巧玲珑，实际很有杀伤力，酒精度最高，就连他也不敢一口闷。他瞅了一眼尤嘉，向叶敬辞贱兮兮讨饶："她自己喝的，不能全怪我。"

叶敬辞真的很想以其人之道还治其人之身，只是没等付诸行动，盯着天花板吊灯的尤嘉忽然凑了过来。

她的小脸红扑扑的，一双眼睛微眯着，橘色眼影在店里灯光的映衬下格外闪耀，在认清叶敬辞之后，她突然伸手，一把掐住他的脸，像小朋友发现了什么宝物似的，兴奋道："咦？真的是叶敬辞？你怎么在这儿啊？"

叶敬辞一把捉住她作乱的手，想了想，打开手机摄像机，把她这副只有三岁智商的模样拍了下来。

视频里，他故意诱导她："我是谁？"

"叶敬辞。"

"叶敬辞是谁？"

她摇头。

他不怀好意地教她说话："叶敬辞是我男朋友。"

她鹦鹉学舌："叶敬辞是你男朋友。"

"不对，是我，叶敬辞是我男朋友。"

"叶敬辞是我男朋友。"

"对，乖。"

视频录到中途，有服务生招呼他们要打烊了，前来问询："请问哪位跟我来前台结一下账？"

叶敬辞下颌轻扬，将服务生的视线引向沈放："他。"

沈放猝不及防："不是，啥情况……你不是说今儿吃饭从你个人账上走吗？"

精明如叶敬辞，算得清清楚楚："饭，我结过了；酒，算你的。"

沈放无法反驳。

这一桌酒都是他点的，他自知逃不过，被迫打开支付宝付钱。

尤嘉听到动静却伸手挡住了他的二维码，摇头如拨浪鼓，让在场众人满脸问号。

等她摇够了，终于停下，打了个酒足饭饱的嗝，手指叶敬辞："听说他特别有钱，宰他！"

叶敬辞失语。

其他人哄笑道："哈哈哈哈哈！！"

大家很不给面子地险些笑岔气。尤其是沈放，他不客气地收回手机，将结账的资格拱手相让。

"既然嫂子这么大方，我就不逞英雄了。"

叶敬辞哭笑不得，回头看歪靠在他肩膀上迷迷糊糊的尤嘉："你个小白眼狼，胳膊肘往外拐。"

醉得找不到北的尤嘉还在傻笑："嘿嘿，不用谢。"

作为唯一没喝酒的人，叶敬辞担负起送大家回家的重任。小助理和另外两位同事好说，他们没喝多少，一起打车走了。沈放不能开车，江晚吟是女生，尤嘉醉成那样就更不用说了。沈放看时间太晚，决定在周围随便找一家酒店住下，让叶敬辞送两个女生，不然一个个送完都到后半夜了。

叶敬辞念他还算有点良心，把他扔在了路边的五星级酒店门口，扬长而去。

沈放下车后，车厢立刻变得安静，副驾驶位上的尤嘉睡得很沉，江晚吟独自坐在后排，一句话也没有。

她的性格还算平易近人，用餐时和叶敬辞的那帮属下三言两语就混熟了，如果不是知晓他和尤嘉"恋爱"也不会变成低气压，饭局后半程借口去洗手间那么久。

他的目的即是让江晚吟死心，别在他身上浪费时间。

他的天性亦不擅长安慰人，并不打算和她聊情感话题，只是口吻淡淡地问："你现在住哪里？"

江晚吟如梦初醒，却没回答他的问题，自顾自地问："你上次说准备和女朋友同居，就是她吗？"

"嗯。"

"哦，我还以为你是故意诓我的。"

短暂的沉默过后，叶敬辞又问了一遍："地址？"

"算了。"江晚吟扣动车门锁，"太远了，我打车回去吧。"

叶敬辞看她下车后挥手拦下一辆出租车，无奈地叹了口气，继而掉头向北五环开去，准备送尤嘉回家。

只是没等开过第一个十字路口，他就发现方才那辆出租车缀在身后，不用想也知道，江晚吟不到黄河心不死，非要亲眼所见才罢休。

叶敬辞无奈，转弯把车开进了加油站。

从加油站离开，他改了主意，调头向通州区行驶，直到车进了自家小区，后面那辆出租车才被拦截在外。

已经夜里十二点多了，叶敬辞像经历了一场战役，浑身疲惫。

他家是跃层复式，上下层加起来一百多平，单层空间不大，楼上一间主卧，一间次卧。他把尤嘉安置进主卧，准备去洗手间洗了澡就睡，前脚刚迈出房间，就听见身后"砰"的一声巨响。

他回头一看，一米八的大床，她竟然能从那上面滚下来，他也是有些无法理解。

好不容易把她抱上床重新安顿好，洗澡的工夫，再回来时她又睡得四仰八叉，头搭在床沿最外面，眼看就要栽下去，枕头更是被她一脚踹到了床下。

叶敬辞扶额，转身回到客厅，在存放工具的抽屉里翻找半天，也没找到什么趁手的东西，一抬头，视线落在门前衣架上，那里挂着一条他日常佩戴的领带。

行吧，凑合用吧。

他把领带拿下来，重新回到卧室，把枕头和睡得黑甜的尤嘉复归原位，见她老实不了一分钟，又要释放天性，他干脆用领带缠上她的手腕，把她和床头栏杆拴在了一起。

他又仔细检查了一遍绳结，确保无误。

睡着的人却因为口渴慢慢睁开眼睛，半醉半醒认出了他。

"叶敬辞？"

他被这声吓到，借着客厅投射进来的光束，和尤嘉四目相对。

而他此时此刻刚刚洗过澡，头发湿漉漉地搭在额前，上半身赤裸，身上只穿一条睡裤，手里还拿着一条用来捆绑的……领带？

他恍然意识到自己的行为有多么容易被误会，一万句解释就在嘴边，尤嘉的下一句却是："我渴。"

"嗯？"

没等他反应过来，一身酒气的尤嘉趁他不备，用另一只尚且自由的手，一把搂住了他的脖子，在他猝不及防之际，吻住了他的唇。

他的嘴唇丰满水润，尝起来微微凉，像咬了一口汁甜肉美的草莓。

叶敬辞还没弄清楚到底发生了什么，尤嘉已经把他放开，再次睡

着了。

睡梦中，她舔舐唇角，心满意足道："好解渴哦。"

叶敬辞觉得自己马上就要疯了，他被尤嘉撩得浑身难受，又无可奈何，最后忍了又忍，又去冲了个凉水澡，才终于去次卧睡下。

他当然没睡好，清早被六点钟的闹铃准时叫醒，进房间看尤嘉睡得沉，他蹑手蹑脚地松开了束缚她的领带，假装什么事也没发生。

他有每天早晨跑步的习惯，今天他没出门，换了速干衣在家里的跑步机上跑了半小时，而后打开电视调到了新闻频道，顾忌尤嘉在睡觉，他又从书房里翻出了蓝牙耳机，边听早间新闻边准备早餐。

尤嘉因为宿醉头痛欲裂，原本还可以睡更久，却在迷蒙之际挨了一记惨无人道的无影脚。

罪魁祸首身手矫捷，借着她的脑门当踏板，一步飞上床头柜，"喵呜"一声，宣告此次"践踏"人类的胜利。

她睁开眼睛，没等看清楚是什么东西，就听手机一阵狂响。

她从来没有夜不归宿过，季莹一早发现不对劲，立刻打电话确认她的安危。尤嘉头昏脑涨地坐起来，摸到手机，蓦然和床头柜上灰白相间的猫主子四目相对。

"喂？"季莹见她不说话，威胁道，"坦白从宽，不然你今天也别回家了。"

尤嘉这才环顾四周，看见书架上都是法律类专业书籍，猜到自己在叶敬辞的家。

她不敢实话实说，撒谎说和曼姐去应酬，结束太晚直接去曼姐家住了一宿。季莹八卦嗅觉灵敏，并不信，尤嘉拿她没办法，借口着急上班火速挂了电话。

叶敬辞家里的陈设摆件仿佛都写了他的名字，一眼看去就觉得会是他喜欢的东西。

窗帘是素雅的棉麻灰，台灯是简约的木质底座，书架上有一只泥塑的Q版法官形象的书立，戴银边眼镜，一脸学究气，简直和他一个模子刻出来的。浴室也一样，剃须刀和牙刷都是手动款，和他一样"老派正经"。

就连趴在飘窗上晒太阳的蓝猫都和她见过的其他猫不一样。它的毛色亮丽，四爪、颈间和嘴边有一圈毛茸茸的白毛，看起来非常对称端庄，趴在那里的姿态也相当婀娜，人家是美人鱼，它是美猫鱼，不知道的还以为被叶敬辞教过礼仪。

尤嘉把自己收拾干净，下楼恰好看见叶敬辞站在厨房灶前，正用小砂锅往两只玻璃杯里倒热牛奶。

叶敬辞转身，看见她，笑着说："醒了？"他把耳机摘下，招呼她，"吃早餐。"

尤嘉乖顺地走到餐桌前："不好意思，给你添麻烦了，昨天我好像喝断片了。"

叶敬辞抬眼："什么都不记得了？"

尤嘉仔细回想片刻，脑中一片空白。

叶敬辞心里一阵苦笑，得，被她宰了一顿酒，又强吻了一次，合着她忘得一干二净，他想找人负责都不知从何说起。

身为一名常年独居的男士，叶敬辞深得厨艺APP真传，做出来的早餐像模像样，连一向早晨胃口不好的尤嘉都吃到空盘。

他却谦虚地说："我不太会做饭。"

蓝猫不知道是不是嗅到了饭香，从楼上迈着优雅的步伐走了下来，叶敬辞瞧见它，从橱柜里抓出一把猫粮放进它的专属餐盘。

"你养的猫？"

"嗯，以前是只小流浪猫，冬天躲在我车底下，如果那天没多看一眼底盘，它就小命不保了。"

他蹲下身摸了摸小猫的头，蓝猫立刻凑过来蹭了蹭他的手，看起来十分享受。

尤嘉觉得猫猫好乖哦，问："它叫什么名字？"

"胜诉。"

呃……

她怀疑叶敬辞把它带回家的动机不纯，他是想让人家当吉祥物吧。

她忍不住抬头打量他，即便如今他已经长成沉稳、喜怒不形于色的男人，也依然还能透过他温柔的眼眸，看见他曾经的少年身影。

有谁会相信，这个视情书如验算纸的学霸叶敬辞，纵然在题海里战无不胜，在喜欢的少女面前却小心翼翼。

少女曾经自卑胆怯，一无所有，唯一拥有的，不过是一腔热血，和不甘向命运俯首称臣的决心，这些微不足道的事，在他眼里却光芒

万丈。

她何其有幸，在晦暗无光的十八岁，被叶敬辞喜欢，哪怕她迟了十年才知道他的视线曾为她停过。

他像时光尽头的宝物，尤嘉庆幸自己还算优秀，勉强配得上他的期待和喜欢。

吃完饭，叶敬辞顺路送尤嘉上班。尤嘉没有换洗衣服，一身酒气，临走前她对着门前的穿衣镜闻了闻，很是糜烂腐败，用脚趾头想也知道一会儿去公司，小芸会是怎样八卦的表情。

叶敬辞倚靠在门框上，看她一脸嫌恶，好笑道："我可以把衣服借给你。"

"你的衣服我能穿吗？"她非常怀疑。

叶敬辞走进卧室，从衣柜里翻出一件崭新的T恤："买小了，对你来说可能有点大，不过oversize（超大尺码，指一种穿衣风格）也不错。"

尤嘉接过来，钻进卫生间试了试，牛仔裤配白T恤，还可以，她顺手把散落披肩的头发扎成了马尾，谁见了都要夸一句元气少女。

早高峰进三环必定堵车，还好他们出发早，一路走走停停时间也充裕。

距离前面还有两百米就是公司大楼，这条路堵得水泄不通，尤嘉低头看了一眼时间，担心这样下去叶敬辞会迟到，让他靠边停下就好。

叶敬辞刚停稳，她的手机突然响铃不止，她手忙脚乱地从包里翻找出来接听，小芸的声音在耳边乍响，很是焦急："嘉嘉，你什么时候到公司啊？出事了！"

尚阅是弹性坐班制度，早九点到十点之间打卡都可以。小芸住得近，一向来得早，八点五十就到公司了，这个时间行政前台还没上班，她刚出电梯就被眼前的景象震慑住了。

公司是玻璃门，员工刷脸上班，上下班高峰人流量大，大门通常开着，方便大家进出，也因此偶尔会混进去一两个卖保险或者办卡的推销员，只不过没等推销成功，他们就会被员工举报，被行政人员"请"出去。

而今天，俨然不是混进来几个推销员这么简单。

尚阅大门上赫然被人泼了红色的油漆，一片狼藉，前台背景墙也未能幸免，被人用油漆书写着"尤嘉，勾引别人男朋友，下贱无耻！"的硕大字样。

已经有陆续抵达公司的同事议论纷纷了，公司内部群里也讨论得热火朝天，小芸在公司和尤嘉素来要好，深知尤嘉的人品作风，匆匆奔向工位想看看尤嘉来了没有，却看见一个陌生女人坐在尤嘉的工位上。

女人妆容精致，服装性感，一身橘红色艳丽长发，看起来就不好惹。小芸走近才发现尤嘉的电脑屏幕也被泼了油漆，放在工位上的书无一幸免，全部遭此毒手。

看见终于来人了，女人摘下墨镜，仔细辨认小芸，发觉不是自己找的人，又把墨镜重新戴上。

小芸皱眉走近："你谁啊？"

"没你的事，我等尤嘉。"

小芸瞥了一眼她脚边的油漆桶："等人前台等，用不着来办公区。"

墨镜女嗤笑一声，把跷起的腿放下，"不慎"踢翻了脚边的油漆桶，油漆流淌出来，也染脏了小芸座椅下的那一片区域。

"劝你一句，不该管的别管，免得惹祸上身。"

小芸跟这位神经病说不通，愤而去找行政人员和大厦保安，顺便给尤嘉打了电话。

等尤嘉赶到公司，前台油漆已经干了，办公区大部分同事也都到了，大家看似注视电脑屏幕专心致志地办公，实际却是耳听六路眼观八方，办公也不忘"吃瓜"。

那个墨镜女正坐在她的工位上手持镜子补妆，行政同事劝她离开，她一动不动。保安都是身形强健的大叔，只要靠近她，她就拿起手机要打110，告保安骚扰，十分厚颜无耻。

尤嘉觉得奇怪，她根本不认识对方，更谈不上勾引她男朋友了。

她走向惨不忍睹的工位，墨镜女终于摘下眼镜，浓重的眼妆把她的眼睛衬得分外大，她冷笑一声，起身："哟，我还以为你听到风声，不敢来了呢。"

尤嘉皱眉："你好，这位小姐，我想我们之间是不是有什么误会，我不认识……"

"你"字还没说出口，墨镜女抄起脚边的油漆桶不由分说地向尤嘉

泼去，周围的同事闻声而起，纷纷倒抽一口凉气。

尤嘉出门前向叶敬辞借穿的白T恤彻底沦为红T恤，本来还怕小芸闻到她身上的酒气，调侃她昨夜去向，如今酒味全被油漆味遮掩，倒帮她解决了不少问题。

她一身狼狈，定了定神。

墨镜女说："我想我应该没认错人，那天余铭涵下车和你打招呼的时候，我就在车上。"

余铭涵？

她？

尤嘉好像懂了。

墨镜女又说："我和他交往快两年了，感情一直很好，本来说好了今年拍婚纱照准备结婚的，连时间都约好了，偏偏你出现了，他推三阻四，把时间一推再推，这应该不是巧合吧？"

尤嘉看墨镜女咄咄逼人的样子，终于记起来了，眼前这位，就是那年圣诞节和余铭涵拍亲密合照上传微博的小网红。

尤嘉在心里把余铭涵骂了个遍。

这个挨千刀的，他谈恋爱不专一，为什么拉她来背锅，她招谁惹谁了？

尤嘉笑："你确定你们感情很好？"

墨镜女一时无言。

尤嘉趁势抢占上风，伶牙俐齿地开火："你说你们交往快两年了，那是什么时候在一起的？如果我没猜错，就是前年圣诞节吧。那你知道那天他参加酒会，喝多了，是我把他送到酒店的吗？他让我留下，我没同意。后来的事你都知道了，我走后他联系了你，你们是不是度过了一个浪漫的夜晚？你还为此志得意满地发了微博？你说你们交往两年，那是从朋友走到恋人，还是床伴上位？我和余铭涵可是高中就认识了，如果那天我留下，你以为还有你什么事？"

墨镜女脸色很难看，恼羞成怒："你胡说八道。"

"我是不是胡说你心里清楚。"尤嘉虽然被泼了一身油漆，却字字铿锵，她扫视了一圈默默"吃瓜"的同事，"我这人行得正坐得端，做过的事我认，没做过的事谁也别想让我背锅。"

她对墨镜女说："如果我是你，会先掌握充足的证据再来找事。空口无凭就往别人身上安罪名，怕不是把我的同事都当成傻子，谁信你谁是智障。"

墨镜女也是个牙尖嘴利的，没想到这次碰到了对手，本来嚣张的气焰被人打击殆尽，很没面子。再留下去简直自取其辱，她愤而扔下一句"走着瞧"，转身走了。

尤嘉平日温和好说话，实际上却是人不犯我我不犯人的性格，人若犯我……那就不好说了。方才她和墨镜女对峙时，负责办公区清洁的保洁阿姨也在旁边看着，因办公区都是一条条由工位分割而成的狭窄通道，墨镜女抽了把椅子霸占了整条路，谁也过不去，保洁阿姨无奈，只好拎着拖布和涮水桶等在一旁。

墨镜女前脚刚走，尤嘉转身就拎起保洁阿姨身边的涮水桶，大步流星朝女人走去。

同事们谁也没想到还有这么一出，惊得下巴都要掉了。一旁的小芸也没反应过来，只听"哗啦"一声，方才还趾高气扬的墨镜女被污水从头淋到脚，变成了落汤鸡。

桶里的水已经涮过几轮拖布了，有多脏显而易见。

尤嘉解了气，把水桶扔在地上："我们扯平了。"

曼姐身为总编，有上班不打卡的特权，今天她来晚了些，刚抵达办公区就看见这一幕，险些惊叫出声。

没等她三魂六魄归位，就见墨镜女猛然转身冲向尤嘉，张牙舞爪地要和她拼了似的。

曼姐毕竟偏心自己人，虽然没搞清楚到底怎么回事，还是下意识地招呼保安："愣着干什么？快把人拦住啊！"

保安们也看傻眼了，到底晚了一步，尤嘉眼睁睁看着墨镜女一巴掌就要扇过来，下意识地闭上了眼睛，只是巴掌迟迟没有落下，等她睁开眼睛，却看见叶敬辞仿佛从天而降般出现在她面前。

他一把攥住墨镜女的胳膊，轻而易举地剥夺了她的反抗能力，三两下就把她扭送到了保安手里。

尤嘉惊讶："你不是走了吗？"

"幸好没走。"叶敬辞玩味地看着她，"不然就错过了这场好戏。"

分别时他注意到了她接听电话时的神情，猜测可能有事，他不放

心，在楼下兜了好几圈才找到停车位，然后专程上楼瞧一眼。

"放开我！"墨镜女一脸不忿，打断两人，冲尤嘉冷哼道，"我说你怎么对余铭涵这么不屑一顾，原来是攀上更优质的男人了啊。"

叶敬辞觉得耳边聒噪，向她严肃警告："老实点，你现在涉嫌违反《治安管理处罚法》知不知道？扰乱企业秩序，致使工作不能正常进行，情节严重处五日以上十日以下拘留，再废话我就报警了。"说完手指办公区天花板四角的监控，"证据充足。"

墨镜女理亏闭嘴，被保安带走。

办公区恢复了安静，然而一地鸡毛的烂摊子没人收拾。

叶敬辞掏出手机打给小助理："上次我们组给楚晨保洁公司代理房屋租赁合同纠纷，你是不是加了他们老板的微信？你联系一下，把他电话发我手机上。"

他办事高效，不出二十分钟就有上门清理的专业保洁到位，随后把尚阅前台和办公区清理得焕然一新，一点油漆污渍都没有。

一早上闹得鸡飞狗跳，尤嘉被曼姐叫去办公室了解情况，叶敬辞给保洁人员付过钱，就坐在她的工位上等她。

身边坐着一个大帅哥，小芸可没心思工作，主动搭讪："这位帅哥，我们又见面了哦，我记得你上次也是来公司找尤嘉，你们俩是……"她伸出两根食指并排放在一起，眉飞色舞地探听八卦。

"还不是。"叶敬辞澄清，"她还没答应我。"

"哦。"小芸促狭地拖长音，双手托着下巴花痴道，"那应该八九不离十了，嘉嘉的桃花运真是不来则已，一来惊人，好羡慕哦。有你这样的帅哥英雄救美，被泼油漆也值啊！"

叶敬辞无语。

办公室里，尤嘉正和曼姐解释这场闹剧的始末。

曼姐了解尤嘉，这是她亲自面试招进来的人，相处这么久对彼此都有所了解，弄清楚墨镜女为何来闹事也觉得尤嘉无辜，又看她浑身都是油漆，想来也不适合留在公司，于是做主说："你也是够倒霉的，算了，今天特批你在家办公吧，回去好好洗个澡，别多想。"

"谢谢曼姐。"尤嘉道谢，抬头看曼姐眼睛红肿，俨然哭过。

她从入行以来就跟着曼姐，被她一手带出山，独当一面，深知她性格强势，她保持着做下属的默契，没有多嘴过问，只是好心劝道，"你也是啊，保重身体，我看你最近瘦了好多。"

或许是强撑太久，突然听到一句贴心的关切，曼姐鼻尖酸涩，忽然拿手掩面，起身去拿桌角的抽纸巾，尤嘉看到一向要强的曼姐忽然掉眼泪，一时有些手足无措，把本来放在门把上的手又收了回来。

"你没事吧？"她有些担心。

"没事。"曼姐强颜欢笑道，"就是最近忙着离婚，心情不太好。"

六月是一年之中尤嘉最喜欢的月份，和煦的风，飘浮的云，午时的晴空万里，还有骄阳下扑面而来的热浪，都是令人痛并快乐着的，专属于这个季节赐予的礼物。

叶敬辞再次心甘情愿地担任了她的专职司机。

已经错过了早高峰时段，路上车辆不多，他一边耐心地等待红绿灯，一边调到了常听的电台频道，节目刚好在放杨千嬅的歌。

他随口问："你喜欢杨千嬅吗？"

却没听到回答，扭头一看，尤嘉正靠在车窗一侧，心事重重地不知道在想什么。从办公室离开后，她就有些心神不宁，脑子里都是曼姐要离婚的消息。

她对曼姐的家事不太了解，只知道曼姐是和初恋长跑十年步入婚姻殿堂，如今有一个四岁多的儿子。

或许是最近准备离婚，让曼姐的情绪崩溃，方才在办公室，她难得一见地示弱，呜咽着，把尤嘉当作倾听者来诉说。

曼姐说她身上携带遗传疾病，但不影响日常生活，如果不告诉别人，谁也看不出异常。结婚前她犹豫过要不要告诉另一半，最后还是没能战胜心里的恐惧，选择了不说。

骑虎难下，他们已经在一起十年了，既然当初没说，日后更不能坦白。只是千算万算，她没算到儿子遗传了她的病，并且严重到影响了心智发育，老公自然什么都知道了。

"他说是我欺骗他，一定要离婚。"曼姐苦笑，"他怎么不想想，我为什么欺骗他？还不是因为怕失去他。"

曼姐的话像一根刺，扎在尤嘉心上。

世俗男女，多逃不过爱恨嗔痴，只是慧极必伤，情深不寿，凡事

都遵循一个过犹不及，越怕失去，越要用谎言堆砌一座华美的城池，殊不知那城墙如梦似幻，脆如琉璃，根本禁不起推敲。可是总有人明知故犯，妈妈如此，曼姐亦是。那么，她呢？

念及此处，她忽然转过头来，却仓皇撞上叶敬辞投递过来的目光。

看她闷闷不乐，叶敬辞担忧地问："有心事？"

尤嘉被问住，他们刚经过安定门，前面不远处即是红墙金瓦的雍和宫，不过是电光石火的刹那，思虑已久的事莫名地在这一刻有了答案。

趁着这份冲动，她没再犹豫，鼓起勇气说："那天你问我的事，我想好了。"

叶敬辞愣了一瞬才反应过来她说的是什么事，不由得减慢车速："哦？所以我是否有机会成为你的男朋友呢？"

"这事我说了好像不算，决定权在你手里。"尤嘉笑道。

她比预想的要平静，双手紧攥背包链条，深呼吸说："有件事，我觉得你需要知道，你如果能接受，我就答应你，我们在一起试试。你如果接受不了，我们就到此为止，连朋友也不要做了吧。"

为了安全起见，叶敬辞已经把车停在了路边。工作日景区附近没什么人，隔着车窗，隐约能听见从路边饰品店音箱里传来的渺渺佛音。

他问："什么事被你说得这么严重？"

尤嘉道："我是乙肝病毒携带者。"

Chapter05
恋爱警告 ♪

尤嘉是在工作后去义务献血才知道自己是乙肝病毒携带者的。

自从年满十八周岁，她就一直心心念念想去献血，觉得这事很有意义，可是每次和妈妈说，王美兰都严厉禁止，理由多是说她抵抗力弱，又那么瘦，没等把血献出去说不定就晕倒了。

她对此深以为然。直到工作，得知公司有规定，凡是义务献血的员工，可以凭借证书向公司申请三天带薪假，正巧那段时间她打算和季萤去旅游，盘算时间不够用，再次动了献血的念头，却被告知血液检测不合格。

她觉得一定是搞错了，去医院复查，拿到化验单才知道自己生来就是乙肝病毒携带者。

她坐在医院小花园的长椅上给妈妈打电话，王美兰久久没有说话，后来她听见听筒里有隐忍的哭声，终于平息了大半怒意，冷静地问："到底怎么回事？"

王美兰只好告诉她实情，以前的医疗卫生条件不比现在，姥姥因用了二次针头感染乙肝，生下的几个孩子也无一幸免。那时候还没有母婴阻断的先进手段，她出生时也通过母婴传播感染了病毒，终其一生无法治愈。

她很平静地去网络上搜索了和乙肝相关的资料，几乎没费什么时间就接受了它。

王美兰说，起初瞒着她，是觉得她年纪小，不懂事，怕她自卑、胡思乱想。后来怕告诉她，是因为担心她去学校和朋友说漏嘴，都是十几岁的孩子，万一别人歧视她、孤立她怎么办呢？于是夫妻二人就这样年复一年地把它当作秘密，隐瞒了下来。他们知道纸包不住火，早晚要告诉她，却迟迟没找到合适的机会，直到被她自己发现。

也是从那时开始，尤嘉对那个死去的男人有了一点感情。

他也是知情者，却从来没有向她透露过丝毫。无论作为丈夫还是父亲，他都是失职的，唯独在这件事上，"父亲"这个词尚且给了她一丝温情。

尤嘉站在花洒下洗净身上沾染的油漆污渍，回想一幕幕往事，眼前雾气迷蒙。她不确定叶敬辞会怎么选，她只是不管不顾地拼上所有运气赌了一次，他能否接受，都是她的命数，她不后悔。

季萤下班回来，听见浴室里的动静，忙不迭地拍门吼道："尤嘉！你给我老实交代，昨天晚上你干什么去了？"

她的思绪被打断，自知瞒不过这个火眼金睛，洗完澡看季萤坐在沙发上吃草莓，顺手也拿了一颗，坐在她旁边把前一晚的事如实禀告。

季萤兴奋不已："哇哦，我果然没猜错，你被叶敬辞带回家了！"

尤嘉打断她的想入非非："停止你的想象，我们什么都没发生，我醉得人事不知，叶敬辞没喝酒，也不可能酒后乱性。"

季萤才不信："孤男寡女，共处一室，你说什么都没发生？你当我三岁孩子哦。"

尤嘉拿她没辙，咬了一口手里的草莓，正想解释她真的只是单纯宿醉在叶敬辞家，草莓凉涔涔的口感却让她猛然记起了昨晚的零星片段。

她好像……吻了叶敬辞！

天啊，她到底干了什么？！

晚八点，盛通律所。

最近棘手的案子都暂告一个段落，这个时间几乎没人加班，唯独叶敬辞还留在工位上，借着台灯的光亮，逐字逐句阅读屏幕上显示的文献。然而他阅读的并不是他负责案件的相关资料，而是某搜索引擎提供的关于"乙肝病毒携带者"的名词解释——

"乙肝病毒携带者主要由HBV病毒（乙型肝炎病毒）感染引起，来源有母婴传播、性传播、血液传播等。通常无症状，但患者的肝组织会有不同程度的病变，病情有可能会发展成肝炎、肝硬化、肝癌……据统计，中国约有10%的人群可能携带乙肝病毒，患者需定期体检且严禁酒精。"

严禁酒精。

看到这四个字，他不禁皱眉，她还真是不让人省心啊，分明不能喝酒，那天还偏要豪气云天，抄起酒杯一饮而尽。

在他手边，还堆放着一摞医学书籍。

他的专业领域在法律范畴，对医学一窍不通，即便偶尔听人提起"乙携"也是一知半解，毕竟没有特殊需要，谁也不会把一个和自己毫不相关的词语研究透彻。

叶敬辞关掉网页，顺手清空了历史记录，身体后仰，靠在了椅背上。外面不知道什么时候下起了雨，有雨滴拍打在窗玻璃上，映衬得窗外灯火阑珊。

他起身站在落地窗前，脑海里回响的都是她的声音——

"我妈是，我也是。这个病没办法治愈，只能靠定期体检来监测。因为是病毒携带者，有的人随着年龄增长，病毒量减少，一辈子都不会病发，有的人四五十岁更年期或者是体内激素变化，或许会病发。像我妈，她因为抵抗力差，年轻时又经常和我爸动气，前几年病发，此后一直靠药物来控制。女性携带者会通过母婴传播将病毒传给下一代，不过现在医疗技术发达，可以通过阻断保证孩子的健康，成功率在95%以上，还有5%的不确定性。

"我只知道这些，其他的恐怕你要自己去查了，对我来说，知道得越少，恐惧也就越少，每天活得也就更轻松一些。我爸妈一直瞒着我，我是二十三岁去献血才查出来的，网上的词条说得比较学术笼统，建议你去看看相关资料，病本身不可怕，就看怎么对待它了。

"我想你对它应该也不是很了解，没关系，你回去好好考虑，不管最后结果如何，我都做好准备了。只是，我有一个请求。哪怕最后我们做不成恋人，希望你依然愿意帮我保密，毕竟就算社会再怎么进步和发展，还是会有一些人戴着有色眼镜。应付这些人最好的办法，就是隐藏在人群中，不被他们找到。"

她说这些话的时候，起初声音发颤，而后渐渐冷静，变成稀松平常的口吻，甚至还夹杂着几缕玩笑的语调。

他扭头看她的侧脸，发觉她的脸部线条分明，柔媚中透着女性少见的英气，他的喉咙微动，又觉得自己的安慰多余，莫名地哑然在那里。

其实早在她说有件事要告诉他时，他就假设了各种情况，好的坏的，千奇百怪，都被他在脑海里过了一遍筛子，他尽可能地把情况想到最坏，所以当他听完这些话时，心里并没有掀起多大的波澜。

但尤嘉显然并不了解。

她说："你如果能接受这件事再联系我，如果不能……"

后半句话她没说，低头推开车门，逃似的钻进了路边的地铁站。

叶敬辞目送烈日下她倔强的背影，她的肩膀有些抖，估计没忍住哭了。她应该没对任何人说过这件事，他是第一个。在说出口之前，她应该花了好长时间才下定决心吧。

办公室外的走廊上响起脚步声，叶敬辞怔怔地出神，没能注意。

小助理下班回家走到半途，发觉明天见客户带的资料落在公司，特地返回来拿，他以为办公室没人了，进来却看见落地窗前一道人影，吓了一跳。

"哎哟，老大是你啊。"

叶敬辞回过神来，转身看见小助理张珥，神色恢复如常："还没走？"

张珥径直走到工位，在电脑旁边的一摞文献里翻翻找找，拿出一个文件夹："回来拿东西。对了，宋先生接到了法院庭前调解的电话，群里约了你明天上午十点见面，在他公司楼下的咖啡厅。"

宋先生是近来通过熟人介绍的新客户，名校毕业，IT新贵，创业公司在中关村小有名气。听说他和初恋长跑十年结婚，育有一子，妻子婚前隐瞒病史，导致孩子心智发育不健全，宋先生一气之下决定离婚，并有意争夺孩子的抚养权和夫妻名下的两套房产。

宋先生为人大方，给出的律师代理费超出市价，叶敬辞前段时间和他见面谈过几次，判断案件常规，胜诉可能性较大，又顾忌介绍他的人颇有名望，不好驳人面子，也就接了下来。

时间不早，叶敬辞关了电脑和张珥一起下楼。

楼下分别时，他嘱咐张珥："明天上午我去医院一趟，你帮我把和宋先生的见面时间改到下午两点。"

听见"医院"两个字，张珥担心地问："老大你咋了？身体不舒服吗？"

"没什么大事，肠胃炎而已。"他说。

张珥松了口气："那就好，我看你最近出差频繁，一定要保重身体啊，三餐要按时吃，肠胃才不会有负担。"

这个小助理什么都好，就是有时候实在啰唆，叶敬辞哭笑不得地说了声"好"，摆摆手走进了夜色中。

这一晚他没怎么睡好，一早醒来，手环显示深睡睡眠时长还不足二十分钟。

昨夜的大雨变成了绵绵细雨，胜诉窝在它的猫爬架上睡得"呼噜呼噜"的。他给胜诉的食盆里添了猫粮和水，简单洗漱后出了门。

他跟张珥谎称是肠胃炎，实际预约的却是肝胆内科的号。他来得早，没排多久就进了诊室，老大夫和蔼可亲，拿走他手里的挂号单在机器上扫了一下，问："身体哪儿不舒服？"

他端正坐好："不是我，是我女朋友。我想咨询一下，如果女朋友是乙肝病毒携带者，平时我们在生活中需要注意什么？"

老大夫抬眼，仔细打量着叶敬辞，又伸手推了推鼻梁上的眼镜。大夫一脸欣慰，耐心地咨询了双方的身体情况，而后进行了医嘱。

叶敬辞边听边在手机备忘录上记录，其间还把昨天在浏览网页时看见的晦涩词语全都请教了一遍，最后拿着大夫开的化验单去验血检测抗体。

排队抽血的人很多，大厅里嘈杂喧闹，叶敬辞看了眼手里的号码，耐心地坐在等候区的座椅上等叫号。

医院这种地方最能看出人性的复杂，有遭受家暴来医院验伤的妇女，有失足怀孕的少女不知道孩子的父亲是谁，有不顾场合大打出手的夫妻……

爱与恨、生与死、希望与绝望，无时无刻不在这里上演。

"亲爱的，以后你还是带我去私立医院吧，这里人也太多了，又吵又乱，我实在是受不了……好啊，那等孩子出生，我们去三亚补办婚礼，去法国度蜜月，好不好？"

坐在他旁边的女孩打扮新潮，正在旁若无人地打电话，因为声音大，让他无心听见几句。

叶敬辞斜睨了对方一眼，看她不过二十岁的年纪，不知道的还以为在念书读大学，再看她的小腹微微隆起，明显已经怀孕数月。

不知道听筒里对方说了什么，女孩脸上的笑靥不见了，不满地嗔怪道："一个离婚到底要办多久啊，那个老女人自己做错事也好意思挽留你。"

哦，原来是见惯了的出轨戏码，叶敬辞从口袋里摸出耳机屏蔽了耳

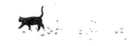

边的噪音。

抽血窗口同时开放了七八个，他没等多久就看见屏幕上跳出了自己的名字和号码，他把耳机摘了走到窗口前坐好，刚把胳膊伸过去，忽然听见身后一阵嘈杂，紧跟着传来一道尖细的女声："贱人，小小年纪不学好，撺掇别人老公离婚倒是手到擒来啊！"

原本闹哄哄的抽血处顿时安静下来，所有人向声源看去，只见一个穿着知性、仪态端庄的女人怒气冲冲地走进来，径直走向正在打电话的女孩，劈手将她的手机夺过来，对电话另一端的男人斥道："我说你为什么非要和我离婚不可，原来外头养着一个小情人！我治不了你，我还治不了她吗？你等着，我让她的孩子生不下来！"

说完也不等对方应答，随手就把手机掷在了地上，一把扯住了女孩的头发就要往地上拽，女孩被吓蒙了，这会儿才回过神来，忙护着自己的肚子，朝周围的工作人员大呼小叫地喊"救命"。

有工作人员前来规劝，女人充耳未闻，她走进来那一刻的端庄与体面荡然无存，眨眼间已经变成歇斯底里、一心复仇的恶女。

"我让你勾引别人老公！"女人说着就去扒女孩的衣服，工作人员忙冲上前制止，场面一度混乱不堪，围观群众纷纷退后。

叶敬辞挨了一针，拿棉签按住小臂回头看见这一幕，发觉自己刚才坐的位置已经沦为了战场，无奈又另寻了一把空闲座椅。

这时有保安闻讯赶来，将发了疯的女人拉开，严厉警告她不准在这里闹事，年轻女孩则被工作人员团团护着，泪眼涟涟，看起来楚楚可怜。

女人冷笑一声，向躲在工作人员身后的女孩啐道："既然做了亏心事，你最好给我小心一点，今天我收拾不了你，你等着下次！"

女人说完转身就走，偏偏那女孩也不是省油的灯，意识到她不能在公开场合对自己下手，不甘示弱地喊道："何曼，你们俩感情破裂和我有什么关系？他早就不爱你了！"

这一声让围观群众兴奋不已，大家都以为又有好戏看了，谁知女人仿佛被什么东西重重击中般，脚下一个趔趄，姿态瞬间变得有些狼狈。她没有回头，疾步离开了乌烟瘴气的抽血室。

她走后，围观的病患们开始窃窃私语地议论，工作人员和保安各归各位，只剩下那名女孩独自坐在角落里等待叫号。所有人的目光都向她投去，她却不以为耻，没好气道："看什么看？！"

叶敬辞常年打离婚官司，对这种情感大戏不感兴趣，看止了血，把棉签丢进垃圾桶，离开了抽血室。

外面雨势渐大，他撑伞快步走向停车场取车，正巧看见方才去抽血室大闹一场的原配，她正坐在门诊大楼前面的凉亭里，整个人仿佛失了魂魄，只有眼泪止不住地掉。

他忽然想起来，这个名叫何曼的女人好像在哪里见过。

那天去尚阅集团，他们乘坐了同一部电梯，一起抵达尚阅办公区。

在尤嘉遇到麻烦时，是她及时让保安上前制止，后来尤嘉跟着她进了办公室。

她是尤嘉的领导。尤嘉称她曼姐。

叶敬辞迟疑片刻，没多管闲事，收了伞，拉开车门，坐进了驾驶座。

尤嘉："珺珺，曼姐今天来了吗？我有一份交片文件需要她签字。"

西子："珺珺，同问，我这儿也有一堆稿费单需要曼姐签字。"

助理珺珺："没有。大家有需要曼姐签字的文件先拿给我吧，等她回来我转交。"

助理珺珺："尤嘉，着急交片可以发曼姐邮箱，先走线上审批。"

"今天你交片了吗？"是曼姐组建的工作群，公司所有策划编辑都在里面。听说曼姐没来，尤嘉发起了邮件审批。

沈放的新书封面定了，出版社也下了书号，只等曼姐签字就可以交片，这样一来正好能赶上六月二十四日预售，沈放交给她的任务也算如期完成。

她仔细检查了交片文件，确定没问题，发了邮件，而后又跟印制部同事沟通了调纸。她选了三种用来做环衬的纸，想起沈放那么挑剔"龟毛"，特地拍了照片发给他选择，沈放难得地秒回。

大魔王："大地超白吧，这个纸干净有质感。"

没等她回复，沈放又发来一条。

大魔王："你和我辞爷什么时候勾搭到一起的啊？那天你喝多了，我都没来得及好好盘问。"

尤嘉看着对话框一时无言，自从她跟叶敬辞坦白了自己的健康状况，他就没再联系过她。

她原本以为趁现在陷得不深，就算失去他，也不会多难过，可是眼看时间一天天过去，他的答复犹如石沉大海，渺渺无期，她只觉得焦躁不安。为了掩饰这种不安，她不停地用工作把时间填满，告诫自己不要看手机，不要看他的朋友圈，可是沈放一句话又把她打回原形。

怎么可能不看嘛，她回到工位，实在没忍住，又一次点开了叶敬辞的朋友圈。

最近一条状态发布于三天前。

他发了一张定位广州白云机场的照片，时间显示凌晨两点，看样子是出差了。

底下是沈放的评论。

大魔王："辞爷真拼。"

他没回。

尤嘉私心希望，他确实是忙得无暇他顾才迟迟没给她回复。

她正胡思乱想着，手机忽然进来一通电话，看见备注，她先是一愣，而后犹豫了一下，按下了接听键。

"没想到你会接我的电话。"对方有些意外，"你有空吗？我想和你谈谈。"

"没空，有什么事你电话里说吧。"

"我就在你公司楼下的星巴克。"

此时临近午休，尤嘉无奈："那你等我五分钟。"

这个时间星巴克人影寥寥。尤嘉一直不太喜欢星巴克的氛围，她既不喜欢喝咖啡，也不喜欢店里昏暗的灯光。推门进去，一眼就看见坐在窗前的余铭涵。他等得无聊，正在玩"吃鸡"，面前放着一杯咖啡，给她点的则是冰摇柠檬茶。

尤嘉走近，抽出椅子坐下，单刀直入没废话："你如果是为了你女朋友的事来找我，那就不必了，那天她来找我的麻烦，我也没吃亏，互不相欠。只是劳烦你以后管好自己的人，别不分青红皂白就乱咬一气，说我勾引你。这么大的罪名，我可担不起。"

余铭涵关掉游戏，没有反驳。

他拿起面前的咖啡喝了一口，等她说完才缓缓道："我不知道她去找你的麻烦，对不起。"

尤嘉突然觉得眼前这个余铭涵与她认识的少年判若两人。他向来嚣张、狂妄、目中无人，让他说一句对不起简直比登天还难，看他突然沉稳地坐在她面前，安静得非比寻常，竟让她一时难以适应。

她也收敛了情绪，理智下来："你不会是专程来道歉的吧？"

"是。"余铭涵答应，他的头发刻意留得有些长，额前刘海儿挡住了眼睛，"她现在不是我女朋友了，我和她分手了。"

他说得理直气壮，分手在他嘴里像丢弃一件长久不用的旧物一样容易，几乎不掺任何感情。

尤嘉皱眉，据她所知，从大学到现在，余铭涵不知道换过多少女朋友，他处处留情，却不曾为谁真正动心，有人说他滥情，有人说他薄情，这副游戏人间的态度，她至今无法苟同。

不过他既然是来道歉的，她也很客气。

"你的歉意我收到了，如果没什么事我就先走了。"

她作势起身，余铭涵却叫住她："等等。"

他把一张银行卡推到她面前："听说她给你的工位泼了油漆，损坏了不少东西，这是赔你的。"

她冷笑一声，将银行卡推还给他："钱就不必了，如果钱能解决任何问题，就不会有人打官司了，我只希望这种事不会发生第二次。"

余铭涵没有拿回银行卡，却在尤嘉抽回手的瞬间一把扣住了她的手腕。

"我联系过季莹，她对你结婚的事不知情。那天在剧院门口，你是故意骗我的，对不对？"

经他提醒，尤嘉才想起还有一笔旧账未清算。

她不想和余铭涵争个孰是孰非，没有意义，她只想借此机会和他把话都说清楚。

尤嘉心平气和地把手抽出："我是没结婚，但我已经有喜欢的人了。况且，直到最近我才知道，当初我喜欢的人，或许根本就不是你。那年冬天，陪我坐在楼道一整夜、分给我一只耳机的人，不是你吧？当时你为什么不否认？"

她的声音轻柔却有力，余铭涵没能立刻反应过来。等他回忆起她说的事，忽然面色窘迫，尴尬不已。

那件事已经过去太久了，他以为自己瞒得天衣无缝，没想到谎言就是谎言，总有被戳破的一天。

当年，尤嘉向他道谢时，他就意识到那天晚上陪她的另有其人，可是他没否认，他深知在那之前尤嘉一直把他当朋友，直到那个冬夜，"他"从天而降，她才对"他"动了心。他没心思追查那个假借他名字的人是谁，他只知道有另一个男孩，默默躲在暗处，守护着她。

如果他否认，一定会失去她。

余铭涵被她问得无言以对，颓丧着低头坐在那里。

默然片刻，他拿起手边冷掉的咖啡，再抬头，又恢复了往日的纨绔不羁，笑道："没想到都这么久了，你才觉察出不对劲。是，那个人不是我。"

他承认得爽快，尤嘉强忍怒气，克制住狂躁的情绪。

"你承认了就好。那时候年纪小，识人不清，连被人愚弄都不知道。只希望以后我们桥归桥、路过路，井水不犯河水，彼此都痛快。"

余铭涵懒散地靠坐在座椅上："你放心，以后我不会再来打扰你了，我要回安平了。"他在心里苦笑，面上却讥诮道，"可惜啊，这么多年我战无不胜，却在你这儿栽了跟头，你是唯一一条没上钩的鱼，其他人，用不了一天，我就能让她心甘情愿上我的床。你倒好，这么多年不为所动，我也算见识了。"

他这些话明摆着在说这么多年都是在耍她，尤嘉勉强维持着风度没和他一般见识，扔下一句"好自为之"，决绝离去。

尤嘉走后，余铭涵嘴角的笑容也消失不见，他放下被他拿在手里不停把玩的手机，按动侧面开机键，屏幕亮起，一张年岁已久的合影映入眼帘。

锁屏壁纸的像素不高，肉眼可见的模糊，但还是能认出少女弯弯的眉眼和少年痞气的坏笑。

那是他十八岁，高考结束后他带她去坐摩天轮时留下的自拍合影。

余铭涵眼眸黯淡，解锁屏幕，拨通电话，待对方接通后冷道："我现在随时可以回去接替你的事业了，你满意了？"

挂断电话，他起身离开，留下了那张无人接收的银行卡，还有那杯柠檬茶。

每个人都有无能为力的时候，没有人知道，他的无能为力，是尤嘉。

尤嘉结束和余铭涵的谈话，肚子里窝火，连午饭都没心情吃，气都要气饱了。

曼姐在线上批复了邮件，下午沈放的书顺利交片，她终于松了口气，有时间和季莹在微信上闲扯。

她把中午见余铭涵时的情形复述了一遍，引得季莹义愤填膺。

莹莹："这就是渣男啊，他当谈恋爱是集邮啊，越多人喜欢他越有成就感吗？这是一种什么变态心理啊，你就是脾气太好，换成我肯定要打他一顿。"

尤嘉："打他我还嫌浪费力气呢。"

莹莹："也是，咱犯不着和这种人生气，反正以后也老死不相往来了。说说叶敬辞，你俩进展怎么样了？"

经季莹提醒，尤嘉又陷入了惆怅。

她已经把叶敬辞设置成了置顶联系人，微信图标一旦闪动，她就迅速查看，可惜一直没能等来他的只言片语。

她有些沮丧："目前还没进展，我觉得没戏了。"

莹莹："你就是太保守了，还非要先接触了解一下，这种绝色，就应该趁热打铁，先扑倒，吃干抹净，其他的再说，不然等他后悔了，你就哭吧。"

尤嘉哭笑不得，和季莹又扯东扯西聊了一会儿才各自去忙。

等快下班的时候尤嘉终于忍不住了，点开了和叶敬辞的对话框，"噼里啪啦"输入文字想问他考虑得怎么样。她把手指放在发送键上半晌，到底信心不足，又全部删了个干净。

不过眨眼的工夫，没等她从页面上退出，却看左上角显示"对方正在输入……"。

她捧着手机简直要尖叫出声，兴奋地在工位上暗爽，被小芸抓个正着。

"什么事这么开心？"

"没什么。"尤嘉嘴上这么说，笑容却遮挡不住。

小芸瞥了一眼她的手机页面，一副"我懂了"的表情："脱单人士请注意自己的言行举止，不要在本'单身狗'面前表现得太开心好不

好？我不想吃'狗粮'。"

尤嘉想解释自己还没脱单，叶敬辞的信息先发过来了。

Eucaly："什么时候下班？我在楼下等你。"

那日他去医院做完化验，当天下午就出了检查结果，他原想见过宋先生就去找尤嘉，却临时被一通电话叫去广州出差。这次的案件棘手，他忙了几个通宵才尘埃落定。即便严重睡眠不足，他回来的第一件事却不是回家睡觉，而是见她。

只是这些他都没说，心中千言万语，最后删删减减，不过是两句话。

距离下班时间还有十分钟，尤嘉一刻也等不了，再多一分钟都是煎熬，她迅速收拾好东西，关了电脑，去前台提前打了卡，在等电梯的间隙里，佯装从容地回复他："稍等。"

电梯内环绕着一圈琥珀色镜壁，她趁机补了口红，整理了头发，只听"叮"的一声，她就冲出了门。叶敬辞依然等在那晚约她看相声时等候的树下，只不过那天是暴雨初歇，今日却是细雨蒙蒙。

傍晚时分，阴云散去，阳光普照，唯有头顶一团云在下雨，雨声淅淅沥沥，她出来得急，忘了拿伞，此时站在门廊下看见不远处的叶敬辞，什么都顾不上了。

他穿着一双帆布鞋，一条卡其色九分长裤，上身是一件白T恤，手里打着一把透明伞，难得没穿正装。她大步走进雨里，叶敬辞也看见了她，皱眉走向她，未等走近已经把伞倾到了她的头顶。

"怎么连伞也不拿？"

"忘了。"尤嘉说。

没说出口的话是，知道你在等，什么都忘了。

见了面，尤嘉心里总算有了几分胜算，如果他不接受，估计也不会约她见面了。

既然他冒雨前来，总归是有希望的。

她是个直爽性格，什么都写在脸上，看见他直入正题，仰头问："你想好了？"

叶敬辞却不答反问："你查过乙肝两对半吗？"

尤嘉被问住："什么两对半？"

叶敬辞继续问："病毒量查过吗？"

尤嘉摇头："没有。"

"甲胎蛋白和转氨酶呢？"

尤嘉很茫然："什么东西？"

叶敬辞大概了解了："行，我知道了，你身份证号多少？"

尤嘉更蒙了："问这个干吗？"

叶敬辞不苟言笑，盯住她的眼睛，她就像被人施了魔法，认命般缴械投降，报上一串数字，看他迅速在手机上输入号码，她好奇地凑过去，原来是医用APP。

他在给她挂号？

叶敬辞很快完成一系列线上操作，收起手机："约好了。明天上午带你去医院，检查我刚才说的所有项目，记得空腹。"

尤嘉目瞪口呆："啊？"

叶敬辞考虑到尤嘉明天去做检查，不适宜吃辛辣刺激的食物，只能吃些清淡的，于是带她去喝粥。老粥铺在后海附近的胡同里，他开车带她过去，等两个人面对面在粥铺坐下，尤嘉整个人还是蒙的。

老粥铺已经在胡同里开了十几年，叶敬辞这个人口味偏清淡，大学期间偶然发现这家店便经常来光顾。听说店老板以前是中医，老板娘擅长烹饪，退休后开了这家粥铺，菜单里除了寻常清粥小菜，还有应季药膳、参汤。以前生意好得不得了，只是近年来生意被周边善于营销的年轻网红店抢了大半，已没有往日那般红火，店里人不多，来的也都是老客。

叶敬辞点了菌菇粥，又另加了两道小菜，而后把菜单递给了尤嘉。

她接过来点了一份红枣山药粥，本来不打算再点什么，却看见酒水单上有店家自酿的米酒，右上角写着"掌柜推荐"。

因为季莹爱喝酒，家里时不时会囤一些酒精度不高的果酒或者米酒，她也喜欢把它们当作饮品来尝鲜，于是手指米酒对服务员说："再来一瓶这个。"

没等服务员答应，叶敬辞从她手里抢走菜单，冷漠地回绝："不行。"

服务员一时不知道该听谁的，叶敬辞见尤嘉一脸不解，叹了口气，对服务员说："先不要，有需要再加。"

等服务员走了，尤嘉说："我看他家的米酒酒精度不高，喝一点儿应该不会醉，你放心，不会像那天晚上……"

"我不是怕你醉。"叶敬辞说，"首先，你明天去医院体检，今天不能喝酒。还有，我已经去医院咨询过了，以你的身体情况，应该严禁酒精，你知不知道？"

尤嘉显然不知道："严禁酒精？我看我妈平时在家也偶尔喝两口的，应该没关系吧？"

叶敬辞看她这副没心没肺的样子，实在不知道该说什么好。那天她说自己是乙携，他虽然不清楚它到底是什么，但他当时就想，管它是什么，他通通可以接受。

她倒好，跑得比兔子还快。

后来他回去把她的情况彻底研究了一遍，才知道她对乙携也是一知半解。看她连甲胎蛋白、转氨酶这些是什么都不知道，就显而易见她对自己的身体情况有多不了解。

"有关系。"叶敬辞郑重其事地说，"以前你怎么样我不管，但以后，你是我的女朋友了，我就管定了。"

店里用的是一次性木筷，尤嘉拿起一双正准备掰开，听见他这句话，手里力道没控制好，"咔嚓"一声，掰残一支。

"你……刚才说什么？"她以为听错了。

叶敬辞没重复第二遍，霸气伸手，不容置疑地命令道："给我手机。"

尤嘉乖乖把手机递过去，她嫌麻烦，日常没设锁屏密码，叶敬辞轻松找到购物APP，翻找出她过往的订单，除了衣服和化妆品，她买得最多的就是酒。

啤酒、果酒、红酒、米酒……

叶敬辞摘下眼镜，从口袋里掏出一方灰蓝色的帕子轻轻擦拭镜片，同时盯住她的眼睛。不知道为什么，他这一眼，让尤嘉苦思冥想的借口失了用武之地。

他的眼睛里藏着静水湖泊，藏着雾隐千山，藏着情深义重。

她半句推诿责任的谎话都说不出，怕亵渎了他的一片真心。

他将眼镜擦干净重新戴上，说："你那天说，如果我可以接受，我们就在一起试试。现在我可以理智地告诉你，我可以接受，但我有两个条件。"

"什么条件？"

"第一，你必须每半年去体检一次，按时监测身体状况。第二，你要做到滴酒不沾。如果你能保证做到这两点，就是现在拿户口本和我去登记，我也没意见。"

尤嘉如坠云端，觉得这一切戏剧得仿佛不真实。

她难以置信："你不介意我的病吗？"

叶敬辞皱眉："你没病。"

他伸出左臂，前几天抽血检测抗体时的针孔痕迹已经不见了，只是他皮肤白皙，那里尚且还有一处浅浅的瘀青。

他说："医生说乙携没发病和普通人一样，日常生活中除非发生性行为，或者有血液直接接触，否则不会有传染的可能。所以医生建议乙携的伴侣最好注射疫苗，这样体内会生成抗体。我以前打过疫苗，也查过了，我的乙肝表面抗体是阳性。尤嘉，如果我们在一起，你只需要对自己的生命负责，其他的事，就交给我。"

服务员端上两盅粥，掀开盖子香味扑鼻，热气腾腾，尤嘉在雾气腾腾中看着叶敬辞舒朗清隽的面容，有些不敢确信自己会有这么好的运气。

她试想过无数版本，他会如何回复，比如他会委婉拒绝，又或者直言无法接受，唯独没想到像现在这样，和她坐在粥铺里"谈条件"。

小时候算命先生说她此生颠沛，多苦难。妈妈每年都去寺庙为她求平安，她却无所顾忌，听过就忘了，她从来不信算命先生的话。

她深信，这一生到底光景如何，从来不在于别人说得多好或多坏，全在她手里紧握。

她分明是唯物主义者，但是也觉得自己差了点运气，如今才知道，这份运气是为叶敬辞预留的，自从遇见他，她就格外想去买彩票。

尤嘉回过神来，点头说："好，我答应你。"

粥有些烫，她把头埋进碗里，用瓷勺小口喝着。她不敢抬头让叶敬辞看见她红了的眼睛，她觉得丢人，只是小声说："我觉得，你像是我刮彩票刮来的，遇见你，我很幸运。"

雾气散去，叶敬辞从口袋里拿出什么东西，趁她没注意，一把拉过她的手腕，将那东西戴在了她的腕上。

叶敬辞说："你以后会更幸运，而这些幸运都和我有关。"

尤嘉抬头，发现腕上多了一条白色手环。

"这是什么？"

"它叫'弦月'，是智能手环，可以监测心跳和睡眠时长。医生说你不能熬夜，每天最晚十二点前必须睡觉。"他说，"尤嘉，你可以没心没肺，什么都不在乎，可是我不能，就让我一生为你鞍前马后。"

离开粥铺时外面的雨已经停了，乌云散去，月光洒落在老胡同积了水的小路上。

粥店位置隐蔽，尤嘉不识路，由叶敬辞牵着跟在他身后一步之遥，她若有所思地凝视着他们紧扣在一起的手，暗忖这一晚发生的事，好似水到渠成，又像一场梦，让她真假难辨。

胡同纵横交错，他们不知不觉从人迹罕至的深巷走到繁华热闹的景区，周围传来酒吧驻场歌手的深情演唱，是一首粤语老歌，原唱已经很经典了，却被歌手改编得别有心意。

她向四周望去，才发现他们已经走到了后海，方才停车走路过来时还不是寻常上客时间，这会儿却到处霓虹闪烁，人声鼎沸。

她很久没来后海了，不由得慢下脚步，驻足停下。

叶敬辞察觉转身："怎么了？"

尤嘉手指其中一家酒吧，没等说话，叶敬辞率先发出警告："除了喝酒，什么都行。"

她忍俊不禁："听歌行不行？"

后海这条酒吧街游人络绎不绝，这些店为了招揽生意，通常都把驻场歌手的表演台安排在靠窗的位置，走在街上，五六步间就能听到一首歌，一圈走完，等于听了一场小型音乐会。

他们此时经过的这家店，女歌手唱的是一首英文歌，她的音色空灵清澈，通过外放音箱响彻半条街，许多游人都被她的歌声吸引，站在店外空地上免费听歌。

尤嘉也拉着叶敬辞找了一处人少的地方，只是未等站定，就听见不远处传来一阵推推搡搡的争吵声，一个小朋友不慎将手里的烤肉串蹭到了旁边人的裙子上，小孩绝非故意，但大人得理不饶人，斥责小孩妈妈没看顾好孩子，扬言自己的裙子贵得很，索求赔偿。就这样，你一句我一句闹得越来越大，聚众看热闹的人也越来越多。

尤嘉和叶敬辞对视一眼，心有灵犀，决定离开战场，偏偏她眼尖，看见那个小朋友趁妈妈与人交涉，翻出了大理石的桥栏杆。

后海虽然是湖，但水也不浅，小孩子掉进去十分危险。尤嘉几乎条件反射般冲上去，想要把熊孩子拽下来，谁知那孩子在翻越的过程中脚下一滑，整个人头朝下栽了下去。

围观人群的注意力全在两方大人的争执上，谁也没注意孩子，只听"扑通"一声，落水声突兀响起！

众人还没反应过来，就听见有人喊道："别吵了，救人！"

尤嘉来不及多想，随手摘了挎包丢给叶敬辞。她一个箭步上前，看小朋友在水里扑腾，什么也顾不上，翻身跳了下去。

留在岸上的叶敬辞只觉得眼前一花，再睁眼，尤嘉已经抓住了小朋友向岸边靠近了。

他又气又急，等他和围观群众一起把尤嘉和熊孩子拉上岸，脸色已然黑成了包公。

熊孩子的父母声泪俱下地感谢尤嘉。她不过举手之劳，没想出名，见周围有群众举着手机拍照录视频，低调地挡住脸，随口胡诌赶时间，拉着叶敬辞走掉了。

两人返回停车场，尤嘉才意识到不妥，她这只落汤鸡总不能这样上叶敬辞的车吧。

她转身看车主人，想起来她刚才冲动下水时把挎包随手丢给了他。此时一米八五的大男人背着她那只巴掌大的包，看起来可爱又好笑。

叶敬辞问："你还有心情笑？"

他的低气压逼迫她不由得后退，直至撞上车门。

尤嘉不敢惹他，主动认错："我错了。刚才情况紧急，我没多想……我水性很好的，你不用太担心，就是现在这副样子……有点狼狈。我看我还是打车回去好了，不然你的车又要遭殃了。"

"不行。"叶敬辞俯身从她身后摸到车门把手，轻轻一拉，车门开启。尤嘉被动地靠近他的胸膛，又怕把他的衣服弄湿，本能地后退，却被车门和叶敬辞一前一后锁死，动弹不得。

"不让你喝酒，你就跳河？救人轮得到你救吗？旁边那么多会水的年轻人，就你逞英雄。"叶敬辞眼底神色不明，一把扣紧她的腰，把

她塞进副驾驶位，"你给我坐好，哪儿也不许去，你现在是有男朋友的人，就别给出租车师傅添麻烦了。"

他说完把挎包摘下来递给她，转身走进了人群。

"落汤鸡"在车上百无聊赖地等了一会儿，只觉得湿衣服穿在身上浑身难受，一连打了三四个喷嚏，正准备给叶敬辞发微信问他到底干吗去了，就看见他拎着好几个购物袋走了回来。

他打开驾驶座一侧车门，将纸袋拿进来，人却站在外面，没有要上车的意思。

"记录仪已经关掉了，换好了叫我。"

他随手带上车门，背靠车身帮她挡住了车玻璃。

尤嘉不明所以，拿过纸袋看了一眼，脸颊登时滚烫。

后海一带多精致小店，饰品、衣服、网红美食应有尽有，叶敬辞应该是估算了她的尺码，帮她这只落汤鸡从头到脚买了一套衣服。

包括……她从纸袋里拿出一件蕾丝内衣，看了一眼标签上的尺码：75C。

他估算得还挺准，审美竟然也不错。

停车场的位置在广场一角，这一带周围都是茂盛树木，晚上几乎没人会过来。尤嘉安心换好衣服，选了一个最大的购物袋，统一把湿衣服装在了里面，却发现袋子里好像还有东西。

车里没开灯，她看不清楚，把手伸进去，将那枚小盒子拿出来，凑近，再凑近，依稀辨认出上面的字：Love sex、亲密薄、大胆爱？

这是……她瞬间明白了！

叶敬辞在车外等了很久，敲了敲车窗，本意是想问她好了没有，却吓得尤嘉肝胆俱颤，魂飞魄散。

她明明清白无辜，也不知道哪根筋不对，顺势就把小盒子塞进了自己包里，将车窗露出一条窄缝。

"我好了。"

叶敬辞上车，扣紧安全带，启动车子倒车出库。

他观察右侧后视镜里的路况，留意到尤嘉脊背挺直，坐姿僵硬。

他问："衣服不合身？"

"哦，不是。"

尤嘉大脑一片空白，心想按照这个节奏，他们的速度是不是快了点？一会儿她答应还是不答应？奇怪，她竟然不是很反感，甚至有点好奇和期待。不过，这不太像叶敬辞的行事作风啊，事出反常必有妖，她还是先探探口风。

她尽量让自己放轻松，试探着问："你刚才除了衣服还买什么了？"

"鞋。"

"除了鞋。"

"没了，怎么了？"

"我在袋子里发现了别的东西。"

"什么东西？"

尤嘉狠狠心："一盒……"

"清口糖。"她到底把那三个字咽了回去。

叶敬辞恍然想起，刚才帮她买内衣，收银员结账时说满五百有赠品，问他需不需要，他当时正低头打开支付软件，随口应了句"都行"。

"哦，应该是赠品，我没看是什么，让店员直接扔袋子里了。是什么清口糖？好吃吗？"

尤嘉的心简直提到嗓子眼，她从包里胡乱翻了翻，还好摸到了平时随身携带的糖盒。

她倒出两粒，递给他，完美圆谎："喏，尝尝看。"

叶敬辞就着她的手，将那两粒糖卷进口中，尤嘉手心微痒，莫名地松了口气。

车已开上主路，两侧街灯投射进车厢，照在叶敬辞那张棱角分明的脸上，他的五官深邃，不笑时有一种静水流深的稳重，尤其他日常戴眼镜，更有一种不显山不露水的智慧藏在眉宇之间。

尤嘉不由得感到一阵失落，像他这样的人，大抵连纵情声色都是有节制的。

叶敬辞开车送尤嘉回家，临别时约定明天一早来接她去医院。

　　尤嘉拎着一袋湿衣服，挥手和他告别，进了单元门才觉得这一夜过于玄幻。

　　她现在是……谈恋爱了？

　　男朋友还是叶敬辞？

　　如果她穿越回十年前，遇见少女尤嘉，把这件事告诉她，少女尤嘉没准会以为她脑子有坑，随手拨打120把她送进精神科。

　　她回家趴在窗户上看楼下，叶敬辞的车还没走，大约看她的房间亮了灯，才安心离开。夜空中有星子在闪，尤嘉目送他的车消失在转角，觉得心里像绽放了簇簇烟花。

　　她生在不幸的家庭，小小年纪饱尝不同的苦，在父母的影响下，她过早地见识了老一辈人结婚的真相，即便如此，她还是愿意相信这世上存在美好的爱情。只是她觉得，自己没有那么好的运气遇见。

　　直到叶敬辞闯入她的世界，推翻了她在人生这场考试中，通过一次次验算得到的否定答案。他告诉她，她从一开始就错了，其实她早就遇见了爱情，只是阴错阳差地错过了。

　　尤嘉把湿衣服丢进洗手间的洗衣机，回来听见季萤房间还有声音，忍不住脚踩棉花似的去敲门。

　　季萤正在制作PPT，开门看见她一脸春心荡漾就觉得不对劲。

　　"你怎么了？中奖了？"

　　"和中奖也差不多，我和叶敬辞谈恋爱了。"

　　"哇！"季萤的八卦之火熊熊燃烧，"你不是说没戏了吗？"

　　"我也没想到。"她伸出胳膊让季萤掐，"快，掐醒我。"

　　季萤拍开她的爪子："那你接下来是不是准备抛弃我，投向叶敬辞的怀抱了？唉，女大不中留啊，看来我要抓紧时间找新的室友合租了。"

"瞎说什么，我是那么重色轻友的人吗？再说了，我们刚在一起，同居……还早着呢。"

"这种事说快也快。"季萤一脸"你别说，我都懂"的表情，凑近伏在她耳边，咬字清晰地说，"你做好准备，记得随身带套。"

尤嘉感觉自己像吃了一把朝天椒，从脸红到脖子，又想起包里就有一盒现成的，顿时一片声色旖旎浮现在眼前，挥之不去

她抄起身边的抱枕丢过去："季萤你太污了，我去睡觉了！"

季萤躲开她的袭击，笑嘻嘻挥手送客："好梦哦。"

日有所思，夜有所梦。尤嘉晚上做的都是关于叶敬辞的梦。

梦里高中和现实的场景交错，一幕幕万花筒般缤纷缭乱。梦里的叶敬辞穿着校服，剃着干净清爽的头发，比桃花眼更魅惑的眼尾轻轻上挑，伸手把她按在了教学楼前那棵寓意升学率高低的合欢树上。

梦里的她被他的动作吓到，未等把他推开，她已经成了他的掌中之物。

她觉得身体里好像有一座牢，在没开启它以前，她冷静、理智、克制，付出多少感情都能拿捏自如。如今叶敬辞亲手将牢门打开，被她束缚已久的七情六欲仿佛有了归宿，犹如解除了封印，争先恐后地倾巢而出。

这场绮梦被手机的振动声打断，尤嘉迷迷糊糊地爬起来，看见来电显示"叶敬辞"三个字，瞬间睡意全无，昨晚发生在梦里的故事清晰地浮现在眼前。

太难为情了！

叶敬辞早就等在楼下，尤嘉匆匆收拾妥当下楼。

他们出发早，号排得也靠前，到医院没多久就轮到了她。大夫开了一系列化验单，尤嘉完全不知道都是什么，任由叶敬辞带她一个接一个做完了所有检查。

做这些检查需要空腹，两个小时的检查结束，尤嘉早已饥肠辘辘。医院附近有一家包子铺，包子皮薄馅足，现磨的豆浆也很香醇，两人并肩坐在长条凳上解决了基础的温饱问题。

叶敬辞起身去结账，回来说："检查结果明天才能出来，APP上也能查。走吧，先送你回公司。"

尤嘉喝完最后一口豆浆，摇头说："先不回公司了，我今天得去法院一趟。"

叶敬辞挑眉："巧了，我也去法院，不过你去干什么？"

昨晚临睡前曼姐在微信上突然找她，原本只是聊沈放的新书营销计划，她却觉得不对劲，发现语音里曼姐的哭腔严重，她关心地问候两句，曼姐竟然大哭起来，什么领导形象都没有了。

曼姐说虽然她婚前隐瞒病史确实有错，但和老公从校服走到婚纱，这么多年的感情，又有孩子，她不想离婚，没想到老公外面有了情人，情人还有了身孕，她就是再不舍，也知道破镜无法重圆，他们回不去了。

她还没来得及请律师，法院的庭前调解电话却先打来了。她知道老公请了专业律师，她不想孤身一人去面对。离婚的事她怕亲友担心，谁也没说，公司里知道的人不多，尤嘉是她一手提拔上来的人，口风紧，向来不是搬弄是非的人，于是想让她陪同前去。

曼姐一直很照顾她，尤嘉不忍心拒绝，也就答应了下来。今早来医院检查，她和曼姐请了假，谎称有私事处理，约定上午十点半法院见。

这会儿已经过了上班高峰时段，道路畅通无阻，前面不远处就是法院。

尤嘉和叶敬辞讲完曼姐的事，说："曼姐虽然不对，但他老公更渣。"

叶敬辞不置可否，想起前几天在医院里看见的一幕，也将那天的所见所闻尽数告诉了尤嘉。

她突然想到一个好主意，提议道："曼姐最近正在找律师，你有时间吗？"

"想把我推荐给她？"

"对呀，你那么厉害，一定可以帮她把渣男打败。"

叶敬辞笑了笑："那你把我的电话给她吧，如果她有需要，可以联系我，不过我每小时的咨询费可是很贵的。"

"放心，曼姐付得起。"

法院附近车位紧张，每次来叶敬辞都要兜兜转转老半天，好不容易看见有车走了，空出一个位置，这时尤嘉的手机铃响起，曼姐的电话打进来问她到哪儿了。

"我到了，在找停车位……好，一号调解室对吗？我马上到。"

她挂断电话，发现叶敬辞目不转睛地看着她。

"怎么了？"

"你刚才说……一号调解室？"

"对啊，怎么了？"

"我今天也是陪委托人来庭前调解的，也是一号调解室。"

尤嘉眨了眨眼睛，忽然明白过来："不会这么巧吧？！"

这是尤嘉第一次进法院，从前只在电视剧中见过，坐进调解室还是头一回。调解室窗明几净，调解员还未到场，双方当事人已如约前来。

尤嘉和曼姐并肩而坐，对面则是叶敬辞和他的当事人，也就是曼姐的老公宋先生。

曼姐这段时间气色不好，没心思化妆，平日戴墨镜，用来遮掩哭得红肿的眼睛。宋先生倒是器宇轩昂，发型服饰无不打扮精细，人也文质彬彬，说话慢条斯理。如果不是尤嘉早就知晓他是出轨方，她是万万想不到眼前这个宋先生会如此道貌岸然。

听说宋先生自从提出离婚，就和曼姐开始了分居生活，他们应该有很长一段时间没见面了。如今在法院再见，昔日还算相敬如宾的夫妻沦为原告与被告的关系，不知道他们心中是什么滋味，尤嘉看在眼里只觉得唏嘘不已。

何曼看见叶敬辞，一眼将他认出来了，虽然他们只在尚阅有过一面之缘，她却对这个男人印象深刻。她记得，当时他替尤嘉拦了一巴掌。

她转头问尤嘉："这位叶律师是你朋友吧？"

"嗯，而且是……男朋友。"尤嘉神色尴尬，硬着头皮承认，"我们俩也是今天才知道……"

"没关系，我就是随口问问，你别紧张。"

尤嘉心里五味杂陈，再抬头，她和叶敬辞的视线在半空中交汇，心里又是一阵复杂。

男朋友是上司老公的离婚律师？这都是什么事啊。

叶敬辞也不知道宋先生的妻子是何曼，而且在和宋先生聊案子的过程中，他从未向他提过出轨一事，可是那天他在医院亲眼见识到了何曼与人大打出手。

宋先生不仅出轨，情人还怀了他的孩子。宋先生故意隐瞒事实，致使原本简单的案子变得复杂起来，也难怪他出手阔绰，给的每小时咨询费高得离谱。

他正若有所思，放在桌上的手机振动起来。

尤嘉："这人就是渣男，你怎么会接这种人的案子？"

尤嘉义愤填膺为曼姐打抱不平，叶敬辞能理解，但也委屈。

Eucaly："天地良心，他出轨的事我不知情。"

尤嘉："现在知道了，你还要继续当这种人的律师吗？"

Eucaly："已经签了合同，不能违约。"

尤嘉："你的三观呢？！"

Eucaly："律师的责任就是为当事人负责。"

叶敬辞耐心解释。

Eucaly："先不说他出轨与否，何曼确实隐瞒了病史，两个人都是过错方，也都是受害者，他们都有辩护的权利。对我来说，这只是工作，绝不是立场。"

他编辑了这么多，尤嘉都看进去了，她当然可以理解，别说是渣男，就是犯罪嫌疑人，也有辩护的权利。但感性的她不接受。

尤嘉"噼里啪啦"打字回复："理性的我完全理解，感性的我不想和你说话。"

叶敬辞看见这条信息忍不住笑出声。

调解员和书记员先后进门，调解正式开始。

此案由宋先生提起离婚诉讼，何曼起初不知道他出轨，坚持不肯离婚，所以法院试图进行庭前调解，安排了这次见面。

如今何曼已经掌握了她老公出轨的证据，原先不肯离婚的态度也发生了一百八十度转变，没等调解员说完主持词，她率先开口："我同意离婚，调解就算了。"

她摘了墨镜，说："我手里有宋唯婚内出轨的证据。"

调解员显然不知道此事，翻了翻材料，面露讶然，看向宋唯："何女士所说是否属实？"

始终端坐一旁的宋唯十分冷静，沉声道："何曼骗婚被我发现，致使婚姻破裂在先，我对这段感情失望，提出离婚，她不同意，难道我就不能另觅人生伴侣了吗？"

"你可真好意思。"何曼都被这个无赖气笑了，"你三个月前才知道我婚前隐瞒病史，小三肚子里的孩子少说也有五个月了吧？你是当我傻还是当法官傻？"

"这话不对。"宋唯不慌不忙地说，"你确实是三个月前将这件事坦白告知于我，但你怎么知道，我不是在很久之前就已经留意到了蛛丝马迹呢？"

"你……"何曼大抵没见识过他这副厚颜无耻的嘴脸，拍桌而起，手指宋唯，"你不要太过分！"

场面一时有些失控，尤嘉忙拉住曼姐的衣角，安抚她坐下。

何曼却被逼急，一把挣开，对宋唯一字一顿道："你我从念书的时候就在一起，也算青梅竹马，毕业后来北城闯荡，我陪你白手起家，如今你这么绝情，将来会遭报应的。我告诉你，两套房子、孩子的抚养权，我都要，想让我净身出户，你痴心妄想。"

何曼转而向调解员道："我不接受调解，净身出户的应该是他，之后我会请律师反诉……抱歉，我去下洗手间。"

她有些哽咽，趁眼泪没溢出眼眶之前，疾步离开了。

尤嘉怕她情绪起伏波动大，也起身追了出去。

此番调解无疾而终，工作人员对这种失控的场面司空见惯，纷纷摇头，收拾好材料起身准备离开。

调解员对宋唯说："既然何女士拒绝调解，那就等开庭吧，您先别忙着走，一会儿直接领了传票。"

待工作人员走后，调解室只剩下叶敬辞与宋唯。

宋先生将转椅转向叶敬辞，开口即笑，一脸志在必得："叶律师，接下来就拜托你了。"

叶敬辞起身，面无表情，冷冷地道："宋先生，您若真想胜诉，最好还是将事情的原貌如实向我说清楚比较好，藏一半，说一半，我再有神通也无能为力。"

这么多年的从业经验，叶敬辞别的不怕，就怕当事人遮遮掩掩，不说实话。

宋先生也是要脸的人，出轨的理由再怎么冠冕堂皇，心里也知道自己理亏。他原以为隐瞒得天衣无缝，何曼也不知情，没必要多此一举向律师坦白，如今被她在调解现场拆穿，也只能实话实说。

他理解叶律师的不悦，立刻敛去嘴角笑容，正色道："是，是，这次是我疏忽了，您看之后还有什么需要，尽管问，我一定全力配合，只要您打赢了官司，好处绝对少不了。"

他和何曼名下有两套房产，在北城寸土寸金的地方，毗邻鸟巢的房子市值只升不降，这两套房子保守估计就有两千多万，官司如果赢了，哪怕抽5%都有的赚。

叶敬辞从来不会和钱过不去，更何况案子已经接了，他也随机应变给了宋唯一个台阶，答应了和他共进午餐。宋唯长了教训，席间说出了许多此前隐瞒的实情，叶敬辞听完只有一个感受——尤嘉说错了，宋唯不是渣男，是人渣。

他和何曼在北城共同打拼十年，何曼从他一无所有时就陪在他身边，可是他未能经得起诱惑，和公司里一个小实习生勾搭到了一起，他向实习生承诺会离婚，只是一直没找到合理的借口，直到他知晓何曼婚前隐瞒病史，终于被他抓到了把柄，于是借此机会执意要离婚。

他根本不想要孩子的抚养权。他只是伪装成一个尽职尽责的父亲，在法官面前假装争一争。他笃定何曼一定不会抛弃孩子，而他最在乎的，只有那两套房子的归属权。

难怪"感性的尤嘉"不想和他说话，若不是职业操守反复提醒他要冷静，他也想撂挑子不干了。

酒吧里歌舞喧嚣，一片声色旖旎。何曼不知道喝了第几杯威士忌，终于醉倒在吧台上，没了意识。尤嘉一直守在她身边，看她倒下，给了服务生小费，让人帮忙把曼姐扶上了车。

自从庭前调解谈崩了之后，曼姐就是这个状态。她口口声声要将宋唯赶尽杀绝，一分钱也不给他，白天在公司里一点也看不出她伤心难过，可是下了班她就变成了这副醉生梦死的样子，喝醉就喊宋唯的名字。

尤嘉觉得曼姐真是信任自己，每次喝多了不找别人，总用仅剩的最后一点理智给她打电话，让她来收拾烂摊子。

她已经连续三个晚上担任曼姐的代驾司机，将她几经周折送回家安置了。

曼姐现在和宋唯分居，家里空荡荡的，孩子也被她用工作忙为借口送回了外公外婆那里，这些天她各处奔走，家里乱得没空收拾，到处都是散落的空酒瓶，处处有路障。

她实在没力气把曼姐扶进主卧，只好将人放在客厅沙发上。她觉得今天曼姐状况不太好，不敢一走了之，于是给季萤打电话告知她晚点回家。

季萤还以为她和叶敬辞在一起，表示了解。尤嘉没解释，只是想到叶敬辞又觉得窝火。

这些天他每天早晨都准时出现在尚阅楼下，换着花样给她带早餐，问她是理性的尤嘉还是感性的尤嘉。她每天目睹曼姐这副失魂落魄的样子，实在不想理他，每次拿了早餐就赌气说自己是感性的尤嘉，然后扭头就走。

叶敬辞觉得全世界他最委屈，然而他敢怒不敢言，只能耐着性子等她气消。

有一次他来被小芸撞见，她看出他们俩不对劲，旁敲侧击地问尤嘉什么情况，她随口说是吵架了，紧接着就吃了小芸一记打。

"你这个愚蠢的女人，真是身在福中不知福。如果男朋友长得那么赏心悦目，别说吵架了，连和他大声说话我都觉得有罪。"

尤嘉无语："你能不能有点出息？"

她虽这么说，但还是把话听进去了，叶敬辞那么骄傲的人，和不熟的人交往话都没有两句，却对她事无巨细，她也不是真的生气，除了第一天是真的不想理他，之后几天纯粹是为了骗他亲自送早餐才假装冷脸。

等曼姐睡下，尤嘉确定没什么事，照例用便签在茶几上给她留了字条。

看时间还早，叶敬辞这个工作狂应该还没下班，她决定去盛通律所给他一个惊喜，缓和一下"两国"的紧张局势。到了盛通，他的同事却说他不在。

惊喜没送成，她只好主动联系他。

尤嘉："在哪儿呢？"

叶敬辞很快发来一个定位，是位于故宫附近的春秋烤鸭店。

Eucaly："在应酬，你要来吗？"

担心他在谈工作不方便，尤嘉想不然就算了，叶敬辞却对她的心理

动态了如指掌，又补充了一句。

Eucaly："就快结束了。"

言外之意，等你。

既然如此，那就恭敬不如从命了。

尤嘉离开盛通，招手打了车，向司机师傅报上了烤鸭店的名字。

这家店很有名，旁人来北城想吃烤鸭都会去全聚德，却不知有比全聚德更值得一尝的地方。饭店就在故宫脚下，一座古色古香的两层小楼，门口挂了两盏红彤彤的灯笼。这附近都是高不过两层的低矮商铺，因临近故宫，家家装修得古朴雍容，尤嘉下了车仿佛来到了百年前的京城。

推门进去，有身穿长褂的服务员来迎，她说是来找人，服务员便做了个"请进"的手势，招呼她里面请。

来之前叶敬辞将包厢名告诉了她，她知道是"枫林晚"那一间，隔着门扉听见里面谈笑风生，不好就这么贸然进去，于是给他发信息，告诉他到了。

她在门口等了一会儿，不见他出来，也不见他回复信息，正觉得奇怪，想给他打电话，忽然听见转角处传来一声："敬辞，你知不知道，我为了和你并肩站在一起，付出了多少努力？"

说话的人声音不大，因走廊过于安静被尤嘉清楚地听到。

春秋烤鸭店一楼和普通饭店一样，有大桌小桌，二楼却按照一年十二个月份设置了不同风格的包厢，共十二间。饭店的老板是个玲珑剔透的生意人，注重包厢的私密性，每间包厢之间都会用景观制造出一片隔离带，来实现隔音效果。这些景观各不相同，有热带鱼缸，有假山怪石，也有微型喷泉，布置得别出心裁，吸引了不少年轻人来吃饭打卡。

枫林晚与雁南飞这两间包厢中间，是用3D全息投影制造的秋枫落叶，尤嘉循声走近，从墙后探出头去，看见叶敬辞和江晚吟面对面而立。

今晚方糖影视的老板做东，宴请律所三大合伙人吃饭，本来没叶敬辞什么事，主要是C组同事前段时间帮方糖打赢了版权官司，方糖影视出于答谢组织了这场饭局。

方糖的创始人之一是前段时间备受舆论缠身的那位影后，因叶敬辞帮她打赢了离婚案，使她恢复清誉，重回事业巅峰，执意要他带领B

组团队一同列席。没办法，叶敬辞就算不喜交际，出于礼节，还是来应个卯。

席间，他意外地遇见了江晚吟。

江晚吟从日本留学回国就入职了方糖影视，负责海外影视版权的引进，C组负责的版权纠纷案就是由她引进回国的项目，这段时间她也一直在配合律师，提供相关证据。

今晚这场饭局，她并不是非来不可的关键角色，但听说叶敬辞会来，便存了私心赴约。两人的位置离得远，江晚吟没有主动攀谈，叶敬辞也没多想，只当这场遇见是巧合。看时间，尤嘉差不多快到了，他便借口去洗手间离开了包厢。

谁知江晚吟紧随其后，跟他一起出来，在走廊叫住了他。

江晚吟穿着一身珊瑚橙的典雅旗袍，将她的身材衬得凹凸有致。

她心有不甘，向前走了一步。

看见她突然抱过来的动作，叶敬辞感到生理性厌恶，他钳住她的手腕，将她扯开，江晚吟却执意不肯放。

"我们八岁就认识了，你从小学习好，我也不服输，你第一我就第二。你字写得好，我为了赶上你，报名去学书法。听说你喜欢打辩论，我也报了学校的辩论队，就为了参加市级比赛，成为你的对手。听阿姨说你被保送读研，我也报考了研究生考试，第一年没过，又二战，就这样以你为目标，成为今天的我。叶敬辞，我从小就喜欢你呀，为什么你看不见我？为什么我已经这么努力地变好了，你还是看不见我？"

叶敬辞不是什么怜香惜玉的人，他有自己的原则和底线，硬是掰开了江晚吟的手，他的力气有些大，江晚吟吃痛，终究还是哭了。

"如果是我不够好，我也认了，可是那个叫尤嘉的凭什么？我托人打听过了，她的家世、她的学历、她的才华，她有哪一点比得过我？"

叶敬辞最怕女生哭，见江晚吟又要走近，他躲瘟神似的和她保持距离，伸手示意她别靠近。

"你就在那儿哭！"

江晚吟被他冷不丁的一句吓住了。

叶敬辞又说："离我远点，眼泪别蹭我身上。"

因这两句话，本来止住眼泪的江晚吟哭得更凶了。

躲在墙后的尤嘉没忍住，笑出了声。

这个男人也太无情了。

叶敬辞听到笑声，回头看到墙后的影子，他快步追过去，尤嘉已经转身跑了。等叶敬辞追到转角处，将走廊一眼望到尽头，她早就消失无踪。

他正在心里纳闷，突然收到信息，尤嘉的语气欠嗖嗖的，十分欠收拾。

尤嘉："既然叶律师这么受欢迎，今天就不打扰了，你们慢慢聊，最好趁这个机会把历史遗留问题解决干净。"

叶敬辞想，哪有什么历史遗留问题，全是江晚吟一厢情愿，他都这么难了，她还作壁上观，只知看戏，实在可气。

他转身看江晚吟哭得梨花带雨，还在小声啜泣，只觉得头疼。

他叹了口气，说："或许你说的那些条件她都不如你，但我就是喜欢她。无论是以前自卑忧郁的她，还是现在鲜活明亮的她，在我眼里，我都觉得她是独一无二的。你就当我是着了魔，非她不可吧。"

这些话对江晚吟而言无疑是寒风刺骨，她还想说什么，身侧包厢的门却被人一把打开。有人见叶敬辞迟迟未归以为他躲酒跑了，于是出来找，那人并未留心身后的江晚吟，看见叶敬辞就把他拽了进去。

包厢里吵吵嚷嚷，影后已经醉了。

"还以为叶律师躲酒跑了，来，把酒杯满上。"

"前段时间真是辛苦叶律师了，如果没有你，还不知道网友要骂我到什么时候。"

"叶律师太靠谱了，这么有能力，简直是盛通律所的福气。"

大家七嘴八舌地把他团团围住，他只能举起酒杯，一饮而尽。

酒过三巡，大家各回各家，他叫了代驾，临走前他去洗手间，看见江晚吟正趴在洗手池前漱口，有女同事从洗手间出来，关心她要不要紧，她笑嘻嘻摆了摆手。

叶敬辞不想多管闲事，这时候帮忙难免又会让她生出一丝希望来，可他总归不放心她这么晚独自回家，迟疑片刻，拨通了沈放的电话。

沈放就在这附近玩，听说叶敬辞要找他打台球，兴冲冲赶来，谁知赶到后叶敬辞不见踪影，打去电话追问才意识到被骗了。

叶敬辞说："我走之前把江晚吟交给服务员了，你去前台，直接报名字领人。我现在是有女朋友的人，需要避嫌，送她回家的差事就交给你了，不过我看她醉得厉害，能不能问出她的住址，就看你的本事了。"

沈放领到人，江晚吟醉得站不稳，他一手打电话，一手扶她根本扶不住，他气得不想和叶敬辞说话，索性挂了电话，动作利索地将江晚吟扛在了肩上。

空气里都是浓重的酒气，他闭了闭眼，骂骂咧咧地认了栽。

谁让他上回撞了她，害她摔了一把紫砂壶呢，就当是欠她的得了。

代驾开车平稳，叶敬辞撂了电话靠在后车座上闭目养神，等他涣散的意识终于清醒了些，才掏出手机给小炮仗回信息。

Eucaly："跑得那么快，属兔子的吧。"

尤嘉刚洗完澡，吹完头发才注意到手机呼吸灯闪烁不停。

她皮得很："历史遗留问题解决得怎么样了？"

Eucaly："我没有历史遗留问题。"

尤嘉："哦？是吗？不是有比我家世好、比我学历高、比我有才华的女生从小就喜欢你吗？你不需要再好好考虑一下吗？"

Eucaly："故意气我是不是？别落我手里，不然好好收拾你。"

哟，学会吓唬人了？

尤嘉先发了一个小白兔吐舌头的表情包，继续肆无忌惮地挑衅："来呀，先抓住我再说。"

第二天，叶敬辞去尚阅抓小兔子之前，先去了趟医院。尤嘉的检查结果出来了，他打印了报告拿给大夫看。大夫说，只是携带者，肝功能正常，不需要用药，定期检查即可。听大夫这么说，他一颗心才算真正放下。

他带着好消息去尚阅给小兔子投喂早餐，却左等右等没等来人。

小芸看见叶敬辞在门口徘徊，主动走过来询问："叶律师早啊，又来送早餐啊，今天是良记的早茶还是五品稻的酥饼啊？你可不知道，自从你和尤嘉谈恋爱，简直造福了整个编辑部，你养女朋友真是不心疼钱，一份早餐整个编辑部瓜分了都吃不完。"

叶敬辞奇怪这个点还不见尤嘉来，问小芸："尤嘉今天没来？"

小芸现在猴精，学会倒卖信息置换资源了，她"嘿嘿"一笑："叶律，您这么出类拔萃，身边应该有不少优秀的同事吧，有没有单身男士

介绍来认识一下啊？"

叶敬辞为了抓尤嘉简直不择手段，不惜出卖下属。他从通讯录里找到张珥的电话递过去："电话就是微信号，法学硕士，年轻有为。"

小芸火速打开手机备忘录把电话号码记下。

"尤嘉去印厂了，沈放的新书下印，她去盯颜色，印量那么大一天盯不完，估计今晚直接住印厂，明天才回来。"

叶敬辞对出版行业了解有限，他以为编辑就是坐办公室看稿子、写文案，原来还要去印厂。小芸把印厂的地址给了他，下班后他按照导航一路开过去，只觉得越来越偏僻，眼看就要开到了廊市，终于在一处荒郊野岭的半山坡找到了永迪印厂。

天已经完全黑透，夜幕有星散落，放眼看去周围都是黑压压的厂房。门卫室的保安看见他的陌生车牌，走出来，敲下车窗，问他来找谁，他只好拨通小白兔的电话。

反正他已经找到了，她想跑也跑不掉。

尤嘉接到电话时，正在车间开了机的机器上确认封面颜色，车间里都是印刷机"嗡嗡"的噪音，她听不清他说了什么，于是跑到外面，一抬头，看见了印厂门口停着一辆熟悉的车。

坐在车里的叶敬辞，远远看见一个小小的身影从车间里跑出来，她先跑进了门卫室，和保安打了招呼，保安才给他的车放行。

她拉开车门坐上副驾驶座，引导他去停车场。

她没想到他会找到这里，很意外，可更多的是雀跃，短短一段路念叨个不停。

"你怎么找到这儿的？一定是小芸出卖了我，她这个叛徒，也太容易叛变了。你来怎么不告诉我？"

等她终于意识到话有些多时，才发现叶敬辞一直眉眼含笑地注视着她。

他拿出报告单交给她："你的检查结果出来了，什么事都没有，只要听我的话，不喝酒，不熬夜，按时去体检，就不会有太大的问题。"

她接过来翻看，其实她到现在也没有完全弄明白乙肝到底是什么，反而是他，似乎研究得比她还清楚。

见她不说话，叶敬辞又问："曼姐的事，你还生我的气吗？"

尤嘉把报告收好，摇了摇头："你也说那是你的工作，不是立场，我选择尊重。"

叶敬辞凑近她，她今天披着头发，之前烫过的卷已经疏散许多，却比刚烫那段时间自然好看，他伸手挑起她的几绺头发缠在指尖把玩，又放在鼻间轻嗅，是清新的花香。

"那我每天去送早饭你怎么都不理我？昨天也是，明知道我和江晚吟什么事都没有，还跑，我今天追过来了，看你跑到哪里去。"

他越说离她越近，气息近在咫尺，缕缕温热喷薄在她的耳蜗。

尤嘉紧靠着椅背，没处可躲，思量着怎么回答。

她总不能实话实说，坦白她想每天都能见到他，所以才假装生气，这样他就会每天都来给她送早饭吧。

太露骨了，她说不出口。

她直接跳掉第一个问题，傲娇开口："我怎么知道你和江晚吟到底怎么回事，万一有悄悄话要说呢，我出现多不合适，给你充足的空间也要怪我，天底下去哪儿找像我这么大方的女朋友。"

叶敬辞放开她的头发，伸手抬起她的下巴，她留意到他眼里的柔情变得复杂了许多。

他说："留我和江晚吟单独在一起，你都不吃醋吗？我不要你大方，我要你在意我。"

他说得无辜又委屈，尤嘉觉得自己像坏女人，又觉得自己被他几句话就命中了红心。她怎么会不吃醋，昨天回去她胡思乱想了整夜，江晚吟说的每一句话都在她的耳边，她一句都没忘。

她坦然迎上他的眼眸："是你嗅觉不好。"

他笑问："什么？"

她也不知道他是装听不明白，还是真的不明白，嗫嚅道："你没闻到我全身都是醋味吗？"

叶敬辞突然眉眼舒展，笑得像个孩子。

他一把搂她入怀，低头在她唇上小心翼翼地落下一个吻。

尤嘉觉得时间都静止了。

这是他们第三次接吻，和第一次的猝不及防，还有第二次她酒后无意识的强吻都不一样。这次他吻得很心安理得，她能感觉到他唇瓣的温度，还有彼此急促的呼吸。

再这样下去……

不会要出事吧？

她还在胡思乱想，叶敬辞已经松手放开了她。

他说："不酸，我尝了，是甜的。"

叶敬辞第一次来印厂，看什么都新奇。

他趁尤嘉和印厂师傅交涉时，将车间里外转了一遍，才知道原来一本书的诞生这样复杂。排版、印刷、装订……如果遇到工艺复杂的，还要动用人力来手工操作。

车间味道刺鼻，噪音不间断，他只待了一会儿就受不了了，不禁佩服起那些印厂工人，还有尤嘉对待工作的认真与耐心。

封面的主色调是蓝色，已经印刷的几版和追色样差别太大，尤嘉坚持严格追色，不肯签字，师傅只能一遍遍调整。

叶敬辞不懂她的专业领域，虚心求教："很重要吗？我看颜色相差得也不是很明显。"

"很重要。"她给叶敬辞科普，"我们的封面前后试了十几种颜色，最终才定下这个，给领导和沈放都看过，它是很饱满的藏蓝色，没有黑色那么沉闷，也没有蓝色那么轻，因为书名做了烫银，放在书架上也很明显，但是现在印出来的蓝色偏灰，等晾晒后只会更浅，和我们预想的差距会很大。如果调整不好，最后装订成书就没有我们想要的那种质感了。"

她说完又继续低头去看案台上最新印刷出来的封面，还是差了点意思，于是又去和师傅沟通。

叶敬辞看她言辞恳切地表达自己想要什么颜色的样子，忽然觉得车间里的噪音全都弱了下去，眼里只剩下她认真的侧脸。

江晚吟问他为什么喜欢尤嘉，又列出家世、学历、才华来和她一较高低，他当时没心情和她周旋，用一段简短的话回绝了她，实际缘由却不只他说的那些。

都说人人生来平等，也不尽然。

有人是富二代，生来就在罗马城挥金如土；有人是留守儿童，终其一生也不会离开故乡。他们命运的际遇从出生起就走上了两条截然相反的轨道。

江晚吟当然骄傲，她生来就拥有和睦的家庭，想学什么就学什么，家里从不吝啬在她身上花钱。

尤嘉有什么呢？她几乎一无所有，每一步都是她强撑着走出来的。生长在那样的家庭，她没有堕落，没有怨怼，没有对生活失去信心已经很难得，江晚吟拿家世去比，本来就对她不公平。

他喜欢像现在这样，对待工作热情认真、眼里有光、心里有梦的尤嘉。

也喜欢十年前坐在黑黢黢的楼道里，暗自发誓一定要逃离糟糕的生活、对未来满怀期待的尤嘉。

她像生于黑暗、长于黑暗的昙花，没有阳光也不妨碍她野蛮生长，璀璨绽放。

尤嘉的标准太高，结束工作时已经过了零点，负责印刷机的工人都换了一拨人，直到她看见满意的成品才签字离开。

原本她一个人过来，后半夜还要等师傅电话通知盯印内文，她打算在印厂休息室把几张椅子拼凑在一起，将就一晚。如今叶敬辞来陪她，她既舍不得让他走，也舍不得让他睡椅子。

远郊多是工厂，她用地图搜索附近的酒店，最近的五星级也要开车十五分钟。

她对着屏幕犹疑怎么安排合适，叶敬辞却突然凑过来，指向一家小旅馆，说："就这家吧。"

她觉得不妥。这种小旅馆的条件一般不会太好，也不知道他那么挑剔的人能不能住得惯。

叶敬辞好像能洞穿她在想什么，疏朗地一笑。

"只要能有张床，和你一起睡，无所谓几星。"

他说得一本正经，却笑得不怀好意。尤嘉一时哑然接不上话，他随即朗声笑起来，等她意识到他在逗她，登时恼羞成怒，作势就要抬手给他一拳，他却反应极快，一把将她的手握住，无辜道："怎么打我？我说错什么了吗？"

尤嘉只能闷声吃哑巴亏，选择不解释。

小旅店和五星级肯定不能比，他们驱车抵达时，前台竟然无人值班，不知道服务人员是不是偷懒跑去睡觉了。尤嘉连着喊了好几声"有人吗"，总算有一个男人迷迷糊糊打着哈欠，从前台旁边的休息室走出来。

男人扫了他们一眼："一间大床房？"

尤嘉骤然全身紧绷，不敢应声，她怕说"是"显得自己不矜持，说"不是"又实在假正经且做作。

叶敬辞却在她出神的时候拿出身份证递了过去。

"对。"他说。

她莫名地松了口气，也掏出了身份证。

他们入住的房间在二楼，打扫得还算干净，但是能闻到之前客人留下的淡淡烟味。尤嘉知道叶敬辞没有吸烟的习惯，他却没要求换房。

他走进去抽出工作台前的座椅，将电脑打开，没几分钟就神情专注地陷进了工作中。

"这么晚了还有工作？"

"你先睡，不用管我，有一封加急解约函需要拟好给客户发过去。"

尤嘉心里蓦地一暖。想到他这么忙还特地来印厂陪她，便不忍心再打扰。

她洗了把脸，关了主灯，和衣躺下。房间里有一扇窗，纱帘只遮了一半，窗外就是草长莺飞的旷野，连灯也没有一盏，只有一轮明月静静地悬挂在夜空中。

尤嘉偏保守，从小自我保护欲很强，异性朋友很少，和男人开房更是人生第一次。

从叶敬辞走进她的世界开始，她经历了太多第一次。可是所有的一切都像水到渠成般自然而然，他好像有奇异的魔力，轻易就剥离了她穿在身上的铠甲，让她心甘情愿放下戒备，成为软萌可爱的小女孩。

伴着叶敬辞轻轻敲打键盘的声响，她渐渐睡着了。

大约是知道印厂师傅后半夜会打电话，她睡得不沉，隐约还能感知到叶敬辞的动静。他好像忙完了，洗手间传来洗漱的水声，然后是他向床边走近的脚步声。

旅店的床很软，他刚躺到另一侧，尤嘉就觉得自己的身体也向下陷了许多。

叶敬辞此时的精神是亢奋的，解约函已经发出去了，过了最困倦的时段，他反而异常清醒。

小白兔侧卧在他身边，一丝防备也没有。月光如瀑倾洒在床上，她的周身仿佛披着一层薄如蝉翼的月霜，散发着荧荧光芒。

他骗不了自己，本能地靠过去，一把将她捞进了怀里。

身后突然传来属于男人的温度，尤嘉并未被惊醒，反而迷迷糊糊地翻了个身，环住了叶敬辞的腰。

半梦半醒间，她好像闻到了他身上的檀香，因为离得近，香气已经完全盖住了房间里的烟味，让她不由得贪恋地深吸了几次。

这是小众香水品牌"他秘"的味道。

她以前在代购那里看见过，黑丝绒包装盒，里面躺着小巧的玻璃瓶身，瓶子里的液体色泽有如镏金般，又像坠落人间的银河。虽然是男士香水，但她贪图美貌买过一瓶，香水的味道也很迷人，迷迭香和雪松的味道缠绵交融，组成木檀香的馥郁温柔，她爱死了这个味道，在朋友圈里向大家安利了好几次，爱不释手到每天出门都不忘在后颈上喷喷它。

尤嘉睁开眼睛，发觉叶敬辞眉眼含笑地看着她。

他说："吵醒你了？"

她如梦初醒，下意识地把他放开，他却收紧了臂弯，没给她逃脱的机会，顺势将她禁锢在了身下。

尤嘉的呼吸莫名地变得急促，她的双臂几乎下意识地搂住他的脖子，声音轻颤："是……是今天晚上吗？"

她都不知道自己在说什么，叶敬辞却懂了。

他问："你愿意吗？"

"我……不抗拒。"

都是成年人，彼此心里想什么一清二楚，这个年纪谈恋爱，就是天雷勾地火。

她既然答应和他在一起，就是做好了这方面的准备。

叶敬辞却笑了笑，说："不是今晚，今晚我只想好好看看你。"

房间里空调的气温明明适宜，尤嘉却热得额头渗出细密的汗珠。

叶敬辞找到她背后的拉链，将她像剥春笋般褪去了外衣，只剩下洁白如雪的身体，和皎皎月色相互辉映，犹如供奉在古希腊神龛里的圣洁雕像。

他说："你好漂亮。"

尤嘉觉得她应该害羞的，可是很奇怪，她没有。

她想，就算是今晚也不要紧，反正她的包里有一盒"赠品"，她也

算有备而来，什么都不怕。

然而叶敬辞只是吻了吻她，说："我不能让你以后回想起第一次，想到的都是这间远在郊区、充斥烟味的简陋旅店。"

尤嘉愣了一下，只觉得心里暖融融的，嘴上却洒脱道："没关系，我不介意。"

叶敬辞没上当，在她耳畔轻声说："可是我介意，因为这也是我的第一次，它值得拥有更美好的回忆。"

尤嘉一脸惊讶："你从来都……没有吗？怎么可能？！"

"有啊。"他轻轻啄了一下她的鼻尖，伸出一只手来，"总有其他办法。"

尤嘉怔怔地看着他的手，发出爆笑，紧接着她就笑不出来了，因为他的手覆上了她的腰窝。

叶敬辞说："都说了别落在我手里，当然要好好收拾你。"

不知道他到底要做什么，尤嘉笑着闪躲，还好这时电话响了，是印厂师傅提醒她去看内文颜色。

叶敬辞只好放开她，送她去印厂。

路上，尤嘉因为困倦又小睡了一下，醒来时他们刚好抵达印厂门口。

她正要下车，发现叶敬辞没解除锁控。

"到了，开门呀。"

"有件事跟你商量。"

"什么？"尤嘉转头。

叶敬辞说："找个时间，我带你回家见见父母吧。"

啊？

Chapter07
情有独钟 ♪

　　叶敬辞说带尤嘉回家见父母，她以为他那么忙，行程一时半会儿还敲定不下来，谁知周六早晨七点整，她忽然接到电话，从窗户望下去，叶敬辞已经等在了她家楼下。

　　尤嘉穿着睡衣下楼，听说他要带她回家，立刻就慌了。

　　"我还没买礼物！"

　　叶敬辞笑着打开后备厢，里面堆放着大小不一、包装精致的礼盒。

　　她倒吸一口凉气："这些都是……"

　　"我爸喜欢喝茶，这一盒是你挑的雕鹤纹茶具。我妈喜欢苏绣，你挑的绣梅旗袍她应该会喜欢。还有爷爷，你之前和我商量，想定制一把桃木鸠杖，我已经找人做好了。至于其他的，就是些果蔬礼盒。"

　　自从叶敬辞说要带她回家，尤嘉就开始用心挑选礼物，每次看见适合的都会发链接给他，让他帮忙拿主意，他只说不着急，慢慢挑，却没想到他已经帮她买回来了。

　　尤嘉从惊讶中回过神来，瞄了一眼身上的睡衣，问："我们什么时候出发？"

　　叶敬辞抬手看腕表："现在出发的话，能赶上吃午饭，我已经通知了爸妈，他们应该开始准备了。"

　　现在？！

　　"给我半小时，让我洗个澡，化个妆！"尤嘉手忙脚乱地往楼上冲。

　　叶敬辞笑着看她的身影消失在单元门后。今天天气晴好，他坐在凉亭里等她，小区绿化不错，周围郁郁葱葱的灌木令人心旷神怡，等她的间隙，他也不忘工作，接了一通电话，打了足有二十分钟。

　　他刚挂了电话，就听见高跟鞋的声音由远及近。蓦然转头，看见尤嘉，他就再也移不开眼睛。

　　夏日阳光刺眼，透过攀爬上凉亭顶部的藤蔓，投射下斑驳光影，她

站在那里，像倏间吹来一缕风，沁人心脾的不是繁盛的丁香花，而是她身上散发出的香气。

尤嘉穿了一条白色蕾丝鱼尾连衣裙，背了一个版型很好的红色挎包，精心卷了头发，妆容精致，唇上涂着庄重优雅的豆沙红，耳朵上坠着小巧的红色樱桃耳饰，白色方头高跟鞋把她的腿衬得更加白皙。

优雅纯净的栀子白，妩媚性感的玫瑰红，都很衬她安静温婉的气质。

看叶敬辞一眨不眨地看着她，她别扭地打量自己："怎么了？这件不好看吗？"

他如梦初醒："没有，我们走吧。"

她觉得奇怪，看叶敬辞已经上车，也从车尾绕到了另一侧，打开车门坐进副驾驶座。

正回头找安全带，身边的男人忽然拍了她的肩膀一下，她茫然回头，未等看清楚，他却动作很快地低头轻啄了一下她的眉心。

这是一个一触即离的吻。

尤嘉从内视镜里打量自己的妆，嗔怪道："下次能不能提前预告，让我有个心理准备？"

叶敬辞笑而不语，等车启动，才宠溺地笑道："好。"

四个小时后，他们进入安平市区。

尤嘉早就知道叶敬辞家境不错，他的父母不仅是大学教授，还是私人理财顾问，她觉得叶敬辞已经很能赚钱了，他却说全家就他赚得最少，她不信，直到看见他把车开进龙湖区的别墅区才不得不信。

这一带是安平出了名的富人区，本市达官显贵的聚集地。

仲夏时节，叶家的院子里应景地养了一缸睡莲和锦鲤。听见院外有人走近，一条大金毛从院子里兴奋地跑出来，金毛毛色鲜亮，脚下生风，性格也温顺，见到陌生人没有狂吠不止，反而一脸憨气地伸着舌头，很欢迎她的样子。

尤嘉和叶敬辞提着礼物走进门，陈青闻声迎了出来。她看起来一点都不像五十多岁的人，保养得好，说三十多岁也有人信，身材匀称，穿一身鹅黄色绣翠竹的夏日长裙，气质出众。

自从叶敬辞这个浑小子说他有女朋友之后，陈青就三天两头打电话催促他带女朋友回家，她了解儿子，他是个眼光颇高的人，却也怕他鬼迷心窍，被外面一些心术不正的女人骗了，如今见了尤嘉，倒是十分满意。

尤嘉不畏生，乖巧地喊人："阿姨好，我是尤嘉。"

"你好。"陈青欣慰地招呼她进来坐，"别站着了，快进来，车上的东西你不用管，让敬辞去搬就行。"

尤嘉听话地跟阿姨一起去客厅坐。

叶敬辞突然告诉陈青他要带女朋友回家，陈青准备得仓促，不过茶几上的水果倒是应有尽有。火龙果、柚子、葡萄、西瓜、山竹……都是尤嘉爱吃的。

西瓜是切成块码放在盘子里的，上面插着牙签，陈青让尤嘉随意，又细细打量她。

"我说让敬辞先给我发张照片看看，他还不同意，这么漂亮的女孩，也不知道他有什么可藏的。"

尤嘉被夸得很不好意思，一时不知道该做何反应，好在叶敬辞出现得及时。

"这不是把人给你带回来了嘛，照片哪能展现得出你儿媳妇的美貌。"

他把车上的东西都搬进来了，正午当头，外面暑气正盛，他进来时满头是汗，尤嘉注意到，从桌上抽出纸巾去帮他擦汗，这一幕落在陈青的眼睛里，她更觉得满意。

她这个儿子，单身这么多年，如今看他终于带女孩子回家，她终于松了口气。

虽然陈青也喜欢江晚吟，之前有意撮合他们在一起，但到底儿子喜欢最重要，她不是不通情达理的母亲，明白强扭的瓜不甜，更何况尤嘉也很知书达理，听儿子说她是编辑，平时自己也写一写书评影评，还是粉丝百万的自媒体博主，很有才华，也不比晚吟差。

"爸和爷爷呢？怎么就你一个人在家？"

陈青说："他们去水库钓鱼去了，等回来再做一条糖醋鱼就开饭。"

话音刚落，就听外面响起了金毛兴奋的喊叫声。

尤嘉向门口看去，一个头戴渔夫帽的男人一手提着水桶、一手搀着一位花白头发的爷爷走了进来。

她起身喊人。

叶振宁抬眼看过来，和蔼地应声："是尤嘉吧？快坐，就当是自己

家，不用客气。"

尤嘉哪敢，正准备走过去帮忙提水桶，叶敬辞却一把将她按坐在了沙发上："那水桶一看你就拎不动，你就坐在这儿陪我妈聊聊天，她也喜欢明星八卦，你们应该比较有话题。"

于是直到开饭前，尤嘉都在和陈阿姨聊天。陈阿姨喜欢一位新晋男星，她恰好做过他的写真书，公司留存了少量签名版，她许诺回北城寄一本签名本给她，哄得陈青眉开眼笑。

陈青又问起她家里人，去北城多久了，平时喜欢什么，和叶敬辞怎么认识的……

她也都如实答了，不过关于家里的事，她只说爸爸是出车祸过世的，没说更多。

陈青觉得这姑娘招人疼，一个人在北城打拼也很上进，是个人品端正的好孩子，一顿饭吃完，就从楼上拿了一封红包交到了她手上。

安平本地有习俗，女生第一次和男朋友回家，未来婆婆如果对姑娘满意会准备红包，不管多少，都是心意。

尤嘉不好直接收，看了一眼叶敬辞，征求他的意见。

叶敬辞慵懒地靠在沙发上，朝她点了点头，尤嘉便双手接过，甜甜地说了声"谢谢"。

饭后，尤嘉帮忙收拾碗筷，没等起身就被陈青看穿了。她笑眯眯地说："放着吧，一会儿有家政阿姨来收。听敬辞说你给我买了一件旗袍，走吧，陪阿姨去楼上试试。"

尤嘉为陈阿姨选的礼物是一件蓝底金梅纹旗袍，她当时把链接发给叶敬辞，想问阿姨穿什么尺码，谁知道他直接买了下来。

陈青换了旗袍从卧室出来，尤嘉看她的化妆台前有簪子，于是让她坐在镜前，一双巧手绾了一个精致大气的髻，将那枚簪子插入了浓密的发间。

"好看吗？"陈青坐在镜前左右打量。

"好看，像民国时期的太太。"

闻言，陈青好像想到什么，起身去了隔壁的书房。尤嘉跟过去，看她捧出一把琵琶。

"年轻的时候学过，现在已经许久不弹了。"陈青从抽屉里拿出弹琴用的甲片缠在指尖，调试了弦音后，轻轻拨动了琴弦，顷刻间流淌出一段曼妙的旋律。

尤嘉觉得这旋律耳熟，原来是评弹《莺莺祥月》的伴奏曲子。

她妈妈也喜欢听评弹，她自小耳濡目染会一些，于是跟着伴奏，学着吴侬软语，唱道："丝纶阁下静文章，钟鼓楼中刻漏长。檐铃响，响叮当。崔莺莺，莺语唤红娘。红娘呀，你看月明明。明月当空照。"

多大年纪的女人都不能免俗，有了新衣服一定会迫不及待地试穿，陈青不过为了搭旗袍，拿起琵琶随意弹了首曲子，没料到尤嘉还会唱，于是弹得越发认真起来，两人配合默契，吸引了楼下的人。

叶敬辞不知道什么时候出现在书房门口，一曲完毕，鼓掌走进来。

"你们开音乐会怎么不叫我？"

尤嘉回头，谦虚地低下头："就会这几句，唱得不好。"

"已经很好了。"叶敬辞顺势牵起她的手走到母亲身边，"怎么样，您这个儿媳妇还满意吧？"

陈青嗔怪地瞪了他一眼："你说呢？早就不想要你这个儿子了，以后多一个女儿，你就爱去哪儿去哪儿吧。"

叶敬辞笑笑，指腹摩挲着尤嘉的手心，宠溺道："你们只要对她好，对我好不好，无所谓。"

尤嘉听见这话下意识地抬头看他，她忽然觉得无论未来发生什么，她都不怕了。因为有他撑腰，让她有了无视一切阻碍的勇气和信念。

后来她又去参观了叶敬辞的房间，他的房间整洁又干净，和北城家里的装修风格不太一样，卧室分为休息区和书房两部分，中间由一张吧台分隔，他的书架上摆满了书，北城家里都是工具书和法学类书籍，老家这边更多的是他高中还有小时候看的课外读物。

书架最顶层都是漫画书，《海贼王》《犬夜叉》《黑执事》《灌篮高手》……

尤嘉兴奋地说："我也超爱《海贼王》！"

叶敬辞笑而不语，带她去楼下陪爷爷下围棋，她不会玩，最后改成教爷爷在棋盘上玩五子棋。爷爷连胜五局，她摸了摸不太聪明的脑袋，懊恼刚才不应该落子在那个位置，抬头看爷爷笑得开怀，又觉得输了也很开心。

尤嘉在叶家留到傍晚，走时叶叔叔在卧房休息，阿姨送她到门口，看她坐上叶敬辞的车，嘱咐他们慢走。直到车子开出去很远，尤嘉回头

张望，还能看到阿姨目送他们的身影。

叶敬辞问她："怎么样，我的家人是不是很好相处？"

"嗯，超级随和。"

看她笑得天真烂漫，叶敬辞微微一笑，没有作声。

他心里清楚，无论父母表现得多么和蔼可亲，这些都只是看不穿的表象。

以他对两只狐狸的了解，他们后面肯定还有动作。

不过这些来自长辈们的压力，他不会告诉尤嘉，他自己承受就足够了。

叶敬辞的车刚开出小区，始终在楼上"休息"的叶振宁就下了楼。

他根本就没有休息，而是在书房里练字，所谓休息，不过是个托词而已。

他去厨房倒了杯水喝，问坐在沙发上的陈青："敬辞送他女朋友走了？"

"嗯，那孩子是安平人，今晚回家住。"陈青专注地盯着手机屏幕，正在认真编辑信息。

叶振宁若有所思，嘱咐道："既然都是安平人，让人打听一下那孩子的背景。姑娘看着不错，但还是慎重些好，毕竟不像晚吟，知根知底。"

陈青编好信息，抬头笑道："放心吧，听说她和敬辞就读于同一个高中，我已经托朋友去办了，过几天就会有消息。"

天色渐晚，街上车水马龙，车尾灯串联在一起，汇成望不见尽头的灯海。太阳落山后云彩有了渐变的颜色，由火红变成橙粉，然后是蓝紫色的夜幕完全把世间笼罩，这些色彩轮番变换，是拥有少女心的人才会选择的配色。

电台里传来舒缓的情歌，车里没开空调，落下车窗有徐徐晚风吹进来，尤嘉望着一幢幢高楼背后夕阳残存的颜色，拿起手机想要拍照，相机默认的是前置摄像头，取景框刚好容纳了她和叶敬辞。画面里，他手握方向盘，目视前方，尤嘉鬼使神差地按下拍照键，未经允许拍下一张合照。

叶敬辞没有发觉，她也假装若无其事，重新坐好。

她偷偷欣赏照片里的叶敬辞，他的侧脸轮廓分明，拥有令人艳羡的线条。她忽然萌生了一个大胆的念头，随手用这张照片发了朋友圈，正式公布了恋情。

等叶敬辞送她到小区时，尤嘉已经收到了一百多个赞、五十多条评论。

这就是"母胎单身"突然脱单的后果，一半的人都在感叹她终于谈恋爱了，评论区都是感叹号，还有一半表示不相信，私信求发男朋友的正脸照一睹真容。

她舍不得泄露叶敬辞的美色，当然没发，插科打诨地糊弄了过去，等他把车停在单元门前，她还在回复各位的信息。

叶敬辞在路上就觉察到了她怪怪的，瞥了一眼她的手机页面，也没催她下车，而是不动声色地掏出自己的手机，点进她的朋友圈。

看见那张照片，他有些意外。

她给那张照片的配文是：喜欢夏夜晚风，和你手掌的温度。

他趁尤嘉回复信息的间隙保存了这张照片，不假思索地也发了朋友圈。

他的配文是：只要你来，为时不晚。

他手机里有三千多个联系人，这条发出去后在朋友圈里堪比地震，追问具体细节的一个接一个，评论也是以肉眼可见的速度激增。

曾经暗恋他的学妹心碎不已，却为他开心："学长你谈恋爱了吗？我酸了，恭喜恭喜！"

大学室友对他的恋情真假持怀疑态度："真的假的？老叶终于开窍了？"

还有研究生导师八卦围观："敬辞终于谈女朋友了，下次带来给我见见。"

沈放刚被尤嘉虐，又被他虐，愤愤然："杀狗了！"

尤嘉回复完大家的信息，刷朋友圈看见叶敬辞发出的这条瞬间愣住。

他怎么会……

她转头看当事人一脸得意，把话到嘴边的问题忘了个干净。

她发那条朋友圈没什么意思，就是觉得两个人既然在一起，也见过父母了，没什么怕的，不管结果如何，都是真心相爱的人，于是大大方

方地向大家宣布自己谈恋爱的好消息而已。

只是她没想到，叶敬辞也会这样毫无保留地把她公布在朋友圈。

她很少看见有男生这样光明正大地"秀恩爱"，她以为以他的性格，对这种事会避而不及，所以她连提都没提。

叶敬辞察觉了她的目光，转过脸来，明知故问："怎么了？"

她好奇心作祟："我能……看看你的评论吗？"

叶敬辞把手机递给她，她接过来发现有锁屏密码，她本想递给他解锁，他却直接说："密码是1202。"

她随口问："这是什么特别的数字吗？"

"嗯。是高三那年，我搬进你家楼下的那一天。"

屏幕解锁，尤嘉愣住。

"那一年，我认识了一个女生。"叶敬辞说，"小区里有流浪猫躲在车下取暖，她担心小动物被没有检查底盘的司机碾伤，用蜡笔画了醒目又可爱的温馨提示，贴在了每家每户的门上。那么冷的天，她要一层一层爬楼梯，没有人帮忙，效率很慢，后来我复印了很多，帮她贴完了剩余的居民楼。直到很多年后，我买了车，每到冬日，总会在上车前弯腰看看车底，因为这个，我捡到了胜诉。

"我记得那个女生喜欢看《海贼王》，我每次去学校附近的书店买参考书，都能看见她坐在地毯上看漫画，后来我把家里的《海贼王》偷偷放在了她家信箱，她每次看完都会在扉页上郑重地写上'谢谢'，我知道那不是写给我的，可我每次看见都觉得很开心。现在想想，那时应是怦然心动的年纪，却不懂怦然为何物，喜欢的人就在眼前，却意识不到自己真实的心意。

"她还喜欢喝可乐。那年春天流感严重，她可能感冒了，那段时间总戴口罩，有一天我在阳台上晾衣服，听见楼上循环播放着《晴天》，她好像很喜欢周杰伦的这首歌，那时我想告诉她，我最喜欢的一首是《七里香》，因为那句'猫跟你我都想了解'。我听见她鼻音浓重，打电话跟别人说想喝可乐，我也不知道为什么，鬼使神差就去楼下小卖部帮她买了一瓶。我想，她永远都不会知道真正做这些事的人是谁，更不会知道，她曾惊动过谁的青春。"

他平静地说完这些，尤嘉只觉得眼眶温热。

她从来都以为做这些事的人是余铭涵，那个年纪的感情暧昧而珍贵，他们对很多事心照不宣，很少挑明，她一厢情愿地杜撰了一个故事的主角，直到有一天真正的主角出现，她才惊觉，这么多年，她错过了什么。

她什么话也说不出，手里还拿着叶敬辞的手机，只是视线被泪水模糊，看不清楚评论区的祝福。

叶敬辞没想到她会哭，于是想办法哄她开心，忽然想到什么，从她手里抽出手机，把那些留评的好友逐一介绍了一遍。

无论男女，他们都是谁，怎么认识的，和他是什么关系，谁喜欢过他，一五一十，没掺半点假，甚至单独打开了和每个人的聊天记录，知无不言、言无不尽地全告诉了她。

尤嘉胡乱擦了把眼睛，嘴硬地打断："好了好了，那都是你的隐私，不用告诉我，我没兴趣知道。"

"隐私是什么？是不愿意被别人知道的事。"叶敬辞抽出两张纸巾给她擦眼泪，"可是我的事，无论什么，我都愿意让你知道。好的恋爱关系，最重要的就是真诚、忠诚和责任感。我不想你患得患失、胡思乱想，你想知道什么，我都可以告诉你，这样才会建立起信任感和安全感。"

听他这么说，本来止住的眼泪又涌了出来。尤嘉终于明白了，为什么她生来不在罗马城，因为老天爷为她安排的人生游戏，是苦尽甘来的版本，只有尝过足够多的苦，才能换来这样一个甜到爆炸的叶敬辞。

她翻山越岭，涉过险滩，平生不信命，不信邪，不信爱，如此猖狂无忌，到底还是低估了这纷纷扰扰的世间，原来真的有情有独钟这回事。

这次两个人回安平，叶敬辞也正式去尤嘉家里拜访了一次。

之前王美兰生病，难免招待不周，听说他来吃饭王美兰又是炖排骨又是煲汤，做了满桌菜，三个人根本吃不完。

尤嘉私下告诉妈妈，她已经把乙携一事向叶敬辞坦白了，王美兰惊叹叶敬辞竟然不在意，不由得感慨到底是年轻人，思想开放，什么都想得明白，不像老一辈的人，欠缺文化知识，对自己不认同的事总是心存偏见，遇见异类就避之不及。

席间，叶敬辞除了夸王美兰厨艺好，就没再多话，只在这顿饭快吃

完的时候，他郑重地拿起手边的饮料，敬了王美兰一杯。他承诺从今往后，会好好照顾尤嘉。

王美兰领受了他这一杯，眼睛却泛红有泪，有欣慰，有感动，也有这么多年苦心将女儿养育成人的心酸，如今眼见女儿有良人相伴，也算是得偿所愿了。

吃过午饭，他们启程回北城。

车开进市区时暮色已深，尤嘉不想让叶敬辞再送，他住通州，她住北五环，一来一回就是两三个小时，万一堵车，时间更久。

她让叶敬辞把自己随便放在哪个地铁口都行，可他说什么也不答应，还是执意把她送回了家。

车停在楼前空地，她抬头就能看见家里的灯光，推测季萤应该在家，夏天女孩子的居家穿着通常都是吊带短裤，她也不方便邀请叶敬辞上去坐，心里无端地又歉疚了几分。

叶敬辞看穿她的心思，笑着说："既然这么心疼我，不如早点搬过去和我同居？"

听见"同居"两个字尤嘉脸颊发烫，虽然她知道以他们的发展节奏同居是早晚的事，可她还是需要一点时间做心理准备。

她看网上的帖子说，亲密的两个人会在同居的过程中暴露出各种各样难以磨合的问题。俗话说，距离产生美。

而且……

一旦同居，她的小仙女人设就保不住了。

她平时不爱做家务，睡相也差，房间乱糟糟的，衣服总是堆在椅子上，叶敬辞看见说不定会怀疑人生。

她苦笑着说："嗯……这件事我们要从长计议，急不得，急不得。而且我和季萤合租的房子还有半年才到期呢。"

叶敬辞盯住她的眼睛，拆穿她："你害怕什么？"

"我没有啊。"尤嘉矢口否认，"我这不是想在你面前保持神秘感，维护我的完美形象嘛，一旦同居，我所有的优点缺点都会暴露，万一你接受不了怎么办？"

叶敬辞失笑："你的形象早就崩塌了。"

他拿出手机，翻出之前录制的视频，点击播放，拿给她看。

尤嘉一脸莫名，直到她认出视频里那个睡在床上四仰八叉的人是自己后，才后知后觉地反应过来。

"这是……"

"这是你那天喝醉后住在我家的视频。"

"……"

她只知道自己睡姿难看，没想到这么难看！

"我还有其他视频片段，都发给你，你好好欣赏一下？"

"不必了！"尤嘉说完推开车门，逃也似的跑进了单元门。

叶敬辞心情愉悦地目送她的背影离开，低头重温了一遍视频里她的睡相。

看来以后家里要换一张更大的床了。

关于叶敬辞邀请她同居的事，尤嘉回家和季萤提了一嘴，本意是想"炫耀"自己不抛弃好姐妹的义气，谁知道这个狠心的女人不仅没有丝毫不舍，反而为叶敬辞说起话来。

"这么好的机会，你竟然拒绝了！那可是多少人垂涎的叶敬辞，只要你们同居，每天都可以过没羞没臊的日子，你在犹豫什么？上啊！答应啊！"

尤嘉无语。

这是塑料姐妹花吧。

尤嘉愤而回了房间，开始加班写沈放的新书营销策划。

图书正式上市时间定在了八月六日，眼看上市在即，负责这本书的营销团队忙得不可开交，小芸几乎每天十一点才下班回家，她也没好到哪里去，白天除了开会就是想营销创意，还要和销售部同事核对沈放的新书巡签行程，和书店、商场敲定档期和费用，下了班还有其他书的项目要赶，恨不得长三头六臂。

她本来和叶敬辞约好了星期三下班一起吃饭，因为临时开会，只能放了他的鸽子。好在叶敬辞那边大案小案不断，也是分身乏术，两个人愣是一个星期都没能见面。

这时候尤嘉才体会到情侣同居的好处，至少不用每天隔着屏幕说"晚安"，时间长了，好像在和手机谈恋爱。

星期五，曼姐和宋唯的案子开庭，尤嘉正好外出见作者，饭局结束得早，于是和叶敬辞约好，等庭审结束在法院附近的KFC见面。

KFC熙熙攘攘，她点了冰可乐坐在窗边刷播客。

昨晚，她发布了新一期视频。这期的主题比较特别，受叶敬辞的影响，她利用最近和他在一起时拍摄的视频素材，剪了一段科普乙肝病毒携带者的视频发到了播客上，初衷是鼓励那些和她一样的携带者不要自卑，热爱生活，也想告诉更多的人乙肝不可怕。

不过她为了保护隐私，没用大号发，且做了变声处理，脸部也用贴纸做了遮挡。

大号关注她的熟人太多，一旦发出去后果是不可预测的。叶敬辞也说过，虽然他不介意这件事，但不能保证他父母也不介意。权衡之下，她开了一个小号，把精心剪好的视频发了出去。

播客平台的数据算法非常现实，不管你有多少粉丝关注，视频都有机会出现在首页上，其扩散方式也很简单，即一传十，十传百。点赞数越多，视频的传播范围越广。

所以即便她是用小号发的视频，但因内容精良，文案写得走心动情，短短一个晚上也收获了很多点赞和评论，并且热度还在持续发酵中。

有不少网友留评表示和她的情况一样，因为是乙携，自卑不敢谈恋爱，或者不敢和自己的另一半说实话。她挑了一些有代表性的问题，逐一回复了大家，并留下了自己的想法和建议供网友参考。

尤嘉正在打字，身后忽然传来一声："仙女，加个微信？"

她回头，看见已经结束战役的叶敬辞嘴角噙笑，又痞又帅。

她轻咳一声，义正词严地说："不好意思，我有男朋友了。"

叶敬辞也不闹了，抽出椅子坐在她对面："在做什么？"

她把手机递给他，说明这段视频的来历，叶敬辞看完视频也顺手下载了播客APP，一并关注了她的大小号，还把她的所有视频都点了赞。

尤嘉好笑地看着他，言归正传："曼姐的案子怎么样了？"

"离婚肯定是离定了，至于财产分割就等一审的结果了，按今天在庭上的情况，估计宋唯分不到什么，我能为他做的都做了，但他从一开始就对我有所隐瞒，何曼那边收集他出轨的证据充足，所以胜诉机会不大。"

尤嘉松了口气，还好，这样一来曼姐也能得到一些安慰。

他们下午各自还有工作，在路边小店简单吃了点东西，叶敬辞就送她回公司了。

途中，尤嘉忍不住感慨："你说为什么相爱的两个人会走散呢？他们恋爱长跑十年，在一起那么长时间，都没有觉得不合适，怎么结婚了，反而觉得不合适了呢？"

叶敬辞提出反对看法："相爱的人不会走散，只能说从一开始，他们就不是对的人。何曼如果从一开始就告诉宋唯她有遗传疾病，以宋唯的人品，他根本就不会接受她，这段感情更不会延续十几年。相反，换另一个人成为何曼的男朋友，她如果在婚前将一切如实相告，如果她的男朋友爱她，一定也会接受，大不了以后不要小孩。所以，这段感情从源头就是错的。"

叶敬辞说："这段时间我因为案子和宋唯接触得比较多，也出入过他的公司。他从创业以来加班就是常态，像情人节、圣诞节，就算何曼想过，他也会忘记的。他的朋友圈里没有一条和何曼有关的状态，很多同事甚至不知道他已经结婚生子。我观察过，他手上也没有戒痕。你觉得他是突然不爱了吗？不是。他从一开始就爱得漫不经心，敷衍了事，是何曼太投入，凡事都可以忍让，才对这些视而不见。"

经他提醒，尤嘉也恍然想起，自她入职尚阅，跟在曼姐身边，从来没见曼姐约会过。

前年元旦，曼姐热情地叫部门同事去她家聚餐跨年，她老公也不在。

"这世上，能让情侣分开的原因，除了生死，其他的，说来说去无非就一句话，不够相爱。"叶敬辞说，"父母不同意、门不当户不对、异地恋距离太远、彩礼多少、有没有房……能在这些问题上争得面红耳赤，归根到底都是因为不够爱。如果两个人真的三观一致，兴趣相投，步调一致，彼此珍惜，遇到任何事都能为对方着想，好好沟通，又怎么会因为这些事闹到分手的地步。

"我打离婚官司这么多年，见过太多人，明明不爱，却假装深情，装也装不像，漏洞百出，偏偏这些人的伴侣宁愿自欺欺人，也不愿相信对方不爱自己的事实，大多数人就这样从恋爱初始，糊里糊涂走进了婚姻殿堂，最后日积月累，走到离婚。"

尤嘉回头看叶敬辞的侧脸，对他的话深以为然。

比起没能遇见真爱，更糟糕的是遇见错的人却不自知，不停地洗脑

对方就是对的人，然后一步步陷入自己亲手编造的美梦中，一错再错。

别说曼姐，曾经的她又何尝不是呢。

对方爱不爱自己，灵魂是可以察觉到的。

前面就是尚阅大厦，道路两侧盛开着绚烂的牵牛花和蔷薇，尤嘉将车窗落下，微风徐来，能闻到阵阵花香。叶敬辞将车掉头，靠边停下，没等她开门下车，他忽然伸出手，从身后将她一把圈进怀里，在她的后颈落下一记滚烫的吻。

"这周末有空吗？"

被他吻过的地方酥麻一片，尤嘉小声地说："忘了告诉你，我周末出差。"

"去哪儿？"

"下周沪市书展，陪沈放去签售。"

"他签售你还要全程陪同？"

"对呀。"尤嘉说，"像他这个量级的作者，巡签都会跟编辑，一般我的作用就是帮他和书店对接，偶尔也会串场主持人，帮忙组织秩序，或者帮他翻书。"

"翻书？"叶敬辞难以相信，冷笑一声，"惯他臭毛病，不行，我不同意，凭什么给他翻书？"

他说着就要给沈放打电话，被尤嘉一把拦下，说尽了好话才勉强劝住他。

下午，尤嘉正在和设计师沟通巡签背景板的设计，突然收到沈放的微信。他连发一组爆哭的表情包，一改往常对她吆五喝六的态度，恭恭敬敬称呼她"嘉姐"。

大魔王："嘉姐，我错了，我以后再也不使唤你了。"

尤嘉收到这条消息，露出"老爷爷在地铁上看手机"的那个表情。

尤嘉："怎么突然转性了？"

大魔王："叶敬辞说如果我再使唤你，以后我喝多了他就不管我了，直接给我扔马路上自生自灭。"

尤嘉哭笑不得。

尤嘉："他吓唬你的，有你嘉姐在，他不敢。"

大魔王："求嘉姐罩！嘉姐万岁！"

还挺上道。

"好说"两个字还在编辑栏里没发出去，一个电话突然打进来。

是快递小哥，让她去前台取快递。

拿到快递，是一个巴掌大的盒子。尤嘉最近没网购，在拿回工位的路上就粗暴地拆了个七七八八，拿出来一看，是手机钢化膜。

她拿出自己的手机，没错，型号吻合。

不用猜，绝对是叶敬辞买的。

前几天她用手机时不小心脱手摔了一次，钢化膜摔出裂纹，她懒得换就没管，没想到他用她的手机刷播客时注意到了。

从前念书时语文老师讲解"无微不至"，她还想，那是怎样细致入微的感情啊。现在，她终于知道了。

晚九点，方糖影视的办公区通亮，最近平台正在筹备自制剧新项目，编剧团队还在会议室里讨论人物小传和大纲，其中有些情节的设定还在商议中。

大家各抒己见，一时争执不下，于是编剧在公司内部群组织了一个投票。

剧中设定女主角是美妆博主，因患有遗传率高达30%的遗传疾病，一直犹豫要不要把这件事告诉男主角，在两人经历诸多磨难与美好后，她最终鼓起勇气在直播中向男主角坦白了自己的身体状况，并大方表白，粉丝们纷纷送出祝福，感动落泪。

编剧在群里概述了该桥段后，立刻有同事站出来投了反对票。

"这个情节不太现实吧，既然有遗传病，女主角肯定不希望被更多人知道，两个人私下表白就可以了，通过直播的方式……有点过于理想化，显得假。"

也有人表示支持。

"我觉得没问题，遗传病又不丢脸，而且侧面体现出女主角乐观积极的人生态度啊。"

编剧很快在群里发了一段视频："这个情节是我那天刷播客获得的灵感，你们看，这条视频的播主就是乙肝病毒携带者，视频已经有二十多万人点赞了，评论里的网友多是表达羡慕和祝福的，我看完也觉得很感动。"

　　江晚吟正在工位上翻译日本版权代理公司发来的最新影讯，看见群里有同事正在组织投票，本不打算凑热闹，默默将鼠标移到了右上角的"×"，却猛然看见视频首图，手指忽然停在半空中，迟迟没有落下。

　　首图是一张情侣合影，脸部用贴纸做了遮挡，即便如此，她还是认出了叶敬辞。

　　他的手肘内侧有一条不短的伤疤。

　　小时候她淘气，上房爬树比男孩还敏捷。有一年秋天，她爬上小区楼下的枣树摘枣子，脚下踏空，不慎摔了下来，是叶敬辞及时出现，甘愿牺牲做人肉垫，在树下接住了她，他却因惯性扑倒在地，手肘下意识做支撑，被锋利的石子划了很长一道伤口。

　　她一直很自责，十二岁的叶敬辞却表示无所谓。

　　她以为这疤过几年就褪了，谁知到了今天还是清晰可见。

　　除了那条悠久的伤疤，她还认出了他的手表，和那天去山南吃饭时戴的是同一款。

　　视频时长三分钟，先是女主角介绍自己的身体状况，然后向大家科普了乙肝病毒是什么，配合文案的变化，画面也从空镜转变为她去医院做检查的画面。视频里叶敬辞拿着化验单走在前面，她跟在后面，偷偷对他的背影比了一个心。

　　下一个镜头，化验结果出来了，化验单个人信息栏打了马赛克，显示肝功能一切正常。随后是女主角坐在副驾驶座上拍摄前方道路风景，画面下方有一行文字："突然说带我去见他父母，紧张。"

　　看到这里，江晚吟下意识地将手攥成拳，只觉得万箭穿心般难受。

　　视频最后，未露面的主人公对着镜头说："乙肝病毒并不可怕，据统计，全国约有10%的人群可能是携带者。《食品安全法实施条例》明确规定不再禁止乙肝病毒携带者从事餐饮业。自2010年起相关部门也取消了入学、就业体检中的乙肝检测项目……如果你也是携带者，不要自卑，不要害怕，更不要向另一半隐瞒，你要做的是勇敢地向他坦白。最后，我不祝你发财暴富，只愿你平安健康。"

　　江晚吟若有所思地将视频看了好几遍。

　　终于，她打定主意，拿起手机，点开了和陈青的聊天页面，发送了一条语音信息。

　　"陈姨，我不是一直想和您学琵琶嘛，这周我回安平看爸妈，您周六有没有时间呀？想和您学一首简单的曲子。"

陈青正在客厅里看电视剧，江晚吟这孩子向来嘴甜乖巧，逢年过节都不忘给她发祝福信息，难得她有心学，便爽快地答应了。

刚把手机放下，又有新消息进来："这是尤嘉的档案复印件，你可别声张啊。"

陈青收了对方发来的资料。

"放心吧。"

过了一会儿那人又发来一条信息。

"虽然不知道你为什么查这孩子的档案，但有件事我得告诉你，查她的人不止你一个，几年前东来集团的董事长也查过她，走的是我们领导的关系。"

还有这事？

陈青很淡定，向对方道了谢，没再往下追问。

如果她没记错的话，东来集团就发家于安平市，前身是紫气东来有限公司，专门从事房地产开发，后来越做越大，于两年前上市，如今旗下共有包括东来地产在内的五家上市公司，规模之大，不知道令多少房企眼红。

几年前尤嘉不过是个没毕业的小姑娘，东来集团查一个小姑娘干什么？

一年一度的沪市书展即将拉开帷幕，书展为期七天，据说有一百八十多家单位参展。

正是暑假期间，为了照顾年轻上班族，沈放的新书首场签售会安排在了书展第三天，周六下午两点举行。

主办方提供一晚住宿。沈放订了签售当天上午的机票，下飞机先去酒店办理入住，而后赶往书展现场，活动结束回酒店休息，预计次日中午返程回北城。

尤嘉配合他的行程，订了和他同一个航班，只不过是经济舱。

下了飞机，他们在出机口集合，她想到会有读者来接机，只是没想到来的人会这么多，沈放受欢迎的程度不输流量明星，她和化妆师还要客串安保，扯着嗓子组织秩序，实在比打仗都累。

终于坐上主办方安排的接机商务车，尤嘉瘫坐在座椅上，调侃沈放："你这张脸，别写小说了，出道拍电视剧去得了。"

沈放也很累，有气无力地说："拉倒吧，我有自知之明，光好看没演技，进了娱乐圈也是死，还不如把本职工作做好。"

沈放虽然整日醉生梦死、放浪形骸，但有一点好，敬业并清醒。他的本职工作绝对做到了最好，不擅长的事也绝不随便尝试。

按他的话说，与其什么都会一点，不如把一件事做到极致。

他们抵达书展现场是下午一点多，尤嘉根本没时间再去外面找讲究的饭馆，就在场内给三人买了快餐店的盒饭，承诺晚上再请沈放吃顿好的。沈放嘴上嫌弃米硬菜咸，但还是吃得干净，相当配合她的工作。

沈放带来的化妆师是他工作室的员工，小男生沉默寡言，动作却很麻利，迅速帮他搞定了妆容。

尤嘉坐在一旁看他上妆，心想妆前妆后分明没有区别，真不知道为什么每次活动都要花这三千块妆发费。

临近开场时间，休息室外传来人声鼎沸的应援口号，沈放忽然想到什么，向尤嘉提议："咱们不是从八月底开始全国巡签嘛，不如每次签售结束都做一张有故事的长图，专门抓拍现场读者，提炼签售时发生的有意思的小故事，到时候由我来发微博，借此吸引各地读者来签售现场打卡，到时候他们肯定会为了有机会出现在长图里，更加积极参与，你觉得这个主意好不好？"

尤嘉不敢说"好"。沈放说得容易，真正实施起来会很麻烦，她之前做过类似的，效果甚微，但顾忌作者大人的情绪，她回答得还是很委婉。

"我们可以试试看。"

沈放笑："那我的现场照片就拜托你了。"

"我？我不会拍啊，而且一会儿我还要帮你翻书呢，书展不是有专门的活动摄影师吗？"

"翻书你不用担心，化妆师答应会帮忙。书展安排的摄影师拍得太丑了，前几天有位国学老师也在书展办了新书首发，那照片我看了，简直能把人拍老十岁。"沈放仗着叶敬辞不在身边，原形毕露，从背包里翻出单反相机塞进尤嘉手里，"你看我还自带了设备，你就帮帮忙，我的好嘉嘉。"

尤嘉耳根子软，沈放如果硬碰硬她必定一口回绝，偏偏他好话说尽，她只好接过相机。

沈放的设备太专业，相机重得她差点拿不稳，没等活动开始，她就抱着相机去场馆外面，抓拍有故事的照片了。

八月的盛夏，午后太阳毒辣，空气里连一丝风都没有，读者们正在排队等待安检进场，大家看起来平均年龄不过二十岁，为了见偶像个个化了精致的妆。沪市今天的温度创了今夏新高，有女孩拿出气垫在补妆，还有坐轮椅来的读者，尤嘉被这样的场面打动，拿起相机一连拍了好几张。

有一张没拍好，正当她准备对焦重拍时，取景器里忽然一片黑暗，什么都看不到了。

她觉得奇怪，那团黑影却动了动，慢慢后退，再后退，露出了遮挡画面的罪魁祸首。

叶敬辞穿着短裤白T恤，面朝镜头，站姿挺拔，微笑着朝她眨了下眼睛。

她愣了一下，随即放下相机，看他当真站在自己面前，才相信这不是幻梦一场。

"你怎么来了？"尤嘉惊讶极了。

他走近，接过她手里沉重的相机："星期一有案子在这边开庭，想着你也在，就提前来了。"

突然在这里看见他，尤嘉早就不知道矜持两个字怎么写了，八爪鱼一样抱住他，开心得忘乎所以。

读者们已经全部进入会场，场馆内响起主持人的开场词，未等她和叶敬辞好好说几句话，馆内忽然跑出来一个气喘吁吁的工作人员，看见尤嘉身上的工作牌犹如救命稻草，也不顾叶敬辞在身边，一把将她抓住："你是尚阅的编辑尤嘉吧？我们刚才估算了一下，书好像不够。"

这次书展尤嘉安排库房调了两千五百本书，但参加书展的读者数量远超过这个数字，其中不乏帮朋友签的，一人签两本或者三本都有可能。

书不够的情况比较少见，幸好她提前准备了备选方案，她将相机交给叶敬辞，把拍照片的任务也暂时交给了他，然后给销售打电话，让销售联系沪市本地最大的经销商书店，请他们紧急送书救场。

等她解决了书不够的问题回到场馆，沈放抬头问："相机呢？不是

让你拍照片去了吗？"

尤嘉没提书不够的插曲，手指坐在台下的叶敬辞："你辞爷来了，他在拍。"

沈放看见叶敬辞，五脏六腑的血液都因为心虚而凝固，心里暗叫不好。

活动原本四点半结束，因为来人太多，场面火爆，最终延迟到了六点半。等签售结束，沈放的右手已经不是自己的了。

尤嘉为了犒劳他，在富春居订了包厢，众人收拾了东西过去吃饭。

等上菜的时间，沈放满怀期待地拿起相机看照片，结果除了前面几张有他出镜，后面的一百多张都是尤嘉。

叶敬辞的抓拍效果好到随便一张都可以拿来做壁纸。

至于他，在画面里则是很糊的一颗小点，和读者人群一起沦为了背景。

沈放拿着相机心里憋屈，叶敬辞故意凑过来："谢谢你的相机，照片我已经导进电脑了，如果你觉得占内存可以删掉。"

沈放皮笑肉不笑，有苦难言，胸闷气短，只恨自己一时得意忘形，妄想在叶敬辞看不见的地方压榨尤嘉，结果搬起石头砸自己的脚，这么快就遭了报应。

叶敬辞就是一只老狐狸，阴险狡诈都不足以形容他，用高深莫测才算贴切。

富春居是正宗的沪市本帮菜，尤嘉挑特色菜点的，最后满桌人吃了两屉小笼包，其他的菜也所剩无几。

桌上堆满了螃蟹壳，尤嘉不爱吃螃蟹，看大家吃得津津有味，忍不住也拿起一只想尝一尝，没等她一口肉吃进嘴里，却被叶敬辞一把抢走了蟹腿。

她被搞得莫名其妙："不帮我剥就算了，怎么还抢呢？"

叶敬辞黑脸提醒："这是醉蟹。"

听见"醉"字，她恍然大悟，又马上觉得自己好可怜哦，一双眼睛可怜兮兮地望着叶敬辞。

她小声问："醉蟹都不行吗？"

叶敬辞严肃地说："不行，和酒有关的都不行。"

尤嘉彻底绝了品尝的念头。

她可太难了。

"你俩说什么悄悄话呢？"沈放端起酒杯，对尤嘉说，"咱们今天可是开门红啊，一场签售卖了三千多本，怎么着，不走一个吗？"

一旁跟着他的化妆师也端起了酒杯。尤嘉和叶敬辞对视一眼，默契地拿起手边的橙汁和他碰杯。

沈放"啧"了一声："橙汁算什么，喝酒才有诚意。"

他说完顺手抄起酒瓶，帮她满上一杯递了过去。

叶敬辞一双眼睛虎视眈眈地盯着她，尤嘉笑着摆手："不了吧，我今天不能喝酒。"

"一杯而已，上次在山南不是挺能喝吗？"

沈放觉得自己不算过分，这种庆功的场合就是需要喝酒助兴才带劲，光他一个人喝有什么意思，再说这杯子都没有手指高，啤酒的酒精度才3%，没道理扫兴啊。

尤嘉把所有借口在脑海里过了一遍，好像唯独"姨妈期"最合情合理，她张了张嘴准备让"大姨妈"背锅，叶敬辞却突然从沈放手里接过那杯酒，将它搁在了餐桌上。

叶敬辞说："她喝不了酒。"

沈放嗤笑一声："喝酒你也管？知道的以为你谈恋爱，不知道的以为你是尤嘉护卫队的呢。"

叶敬辞说："我们在备孕。"

他口齿清晰，这五个字掷地有声。所有人齐齐愣住，包厢里突然静得掉根针都能听见。

沈放瞪大了眼睛，视线在两人之间巡睃，简直不敢相信自己的耳朵。

"什么什么？你再说一遍？"

尤嘉也很茫然，她什么时候说要备孕了？这事她怎么不知道！

她看向叶敬辞，这人悠闲自得，笑容诡秘，似乎对她的视线有所察觉，也向她看了过来。

尤嘉和他四目相对，莫名地就打了一个寒噤。

他的眼神，让她有一种自己是小红帽的错觉，随时都有可能被大灰狼吃掉。

通常书展主办方只负责作者和助理的费用，而尤嘉作为出版公司的员工，出行的费用都是由尚阅承担。

她给沈放和化妆师订了五星酒店的双床房，自己为了节约成本预约的则是巷子里的小旅店。

吃完饭她结账回来，约好送沈放回酒店的专车也到了，司机的车就停在富春居门口。

谁知他们出了富春居的门，一眼看见的却是一辆酷炫的玫瑰粉SUV。

车窗缓缓降落，车上一男一女，男人那双眼睛一看就化了眼线，比女人还妖媚，女人则打扮得很中性，一头短发，又帅又欲。

女人朝沈放打了个响指，沈放抬手示意他们等一下，转身对尤嘉说："我先不回去了。"

沈放是有名的交际狂人，借着来沪市的机会自然不忘和老朋友聚一聚。富春居的菜式不错，可他酒喝得不尽兴，方才趁尤嘉去结账，又掏出手机给驻扎在沪市的狐朋狗友打了电话，盘算起了第二轮。

尤嘉也料到了，看向化妆师，小男生累了一天其实很想回酒店休息，但沈放这么个活宝，玩起来一点分寸都没有，他不放心老板一个人，说："那我陪沈老师一起，尤嘉姐你辛苦了，早点回去休息，明天见。"

专车司机已经等了好一会儿，尤嘉随他们去了，拉着叶敬辞坐上了网约车。

她带的行李不多，就背了一个双肩包，其实中午陪沈放办理入住时可以把行李先放在他的房间，但她懒得晚上再去取一趟，索性就背在了身上。

她对司机师傅说："可以改目的地吗？"

得到肯定答复后，她又报上一个地址。

叶敬辞原想陪她送沈放回酒店，再把她带回自己的住处，这时听到一个听都没听过的旅店名，好奇地问："你订的什么旅店？"

"公司预算有限，又不能住得离沈放太远，查了一圈，这家最便宜，就随便订了个房间。"

叶敬辞拿出手机，搜索这家旅店的网上评价，好评率才83%。

差评多是房间里有蟑螂、半夜有人敲门、前台服务员形同虚设、浴室有针孔摄像、外出期间房间内行李丢失等奇葩投诉。

"这种地方怎么住人？"他立刻招呼司机师傅，"别听她的，改去华尔道夫。"

"啊？我钱都交了，退不了的。"

叶敬辞盯住她，无赖地说："我出差订的酒店也是提前约好的，一晚两千，你觉得损失哪间比较合算？"

尤嘉觉得他在诓骗自己，默默掏出手机搜索酒店名，在看到人均消费后决定不再挣扎。

其实叶敬辞的出差住宿权限最高不超过一千，多出来的钱是他自己垫的。这家华尔道夫他以前来沪市时住过，当时就感慨房间视野绝佳，他一个人住实在暴殄天物。

酒店整栋建筑的历史可追溯于1911年的民国，如今酒店由两栋大楼组成，一栋是新建的塔楼，一栋则是拥有传奇色彩的新古典建筑。它像一座静静矗立于黄浦江岸的绅士，在这座日新月异的国际都市中遗世独立，散发着来自20世纪的温柔与格调。

尤嘉隔着车窗远远就看见了它，初始以为这里是一处景区，等司机将车停下，看见叶敬辞手指面前一扇复古门扉说"到了"，才惊觉这里就是他们即将入住的酒店。

酒店内部装修复古，大堂内的水晶吊灯散发着璀璨如钻的光芒，光洁如镜的大理石地面映出来往客人的身影。

叶敬辞入住的房间在八楼，推门进去就看见一扇窗，将窗外的东方明珠和万千大厦尽收眼底。这不是尤嘉第一次来沪市，却是她第一次看外滩的夜景，她像小孩子似的，兴奋地甩下鞋子，赤脚踩上铺了柔软毛毯的飘窗，向窗外不停地张望。

江上有忽明忽暗的灯光，对岸是火树银花不夜天，一切繁华近在咫尺。

叶敬辞走近，递给她一只盛放着玫瑰紫色液体的高脚杯。

她挑眉："不是不准喝酒？"

"是葡萄汁。"

她忍俊不禁，伸手接过，和他碰杯："亏你想得出来。"

玻璃杯相撞，发出悦耳的"叮当"脆响。

也不知道是什么葡萄汁，一口入喉格外香醇浓郁，尤嘉将它喝尽，还想再来一杯，叶敬辞却从她手里抽走杯子。

她站在不算高的飘窗上，和他刚好平视，他轻而易举地就将她拉入怀中吻住了她的唇。

刹那间唇齿都是葡萄的芳香，他的唇瓣柔软、微凉，好像一颗晶莹剔透的玉葡萄，勾起她的欲望。

她双手搂住他的脖子，叶敬辞顺势托住她的腿，她的两条腿便灵巧如蛇般攀上了他的窄腰。

叶敬辞觉得她的身体又轻又软，还散发着不同于刺鼻香水味的清新果香，他情难自抑，埋在她的颈窝深处深吸了一口，害得她身上一片酥麻。

他抱起她大步流星走进浴室，将她放在大理石铺就的洗手台上，她穿着清凉短裤，肌肤触碰到大理石只觉得清凉彻骨，他细腻觉察，拿了浴巾垫在她的腿下，伸手去解她红色半袖衬衫的纽扣。

他轻轻亲吻她的额头："这间江景房喜欢吗？"

"嗯。"

"那你送我什么好呢？

她笑得媚眼如丝："你看我怎么样？"

叶敬辞解开她衣服上的最后一粒纽扣。

"成交。"

话音刚落，叶敬辞裤袋里的手机响了起来，两人被打断，他看了眼来电人姓名，只恨刚才没关机。

尤嘉看他的表情就知道来电人是客户，不能不接，她好笑又心疼，扬了扬下颌，示意他："接吧。"

打电话的是叶敬辞的当事人，上午他们刚在酒店附近的餐厅见过面，他知道叶敬辞住在华尔道夫，这个时间找叶敬辞是因为他收集了一些新的材料，想要转交给他。

叶敬辞重新整理好衣服，对尤嘉抱歉地说："我马上回来。"

她的衣服此时凌乱松垮地穿在身上，她抱着单膝坐在洗手台上，歪着头，看好戏般笑着说："不急，你们慢慢谈，我们有的是时间。"

看她幸灾乐祸的样子，叶敬辞撂下狠话："等我回来收拾你。"

说是去拿东西，见了当事人难免还要聊案子，叶敬辞分得清轻重缓急，很快恢复理性，拿出专业态度，与当事人聊了近一个小时才回房间。

尤嘉第一次住豪华江景房，见叶敬辞迟迟未归，实在辜负窗外这片江景，她干脆给浴缸里放满了水，舒舒服服泡了一个澡，而后关了房间的灯，裹着浴袍躺在飘窗上欣赏风景。

或许是白日组织签售活动太累了，洗完澡困意袭来，她觉得眼皮越来越沉，眼前霓虹渐渐模糊，慢慢睡着了。

叶敬辞回来时便看到房间黢黑。

他看时间已近零点，猜测尤嘉睡下了，怕开灯把她吵醒，于是蹑手蹑脚去浴室简单冲了个澡，随手抓过浴袍穿在身上，在黑暗中摸找到床沿，谁知床单被罩平整完好，上面空无一人。

他觉得奇怪，伸手按亮了壁灯，那盏精致昏黄的灯像从中世纪流传至今的古董。寂静深夜，他环顾四周，终于看见窝在飘窗上那小小的一团。

尤嘉睡觉时像婴儿一样蜷缩着，外滩的绮丽灯光照在她的脸上，衬得她的睡颜恬静美好。他发觉她的眼睫卷翘，让人忍不住想伸手摸一把。她洗了头发，一头微卷的长发披散在飘窗上，还没干透。

他想把她叫醒，让她把头发吹干了再睡，眼睛却无意中落在她裸在外面的小腿上。她的皮肤白皙光洁，那双腿笔直纤细，他情不自禁地伸手覆了上去，俯身沿着她的脚踝一路向上，落下深情的吻。

尤嘉睡得不沉，猛然察觉到寸寸热吻，立刻睁开了眼睛，就这样毫不设防地跌进了叶敬辞温柔的眼眸。

她清醒了几分："你回来了。"

他"嗯"了一声，声音暗哑低沉，听得人仿佛被蛊惑，半边身子都软了。

飘窗足够大，他也躺了上来，从她身后将她拥在怀里，隔着浴袍，尤嘉觉得男人的身体滚烫。

她的浴袍腰带系得很敷衍，叶敬辞一扯就开，他忍得着实辛苦，到

这一刻算彻底消耗掉了最后的耐心，他一把将她翻转过来，欺身将她压在了身下。

他问："怕不怕？"

尤嘉分明呼吸急促，却摇了摇头，反倒关心他的能力："你会吗？"

他被问得蒙住，随即笑得危险："试试你就知道了。"

话音刚落，尤嘉就深切体会到了男女之间力量的悬殊，他几乎单手就将她制约，而后在她身上肆无忌惮地留下火种，火势势不可当，她的身体连绵起伏，只觉得不该那么问，如今后悔也晚了。

事实上，叶敬辞为了筹备这一天，最近一直在观看两性科普视频和医学文献，他将女性身体构造研究得明明白白，奈何实践是检验真理的唯一标准，真正操作起来还是有些不尽如人意。

几个回合之后，两个人从飘窗辗转到床上。

当尤嘉被抱进浴缸擦干洗净，她早已浑身瘫软，没了意识。叶敬辞却精力旺盛，一本正经地总结作战经验，对她展开采访，决定下次再接再厉。

不等他问完，尤嘉恼羞成怒，一把捂住他的嘴巴，面红耳赤道："你问得这么细致是准备写论文吗？不要问了！"

她这副样子，实在可爱。

叶敬辞把她的手从嘴上拿开："好好好，不问了。反正我多试几次就什么都知道了。"

"你闭嘴！"

叶敬辞因为工作，还需要继续留在沪市，第二天他直接送尤嘉去机场和沈放会合。

沈放对叶敬辞不嫌费事特地来送女朋友的行为嗤之以鼻。要知道，从他认识叶敬辞起，他就没见这人除了工作，对谁上过心，如今谈了恋爱，怎么看都觉得反常，仿佛中邪。

他和尤嘉一前一后安检，等进入候机厅，他又欠嗖嗖地坐到了尤嘉身边。

"我说，你给叶敬辞灌了什么迷魂汤？他以前不这样啊。"

尤嘉好奇地问："以前什么样？"

沈放回想刚才在安检口，叶敬辞一脸不舍地抱着尤嘉，他就忍不住掉一地鸡皮疙瘩，这还是那个被小姐姐搭讪，冷脸自称"我不喜欢女生"的叶敬辞吗？

听他说完昔日往事，尤嘉惊讶："还有这种事？"

"多着呢，你知道像我和叶敬辞这种长得惊为天人的男人吧，走到哪里都引人瞩目。以前我俩去跑马拉松，有女孩为了要他的微信，本来中途就要放弃的人，愣是跟在他身后跑完了全程。那女孩长得也挺好看，气喘吁吁地走到他面前向他表达好感，你知道他怎么做的？他那个神经病把累躺在地的我拖起来，然后恶心吧啦地牵着我的手，你说这是人干的事吗？再看看他现在，你不就是比他早两天回北城嘛，不知道的还以为你俩要异国三五年呢。啧，恋爱令人智商全无。"

尤嘉没想到叶敬辞还有这样的一面，在回北城的航班上心情特别好。

舷窗外的天气也是一望无际的澄澈，看起来软绵可口的雪白云朵层层叠叠。

坐在她旁边的化妆师已经睡着了，尤嘉也戴上眼罩决定睡一觉。

沈放说得没错，搁以前她也没想到叶敬辞会是这样的画风。回想昨晚，平时眼镜片纤尘不染、温莎结打得一丝不苟的男人，怎么摘了眼镜比野兽还可怕呢。

尤嘉这一睡直到飞机落地北城才醒。

沈放原想请她吃饭，感谢她为签售费心，尤嘉觉得不必这么客气，与其和她搞这些客套，不如放她回家早点休息。沈放知道她累，就没再坚持，叫了专车送她到地铁口，各自回家了。

大兴国际机场在北城最南端，尤嘉在宋家庄换地铁五号线，难得有座位。她刚坐下，一个陌生号码打进来，来电人竟是叶敬辞的母亲陈青。

"陈阿姨？"尤嘉不记得和陈阿姨交换过电话号码。

"是我让敬辞把你的电话给我的。"陈青没说实话。

此时，北城南站。

陈青排队刷票出站，同时握着手机对电话那端的尤嘉说："阿姨最近失眠多梦，朋友介绍了一位专家让我来北城看看，我想着既然来了就

去看看你和敬辞，谁知道给他打电话他说出差了，那你呢？有没有空陪阿姨吃顿饭？"

尤嘉是真的很想早点回家瘫在床上休息，可是对方是叶敬辞的妈妈，她立刻乖巧地答应："有的，阿姨您在哪个位置？我去找您。"

陈青让尤嘉加她微信，然后给她发了一个地址，位置在王府井的银泰。

尤嘉来北城这么久，只去过一次银泰，还是陪季萤去的。银泰都是奢侈品专柜，并不在她能消费的范围内。陪季萤去的那次，是因为季萤二十五岁生日前两天，公司给她升职加薪，她喜欢的明星又代言了某个品牌，她为了嘉奖自己，一咬牙，一狠心，花两万块钱买了偶像代言的同款包。

尤嘉觉得除非她有朝一日能月入十万，否则无论如何都舍不得花两万买包的。季萤刷卡付钱时她的心都在滴血，不过看她那么开心，又觉得这两万花得值，毕竟千金难买我高兴嘛。如果她的家境也像季萤那般殷实，别说两万，五万她也乐意。季萤没用父母资助的钱去整租，而是和她一起在北五环蜗居，这和其他富二代比，已经很难得了。

陈阿姨的微信头像是她弹琵琶的照片，整个人仪态优雅地端坐在椅子上抚琴，很有气质。

尤嘉刚进银泰的门就收到了陈阿姨的微信，她说自己在某个品牌的专柜店。尤嘉一路找过去，看见陈青正在两款手镯间摇摆不定。回头看见尤嘉，陈青热络地招呼她帮忙拿主意。

手镯一只是玫瑰金色，一只是银色。玫瑰金色那款更大气，相比银色细镯更适合长辈。尤嘉手指自己喜欢的那个："这个更庄重，纹饰也很别致。"

"那就它吧。"陈青对柜台导购说，"帮我包起来。"

尤嘉在一旁等她付款，顺便瞄了一眼手镯的价格，六万二。

她一直都知道自己和叶敬辞之间的差距，尤其是家境，上次回安平和他一起见他父母她就知道了。如果不是命运诡谲，让原本汇入人海的两个人又有了交会，她是无论如何不会主动靠近像叶敬辞这样优越的男人的。说好听些，是她有自知之明，说难听些，是她底气不足，自知他们之间有一座沟壑。

哪怕这些年她已经努力让自己变优秀，她也无法坚定地认为，她能与这样的人相配。

可是叶敬辞很聪明，他总能在日常生活中巧妙地将那道沟壑遮挡严密，让她忽略这些不安，直到刚才她亲眼见到陈阿姨将那款价值六万二的手镯买下，她才意识到叶敬辞的做法更像掩耳盗铃，他们之间的沟壑一直存在。

陈青从导购手里接过包装好的镯子，走到尤嘉身边，亲昵自然地揽过她的肩膀："嘉嘉你想吃什么？"

尤嘉的大脑一片空白，她总觉得眼前的陈青，和她那天在叶敬辞家里见过的不是同一个人，具体哪里不一样她又说不上来。

她摇了摇头，关心陈阿姨的身体："吃什么都好。阿姨您看过大夫了吗？大夫怎么说？严不严重？"

陈青笑说："都看过了，做了检查，明天去取结果，大夫说问题不大。不然我们就去吃源盛记好了，我现在约位置。"

"我来吧。"尤嘉拿出手机，通过美食APP搜索源盛记的联系方式，无意中瞥见店铺介绍页显示的人均消费价格，刚定下的心神又颤了颤。

她们距离源盛记不远，打车也就二十分钟，因为是晚餐时段，没有包厢。

陈青应该吃过很多次了，连菜单都没看就报上了几道招牌菜，尤嘉对照菜单看了眼价格，一条鱼五千块。

等菜上齐，尤嘉动筷子的时候都怀揣了几分虔诚，毕竟一口下去都是人民币的味道。

席间，她和陈阿姨聊天，难免提及家里的情况。

上次和叶敬辞回叶家，关于父母的感情和父亲过世的事尤嘉都是一带而过，陈青也怕提起旧事让她伤心，并未多聊。这次也不知道为什么，聊着聊着陈青竟然主动问："之前你说你父亲是车祸过世的，后来肇事者抓到没有？"

尤嘉一筷子鱼肉没夹住，全掉在了桌上。

她有些尴尬，抽了张纸巾："其实……我爸才是肇事者。"

陈青有些惊讶。

尤嘉苦笑："他酒驾。那次车祸，除了他，没有其他人伤亡。不是什么好事，挺丢人的，之前就没说。"

陈青拿起餐巾纸擦了擦嘴，这孩子倒是诚实，这些事和她了解的丝毫不差。

她们就餐的位置在正厅一隅，桌与桌之间隔有屏风，此刻安静下来便能听见邻桌热闹的吵嚷声，应该是年轻人聚餐，很是热闹，衬得她们这桌略显寂寥。

陈青看这孩子是真的可怜，不禁心软，没想到邻桌在玩游戏，闹得太疯，有人不慎撞了一下屏风，底座因剐蹭发出一声刺耳的声响，引得厅内其他用餐的客人纷纷往这边看。

陈青也忍不住皱了下眉。

邻桌的客人觉得抱歉，绕过屏风来和她们赔不是。

陈青抬头，正对上对方的眼睛。

"晚吟？"

"陈姨！"

尤嘉也下意识地循声看去，原来江晚吟也在邻桌用餐。

江晚吟没注意尤嘉，径直向陈青走过去："您怎么来北城了？今天不是您生日吗？我寄给您的生日礼物收到了吗？喜不喜欢？"

"喜欢喜欢，你送的东西最合我心意了。"陈青自然而然地握住晚吟的手，"这些天身子不太爽快，来北城看看，你在这儿和朋友聚餐吗？"

"是呀。"江晚吟扫了一眼桌上的菜，"您来北城看病，叔叔没一起来？"

"没有，我没让他来，我今天在北城住一晚，顺便和嘉嘉见一面，明天取了检查报告就回去了。哦对了，我给你介绍一下，这是尤嘉，敬辞的女朋友。"陈青看向尤嘉，"嘉嘉，这是江晚吟，以前我们和江家是邻居，她和敬辞从小一起长大。"

听了陈青的介绍，江晚吟才看向尤嘉，脸上的笑霙时凝住。

尤嘉对江晚吟微微一笑，又对陈青说："我们之前见过。"

"是吗？什么时候？"

"就前段时间，是敬辞介绍我们认识的。"江晚吟笑吟吟道，"那行，那陈姨你们慢慢吃，我就不打扰了，不过今天您生日，我得有所表示，这样吧，这桌就算我账上了。"

她说完转身寻找什么，发现桌上没有酒，又叫来服务生，点了一瓶白葡萄酒。

服务生为三人斟了酒，轮到尤嘉，她看着从瓶口流淌而出的透明液体，紧张得心跳如擂鼓。

　　江晚吟率先拿起酒杯，提议道："今天也是有缘遇见，又正好是陈姨生日，我们一起祝陈姨生日快乐好不好？"

　　尤嘉心里骤然一紧，脸上的表情也变得有些不自然。白葡萄酒色泽透亮，散发着诱人的幽香，在她眼里却是鸩毒，是砒霜。她答应过叶敬辞，为了健康，滴酒不沾。她不知道如果她现在喝了，算不算破戒。

　　江晚吟此时已经走到陈青面前，双手举杯，恭恭敬敬地祝贺道："陈姨，祝您生日快乐，新的一年，美貌如花，一揽芳华。"

　　说完将杯中酒一饮而尽。

　　江晚吟将空酒杯搁在桌上，回头看尤嘉还在原地发呆："你不喝吗？"

　　尤嘉一时无言。之前在山南，江晚吟是见过她喝酒的，她若说不会就是撒谎。陈青又是长辈，她可以在沈放面前随口胡诌"备孕"，在长辈面前说这种话就不妥当了。何况今天是陈阿姨的生日，自己事先没有准备礼物，空手而来，这顿饭江晚吟又抢着买单，自己如果连一杯祝寿酒也不喝，实在是不给陈阿姨面子。

　　尤嘉有些为难，权衡之下还是拿起酒杯站了起来。

　　她向陈青敬道："阿姨，祝您生日快乐。愿您百岁无忧，余生无愁。"

　　话音刚落，她利落仰头，把酒喝了个干净。

　　陈青被两个女孩子哄得心情愉悦："好了，你们的心意我都心领了，女孩子在外还是少喝些酒。晚吟，你不是和朋友聚餐嘛，快去吧，别让大家等着。"

　　江晚吟这才回到自己的席位。

　　她那桌都是年轻人，一顿饭很快吃完转战其他场地，江晚吟走时又特地过来和陈青道了别。

　　饭后，尤嘉送陈青回酒店，帮她办好入住才离开。

　　陈青累了一天，进房间第一件事就是洗漱，她想早些休息。然而未等她卸了脸上的妆，有客房服务来敲门，说是有人订了一个蛋糕送她，她狐疑地接过蛋糕，拆开盒子，看见盒顶夹了一张贺卡，落款人是尤嘉。

　　这孩子还挺懂事。

陈青心里有些愧疚，也不知道今晚这样故意诈她，是不是太不地道了。

前不久，江晚吟回安平找她学琵琶，这孩子学得认真，整整一下午没喊过累，还是她怕晚吟累着，让她中途休息了一会儿。

江晚吟趁休息间隙，用播客刷到了一条科普乙肝病毒携带者的视频，看完觉得不对劲，把视频也拿给她看了一眼，这一看不得了，视频里的人好像是叶敬辞。

她对乙携不了解，仔细查过才知道病毒有可能传播给后代，一旦发病，未来患肝硬化和肝癌的概率较大。当然也有人说，现在医学发达，携带者和普通人无异，可是想想儿子竟然将这件事隐瞒彻底，她就心有余悸。

她侥幸地想，毕竟视频中的人没露脸，会不会只是体形相像？

没想到晚吟也觉得那人眼熟。晚吟主动提出帮她求证，她犹豫了一下，还是答应了。于是就有了今天这桌刻意偶遇的鸿门宴。

晚吟说，乙肝病毒携带者不能喝酒，视频里的女主角也说了，自从她和男朋友在一起，她就做好了未来不再喝酒的承诺。想确定视频里的人是不是尤嘉，测一测她能不能喝酒就知道了。

如今饭也吃了，酒也测了，陈青却后悔了。

沪市的夜晚总给人一种镜花水月的错觉，满目喧嚣，风月无边，满街的车灯串连成一片红海。

叶敬辞这次来沪市出差，不只为了一起案子，虽说是星期日，但是他在送尤嘉去机场后的短短一个下午加晚上，又连续见了四五拨人，谈的都是不同的事。

约见的最后一位客户是著名娱乐公司的太子爷，这位不仅家财万贯，还有一副令人赏心悦目的皮囊，自出生起就众星环绕，身边从不缺美女，年轻时放浪形骸，招惹了不少桃花债，直到三十而立，终于抵不过家里老头子以家产相逼，无奈之下他只好找了个顺眼懂事的女孩子结了婚，等他顺利拿到老头子允诺的财产，马上翻脸不认人要离婚。

然而离婚这种事，对穷人来说是领个离婚证，对有钱人来说，因涉及婚后共同财产，数额巨大，离起来则十分麻烦。

太子爷约他在一家俱乐部见面，说是俱乐部，实际是有钱人组织的会员制会所，没进去之前，单从外部看俱乐部的建筑，好比20世纪90年代弄堂里的老房。

一楼大概是为了掩人耳目，故意修葺成简陋的咖啡厅，直至前台核验身份，乘坐电梯到二楼才知道，何谓别有洞天。

二楼大厅头顶的水晶灯镶嵌了钻石，雕刻着繁复花纹的石柱是汉白玉建造的，大理石地面光亮如新，能将人影完整映出，来往皆是衣着不菲的显贵，男士一般会带女伴，衣香鬓影间，都是财权之间的攀比心。

叶敬辞来时在电梯里看见了一位眼熟的三线女星，大概是经人引荐至此，希望能寻到一跃登天的踏板，哪怕乘坐电梯的短短几秒钟，她还不忘拿出小镜子来补妆。

两个小时后，叶敬辞聊完正经事，离开太子爷正在做SPA（水疗）的房间时又看见了这位小明星。

小明星换了一套衣服，娇俏可人地走到他面前："老板说叶律师辛苦了，让我好好招待您。"

叶敬辞对眼前境况明白了几分："不必了，代我谢谢你老板。明天还要开庭，我先回去了。"

小明星一听这话还以为是自己做得不好，立刻眼睛红红地说："叶律师如果不领这个情，我不好向老板交代的。"

叶敬辞将小明星从头打量到脚。她新换的衣服是一条紫红色吊带裙，又野又飒，是一般男人都不忍心拒绝的类型，偏偏他是个不解风情的，认真地说："我有女朋友。"

小明星咬了咬唇，她跟着老板这么久，就没有老板交代后完不成的任务。她大起胆子，伸手探向他的胸膛。叶敬辞却一把扼住她的手腕，也不管她什么来路，将她狠狠推开了。小明星重心不稳，狼狈地摔坐在地。

叶敬辞冷眼旁观，没有要扶她的意思，反而认真地理了理自己的衣服，眼也不抬地说："告诉你们老板，不搞这一套我也一样能让他胜诉。"

小明星大概从来没受过这种委屈，红着眼睛问："叶律师，我是哪里做得不好，让您不满意吗？"

"没有。"叶敬辞终于抬头看了她一眼，"只是我有洁癖，除了我女朋友，谁我也不想碰。"

小明星整个人傻在那里，开始怀疑人生。

要了命了，这年头还真有洁身自好的男人。

叶敬辞忙了一天，直到坐上出租车才得空回复微信。

置顶联系人有三条未读。

尤嘉："到北城了。"

尤嘉："你妈来北城了，说想和我一起吃饭。"

尤嘉："原来今天是阿姨生日？你怎么不告诉我！我一点准备都没有，刚才匆匆忙忙订了蛋糕送到了酒店。"

叶敬辞皱了皱眉，意识到不对劲，随手拨通了尤嘉的电话。

尤嘉已经快睡了，只是一直没收到叶敬辞的回复，有点担心他，又知道他工作忙，不敢打电话过去，怕打扰他工作，正当她犹豫不决时，他的电话打过来了。

"我刚结束工作。"叶敬辞疲惫地靠在座椅上，窗外霓虹的灯光透进玻璃照在他的脸上，将他深邃的眉眼镀上了一层神秘感。他有些累，声音很轻，"我妈怎么会突然来北城？她没和我说啊。"

尤嘉听见这句话茫然地愣住。

她分明记得陈青说自己给叶敬辞打过电话。他怎么会不知道呢？

叶敬辞又说："你听谁说今天我妈生日？她只过农历生日，要下个月呢。"

尤嘉握着手机，身体顷刻间僵住，好半天才反应过来。回想陈青的种种行径，还有晚饭时和江晚吟的"偶遇"，她只觉得浑身冰冷，什么话也说不出。

她自己做了亏心事，不敢和叶敬辞说实话，只好随口说了句她搞错了。叶敬辞还想问什么，但尤嘉喝了酒，生怕说漏嘴，借口太累太困明天还要上班，匆匆和他说了晚安。

挂断电话，她却一点睡意都没有。

房间里只开了一盏台灯，在周遭的黑暗中，唯有这一星光亮给了她一丝慰藉。

她有些害怕，怕江晚吟故意诱她喝酒是别有用心，怕自己是乙肝病毒携带者的事被陈青知道，更怕她喝酒的事传进叶敬辞的耳朵。

人一旦有心事，就仿佛如鲠在喉，怎么也睡不着。

尤嘉失眠到天亮，直到天光破晓才迷迷糊糊有了困意，第二天她差点迟到。

周一例行开编辑部会议，她赶在最后一分钟才到会议室。

例会一般会先过一遍各位编辑手里的图书进度，每本书进展到哪个环节，这些都要汇报给总编曼姐。此外就是选题储备情况，选题是编辑的核心工作，只有签到优质的选题，编辑才更有信心将选题包装成一本畅销佳作。

尤嘉是部门年纪最小、工龄最短的编辑，她的运气也特别好，每年由她制作的书都有一两本能在市场爆红，相比之下，其他编辑就没有她这样好的运气了。

她也知道太风光会引来同事们的不满，因此在公司一向低调，对各位前辈也都恭恭敬敬，旁人看她不爽也挑不出什么错来，大家尚且维持着表面的和气。

只是最近她和同组的编辑西子跟进的项目撞了，曼姐问起选题情况，会议室的气氛便有些尴尬。

行业内有不成文的规定：一个作者在一个合作方那儿，只能跟一个编辑。同样，如果一个作者已经有同事在联系，那么其他编辑就不能再联系了，会被视为不正当竞争。

这次撞了的选题有些特殊。它是一本外版小说，原著作者是韩国作家，小说以女性的视角做切入点，探讨一位女性从小到大面临的窘况境遇，这本书在韩国出版后引起轩然大波，据说已经卖了七十多万册，之后又传出会改编成电影的消息。

尤嘉嗅觉灵敏，小说刚出版不久，她就在外网留意到读者对它的讨论量惊人，于是动作迅速地通过版权部申请了原版书，请翻译翻了部分样章，连夜读完了样章，写了策划案，发给了版权部的同事，拜托同事和韩国的出版公司取得联络。

与此同时，西子也觉察到了这本书的商业价值，笃定它的内容迎合时代，是时下女性关注的话题，只是她没有通过公司版权部联络韩方，而是打听到方糖影视会出资引进电影，通过现有人脉，辗转获得了方糖影视版权经理的联系方式，由她从中牵线搭桥，给作者写了封中韩双语的邮件。

鉴于这本书比较特殊，除了尚阅，还有其他公司在跟进，领导便默

认了尤嘉和西子可以同时跟，谁能签到算谁的，两个人可以一起参与制作，最后奖金按比例划分。这样一来，毋庸置疑，一定是签下选题的人拿大头。

都到了这个节骨眼，两人谁也不肯放弃，都铆足了劲要将项目拿下。

例会上，曼姐问："尤嘉，你那边什么情况？"

"版权部说，目前中国有包括尚阅在内的五家出版公司递交了策划案并报价，韩方已经将汇总后的信息发给了作者，因为作者最近身体不太好，可能要晚一些才能回复。"

西子嗤笑出声："我这边收到的消息，怎么和你有出入呢？"

曼姐看向西子，示意她说说看。

西子说："我是从方糖的版权经理那儿得到的消息，作者心里有两家心仪的公司，但不是尚阅。据说作者近期会来中国，暗访递交策划案的公司，再结合这几家公司在国内市场的影响力做最终判断。我想，这也是为什么韩方会用作者身体不适来拖延时间吧。"

西子说完得意地瞥了尤嘉一眼："方糖那边答应我，作者来中国后，她会结合实际情况，帮我安排一个机会和作者见面，到时候我们还可以再争取一轮机会。"

西子俨然是胜券在握的姿态，尤嘉自知对方的情报更胜一筹，知趣地没再说话。

曼姐听完汇报，将手里的钢笔放下："那西子你继续和方糖那边保持沟通，如果见作者需要高层出面配合，也可以提前告诉我和李总，这是一个大项目，公司肯定倾尽全力支持。尤嘉，你那边也别掉以轻心，继续跟进，有什么情况再随时汇报。大概就是这样，大家各自去忙吧，散会。"

尤嘉无精打采地回到工位，小芸看她又丧又颓，问她："怎么了？"

她有气无力地摇了摇头，在心里给自己打了一剂鸡血："没事，干活！"

这时，桌上的座机电话突然响起来。

尚阅为每个员工都配了座机，只是尤嘉习惯用手机，不常用桌上的电话。

她拿起话筒："喂，这里是尚阅编辑部。"

"是尤嘉吗？"

尤嘉听出了对方的声音，有些意外和不确定："江晚吟？"

江晚吟笑道："是我。我让西子把电话转到了总台，果然查到了你的电话。哦，你还不知道吧，帮西子给作者发中韩双语邮件的人是我。我听说你也在抢这个选题？"

因为昨天的事，尤嘉对她有了几分防备："嗯，怎么了？"

江晚吟说："我不知道是你在抢，不然大家相识一场，我肯定帮你的。这样吧，等作者来北城我把你也叫上，你和西子一起去赴约，再叫上你们领导，胜算会大些。"

尤嘉从不相信会有天上掉馅饼的好事，更何况江晚吟也喜欢叶敬辞，严格来说她们应该是情敌。就算她以小人之心度君子之腹吧，她觉得按照正常思维，江晚吟应该讨厌她，怎么都不可能会主动帮她，这说不通。

她委婉拒绝道："还是不用了，谢谢你的好意。"

"其实作者最喜欢你的策划案。"江晚吟抛出刚刚获得的重磅消息，"只是作者比较介意尚阅的封面过于市场化，不是她喜欢的类型，所以才优先考虑了另外两家。这件事我刚才也告诉了西子，我建议作者来北城时，出具这份策划案的编辑也能在场，这样你们尚阅才会更有优势，西子也同意了。你和西子虽然是竞争关系，但毕竟是一家公司的同事，能打败其他公司把选题拿到手才是真的。

"而且如果你们能通过我签下这个选题，按照尚阅的规矩，我还会得到一笔丰厚的策划费，其他出版公司可没有这么大方，所以我肯定是希望你们能签约成功的。"

尤嘉本来已经准备挂电话了，听到江晚吟说作者喜欢她的策划案，转念改了主意。

千帆过尽，她总不能在最后关头因小失大，前功尽弃。

尤嘉说："时间、地点。"

江晚吟笑道："周三晚六点，东迎火锅银泰店，记得和西子一起来啊。"

尚阅是弹性打卡制度，尤嘉住得远，有时候十点到公司，七点才能下班，因为星期三晚上和作者有饭局，她在考勤系统上申请了外出。

出发前，她在洗手间遇见了西子。西子正站在镜子前补妆，通过镜子看见尤嘉，原本春风得意的脸立刻垮了下来。

尤嘉不打算招惹她，只当没瞧见她那副态度，也拿出口红站在旁边的镜子前上妆。西子却故意撞了她的手肘一下，她毫无防备，手一滑，将口红涂花了到了脸上。

尤嘉瞥了西子一眼，见她得意，心里不由得冷笑，却什么话也没说，拧开水龙头默默处理了嘴角蹭出来的口红印迹。

西子见她没反应，像一拳打在棉花上，心里的火气反而更大了。

她阴阳怪气地说："尤嘉，没想到你还认识江晚吟，大家都说你运气好，我以前还不信，这次算领教了。"

尤嘉洗干净嘴角的口红，补好妆，又洗了手，洗完也不着急擦，反而故意甩了甩手，甩了西子一脸水点子。

"你怎么回事？甩我脸上了！"

"真是不好意思啊，我没注意，你没事吧？"尤嘉说着从纸巾盒里扯了两张纸，作势就要帮她擦脸，西子本能地躲开，尤嘉却一把抓住她的手，善解人意地说，"我帮你擦干净。"

"不用！我自己来。"

"别客气呀。"尤嘉无视她的拒绝，伸手就去擦她脸上的水渍。

她用足了力气，一手下去，蹭花了西子半边脸的粉底。

西子似有觉察，一把推开她："都说了，我自己来，你听不懂吗？"

尤嘉抬头，看她脸上的妆花得彻底，才满意了。

这么没品位的竞争对手，她凭什么把选题拱手相让啊。

她笑道："好了，擦干净了！西子姐说得对，我这人没什么长处，就事业运特别好，不过也多亏了你，能搭上江晚吟这条线才助了我一臂之力。时间差不多了，我回去收拾东西准备出发，咱们前台见。"

说完将手里的纸巾随手揉成一团丢进了垃圾桶，而后离开了洗手间。

西子看着她的背影只觉得窝火，不经意间瞥了一眼镜子，看见自己乱七八糟的妆容更火大了。她就知道尤嘉是故意的，太缺德了！

尤嘉心情好，哼着不成调的小曲在前台等李总、曼姐和西子。确定李总和曼姐都准备好可以出发了，她又贴心地叫了车。直到三人坐上出租车，匆匆补好妆的西子才姗姗来迟。

尤嘉只当什么都不知道，戴着耳机听歌，顺便回叶敬辞的信息。

他说沪市的事情办完了，正在排队安检，晚上八点到北城，问她今晚什么安排。

尤嘉："去和作者吃饭的路上，还不知道几点结束。"

Eucaly："吃完饭呢？"

尤嘉："跑着去见你。"

坐在候机厅的叶敬辞忍不住嘴角上扬，连清冷的眸光都变得温柔了许多。

不远处有情侣相拥热吻，难舍难分，以前见到这类画面他总觉得不至于，现在才真正了解古人从来不夸张，一日不见如隔三秋，原来确有其事。

看不见她的时候，他就会想她，想她的样子，想她说过的话。

想她在做什么，和谁在一起，过得开不开心。

想她所在的城市天气如何，有没有好好吃饭，好好睡觉，好好想他。

尤嘉他们到东迎火锅的包厢时，江晚吟已经到了，她是中间联系人，也是李忆珍老师这次来中国的翻译。她说李老师很喜欢中国和中国菜，这次来北城尤其想吃木炭紫铜火锅，钦点了这家饭店。

包厢内是一张圆桌，整间装修布局很有老北城的风味，江晚吟为大家安排了座席位置，将最中间的三个位置空出来，留给了李老师和两位同行而来的韩国出版方代表。江晚吟为了翻译之便，打算坐在李老师的

右手边。

"大家先坐，李老师他们航班晚点，刚去酒店办理入住。酒店就在附近，他们很快就到。"江晚吟说着让服务员上了一壶热茶。

这时包厢外传来敲门声，尤嘉因坐在最靠近门的位置，起身去开门，只见门外的女士留着一头利落的短发，身材纤瘦，身穿优雅的一字领枣红连衣裙，气质非比寻常，身后二人也都是正装打扮，尤嘉愣了一瞬，立刻反应过来问好，邀请大家进来坐。

包厢热闹起来，曼姐和李总起身相迎。

等大家坐定，江晚吟才用韩语向李老师介绍了在座的各位。与李老师一同前来的是她的编辑和公司版权负责人。他们很感谢尚阅引进版权的诚意，李老师也表达了希望这本书可以在中国出版的愿望，只是关于报价和策划案还有一些需要讨论的地方。

何曼如今能坐上总编的位置，实在是因为她被太多"大咖"作者千锤百炼过，只需一眼她基本就知道对方想要什么。

点餐时她低头问江晚吟："李老师喝酒吗？"

江晚吟点了点头："听说她平时自己在家会小酌，也很喜欢中国的白酒。"

何曼心里有了主意，这谈生意的手段啊，有时候几乎全球通用，清醒的时候谈不下来，那就加一点催化剂。

她招呼服务员，很快服务员就拿上来两瓶窖藏老酒。

尤嘉跟在何曼身边的时间不短，她深知曼姐是个爱喝酒的，平时与作者吃饭就没少喝酒应酬，她是开心了也喝，难过了也喝。去年团建公司组织去海南，晚上聚餐曼姐喝多了，坐在酒店大堂门口唱"一闪一闪亮晶晶"，一点领导该有的形象都没有，最后被尤嘉好说歹说才劝回房间。

因为有这么一个上司，以前没和叶敬辞在一起时，她也陪着喝，或者看曼姐喝多了，她负责挡酒，或者帮她收拾残局。

尤嘉酒量一般，但大部分场合都能应付。上次在山南，实在是酒水太烈，她才意识全无。

只是今非昔比，她已经答应了叶敬辞不再喝酒。那天见陈青，她破了一次戒，今天她无论如何不能再喝了。

好在她和西子座位偏僻，这种场合她们的主要作用就是作陪，没点名道姓非让她喝，尤嘉就可以假模假样地缩在角落里以水代酒。

火锅热气腾腾，即便开着空调大家也吃得汗流浃背，何曼一边聊正事，一边给李老师倒酒，李老师有些微醺，不停地感慨大家太热情了。

何曼笑说："还有更热情的呢。"

她直接从包里拿了合同出来，推到作者面前："李老师，关于报价我们还可以再商量，策划案有什么问题您也可以直接提，今天制订策划案的编辑也在。"

她向尤嘉递了一个眼神，尤嘉立刻反应过来，应和道："是，当时急着报价，策划案还有一些不完善的地方，装帧设计方面还有更多可能性，营销方案也可以更丰富，我们既然想把这本书引进大陆，就是想做好、做精良，奔着百万销量的目标来努力的。"

江晚吟将她们的话翻译给韩方，李忆珍听完笑吟吟地表达了自己的想法。

江晚吟翻译道："李老师说价格都是次要的，她只是希望做这本书的编辑是真的喜欢它，而不是因为它在韩国的名气。在尚阅联系她之前，已经有好几家出版公司向她表达了引进的意愿，他们给出的报价和策划案也都很好，她想知道，如果是尚阅的编辑来做这本书，你们会怎么把这本书推广给更多的人，铺向更大的市场呢？"

尤嘉没有立刻回答。

西子看她默不作声，抢先说："首先，最重要的肯定是让读者有共情。和女性有关的话题近几年一直能够引发热议，无论是家暴、性侵，还是精神虐待。李老师这本书中的女主角是一位普通的女大学生，可以让现在的年轻女性读者更有代入感，后期营销推广时不妨从……"

尤嘉没注意听西子都说了什么，她关注的重点都在李老师的前半句话——李老师说她希望做这本书的编辑是真的喜欢它。

尤嘉回想当初看到这本书时的心情，她到底为什么要坚持把它签下来呢？

西子已经表达完自己的观点了，尤嘉听见何曼喊她的名字，才如梦初醒地看向在座的众人。

她缓缓开口："我不知道怎么做才能向您表达我对这部作品的爱意，我只知道您笔下女主角经历的事情我都经历过。

"我就像您书中的女主角，是在一个充满争吵和怒骂环境中长大

的普通女孩。妈妈没文化，爸爸脾气暴躁，他开心的时候会像招呼哈巴狗一样把我叫到他面前，让我背唐诗，他不高兴了就会踹我、打我。我不懂妈妈为什么不离开他。我觉得他十恶不赦，可是等他真的出车祸死了，我又没有那么开心。

"当我看到您的作品在韩国出版后，我立刻让翻译帮我翻了样章，后来我又让她翻了全文，一口气读到结局。我很喜欢女主角最后说的那句话：'接受命运总比向命运宣战容易，但我不愿意。'她没有陷入原生家庭的牢笼，没有选择忍让和妥协，她终于还是挣脱了原生家庭的绳索，走了出去，拥有了更广阔的人生。

"我想，我也是那个不停地在命运的旋涡里挣扎的小孩，我知道随波逐流比激流勇进容易，但我不愿意。我知道这世上还有很多像我一样的女孩，而我坚定地想要把这本书引回国，就是希望让更多的人看到这个故事，让他们有勇气挣脱畸形的原生家庭，毕竟我们不能选择父母和自己的出身，但我们可以选择朋友、伴侣和未来的生活。"

尤嘉说这些话时声音轻柔且坚定，等她说完，全场静默。

她的一席话让何曼备感意外，她和尤嘉一起共事这么久，关于家庭的事她从没说过。

江晚吟的脸上也露出了惊讶的神色，愣了几秒才想起来逐字逐句翻译。

李忆珍听完，脸上总算浮现出一丝欣慰。她离开座位，拿起酒杯，起身走向尤嘉，直至走到她面前，举起酒杯说了一段话。

江晚吟翻译道："我这次来中国，本想和提报策划案的所有编辑都见一面，聊一聊。现在看来，似乎没有这个必要了。谢谢你喜欢这本书，我想，这正是这本书的意义。如果你愿意，这本书的中文简体版我想让你全权负责，不过合同我还要拿回去让律师再仔细看一遍。还有，不管你曾经遭遇过什么，我都希望，未来的你，拥有更好的前程。"

李忆珍说完，举起酒杯，一饮而尽。

尤嘉还有些蒙："李老师的意思是……"

被淘汰出局的西子没好气地说："李老师的意思是同意和你签约了，你还愣着干吗？"

尤嘉总算回过神来。她平时也看韩剧，知道韩国的礼仪文化，李老师主动向她敬酒，于情于理她都不该回绝。她终于还是举杯，把这杯酒喝了。

作者本人答应签约，生意也就谈得八九不离十了，接下来气氛没那么严肃，各位也不再拘谨，何曼又轮流敬了韩方一圈酒，总算把价格也谈妥了，尤嘉当场用手机里储存的合同模版修改了合同，发了电子版到作者邮箱审核。

大家越聊越高兴，最后李老师还招呼尤嘉坐到身边聊天。

按理说这酒的度数不高，尤嘉只喝了一杯，应该不会醉，她却觉得头越来越沉，最后越来越晕，直至听不到周围人的说话声，趴倒在桌上，睡了过去。

叶敬辞下了飞机就打车回家了。途中，他给尤嘉发微信问她饭局结束没有，却迟迟没收到回复。于是他拨通了尤嘉的电话，接电话的人却是江晚吟。

"怎么是你？"

包厢里其他人都走了，只剩下江晚吟陪着不省人事的尤嘉。

她说："说来也巧，我们今天参加了同一个饭局，她喝多了，现在睡着了。"

"她喝酒了？"叶敬辞以为听错了。

江晚吟好笑道："怎么？这有什么奇怪吗？正常应酬而已，别紧张。我一会儿把地址发给你，你过来接她吧。"

挂了电话，她回头看了一眼睡在身边的尤嘉。

"没想到这药还挺管用，说睡就睡了。"江晚吟捏住手里的白色药瓶，嘴角露出一丝讥诮。

尤嘉觉得自己像被下了药似的，从太阳穴到天灵盖都又酸又胀，四肢百骸也虚脱无力。她在黑暗里挣扎，直到想上洗手间的念头越来越强烈才睁开眼睛。

室内有一股清冽的檀香，是叶敬辞身上的味道。

她在黑暗中摸索，按照记忆找到了台灯开关，房间霎时有了光亮。

上次来她就留意到他的台灯，简单的木质底座，布纹灯罩，说好看也好看，但是只要注意细节就能发现，做工粗糙了些，不像市面上能买到的款，倒像是主人闲来无事随手拿原材料做成的玩意儿。

　　她坐在床边，醒了醒神，伸手按亮了放在床头柜上的手机，屏幕显示"02:11"。

　　安静的房间里传来"呼噜呼噜"的响声，她回头，看见窝在床上另一边的胜诉。猫主子被吵醒，正伸着脖子回望她这个人类大晚上为什么不睡觉突然坐起来，尤嘉瞬间被它治愈，低头穿上拖鞋，出门找洗手间。

　　外面的小走廊有感应灯，她洗了手出来，那一串小地灯又依次亮了起来。她迷迷糊糊按照原路返回，这时黑暗里闪过一道人影，她脚下一滞，下意识回头，迎面却撞上一个温暖的胸膛。

　　随之耳边传来按动壁火的"咔嗒"声，头顶的白炽灯明亮如昼。

　　尤嘉被刺眼的灯光晃了一下，下意识地拿手遮挡，再睁开眼睛，映入眼前的是满眼愁绪的叶敬辞。

　　他沉默不语，面无表情地看着她。

　　她不明所以："这么晚了你怎么还不睡，梦游哦？"

　　叶敬辞没说话。

　　尤嘉终于从他的脸上看出了与以往不同的情绪，有冷漠，也有隐忍不发的怒意。

　　她怔怔地看着他，感到脊背阵阵发寒："怎么了？你别这么看着我呀。"

　　叶敬辞皱了皱眉，冷笑着问："又喝断片了？"

　　尤嘉一脸茫然，直到这时她才慢慢醒了神。

　　对哦，她为什么会在他家？

　　"没关系，我帮你回忆。"叶敬辞拿出手机，翻找相册，把晚上去东迎火锅店接她时，她趴在桌上睡着的照片拿给她看，"想起来了吗？"

　　尤嘉盯着照片里的自己，终于恢复了一点意识，本来因为喝断片失去的记忆碎片如数被召回，全被她想起来了。

　　她只喝了一杯，怎么会……

　　她知道了。

　　放在她面前的酒杯被人动过！

　　原本是普通的玻璃杯，她敬酒时却变成了高脚杯，当时一门心思想促成合作，完全没多想。

"为什么喝酒？"叶敬辞见她不说话，先发制人。

尤嘉很没底气地小声说："工作需要。"

"你还记得答应过我什么？"

"和你在一起不能喝酒。"

叶敬辞放大照片，指着餐桌上堆放的酒瓶："数一数，自己喝了多少。"

尤嘉从来没见过这样的叶敬辞，他的语气冰冷，好像她犯了十恶不赦的大罪，每个字都像一根冰锥直直地捅进她心里。

她很委屈，解释说："别人我不知道，但我只喝了一杯。这次是一个大项目，好几家公司都在抢，公司内部也有人竞争，饭局上作者敬我，那么多人看着，我……"

"你不喝，谁又能逼你喝？你完全可以找借口推掉。"叶敬辞盯住她的眼睛，打断她，"为了所谓的体面，你就违背承诺？你知不知道自己做了什么？我要求你滴酒不沾不是随便说说，我是很认真地在向你强调，以你的身体状况，不能喝酒。"

尤嘉不是没想过被叶敬辞知道她喝酒后的后果，但她没想到眼前情况比她预想的还要严重。她从没见过这样的叶敬辞，周身寒意，霸道蛮横，甚至还有些不讲道理。

她不知道该怎么和他解释这件事的始末，就算江晚吟故意布局又怎样呢，归根到底怪她自己。她试图让叶敬辞理解她的难处："你别这么严肃，我没喝多少……"

叶敬辞严肃地打断她："这不是喝多少的问题，是你根本就不能喝，一口都不行。"

"你不要凶我嘛，你以为我想喝酒？还不是为了赚钱，给我妈买的房子还有二十多万的贷款要还，这个项目有畅销的潜力，如果能顺利出版，明年就能拿到不少奖金。"尤嘉有些被他吓到，红着眼睛，鼻音浓重道，"我还不是想早点还掉欠给银行的债。"

听她这么说，叶敬辞才知道她买的那套房子还背着贷款。他的语气软了几分，只是还没消气，依旧没什么好语气道："你要钱还是要命？我之前是不是告诉过你，喝酒会提高肝硬化、肝癌的发生概率？你是不是把我的话当耳旁风？你别以为自己是携带者就没事了，喝酒同样会诱使乙肝病发，到时候你后悔都来不及。"

尤嘉认真地听他教训，小声嘀咕道："难道结婚的时候也不能喝交杯酒吗？"

叶敬辞被她一句话问得张口结舌，郁结于心的火气像忽然被一缕春风搅散了似的。

但他的态度依然坚决："对，不能。只能以水代酒。"

尤嘉撇了撇嘴，对他的"高标准，严要求"提出质疑："假如有60%的诱发概率，还有40%的概率安然无恙啊，我之前去医院复查，大夫也说过，有的乙携喝一辈子酒也没事，其实没有你说的那么恐怖……"

"那如果我们恰好被那40%选中呢？"

尤嘉哑然。

叶敬辞又问："你有没有想过，如果你有事，我以后该怎么办？自从你把这件事告诉我，从此以后，我人生中最重要的事，再没有别的，只有竭尽全力保证你的健康。"

叶敬辞看着她的眼睛："我不管病发的概率是40%，还是4%，我都不能接受。一辈子那么长，我想和你白头偕老。"

尤嘉张了张嘴，终于在他的爱意里缴械投降。

她原本有无数个今天必须喝酒的理由，可她突然什么都不想说了。

恋爱不是辩论场，很多事不必讨论出一个孰是孰非，在叶敬辞的温柔面前，她的所有论点都不再具有说服力。她选择不战而败。

这件事过去不久，尤嘉如愿以偿地与韩国出版公司签约了转授中文简体版权的出版合同，直到法务盖好公章将合同归档的那一刻，她才松了口气。还好，那天晚上的酒没白喝。

冤家路窄，这天下班，尤嘉和西子在电梯口遇见。两人默契十足，谁也没搭理对方。

尤嘉不想生事，电梯来了，她故意等了半秒，让西子先进。

晚上九点半，整栋大楼的人都走得差不多了，电梯内只有她们两个。尤嘉低头专心玩手机，站在她斜后方的西子却咳嗽一声，主动和她搭话："喂，你那天说的是不是真的啊？"

尤嘉回头："什么？"

西子支支吾吾："就是……你家里的事。"

尤嘉反应过来，无所谓道："哦，差不多吧。"

西子偷偷打量她："说句真心话，我一直以为你是那种不知人间疾苦的白富美呢。"

尤嘉愣了一下，忍俊不禁："谢谢。"

西子傲娇说："我可没有夸你的意思，我只是觉得你平时的作风不像是原生家庭不幸福的小孩。"

尤嘉挑眉："是吗？可能因为我隐藏得好吧。"电梯到了一楼，她摆摆手，"走了。"

"等一下。"

"嗯？"

西子没看她，自顾自整理自己的头发，眼睛看着别处，话却是对她说的。

"恭喜你，签约成功。"

尤嘉有点不相信自己的耳朵，正想问她今天太阳打哪边出来，西子又扔下一句"不客气"，落荒而逃了。

尤嘉哭笑不得，随后推门离开了大楼，甫一抬头就看见了坐在休息椅上玩手机的季萤。

季萤的公司离尚阅不远，都在这片文化产业园，以前她没谈恋爱时，两人偶尔会约着一起下班回家，自从她和叶敬辞在一起，她和季萤已经有段时间没一起走了。

看见她出来，季萤收了手机，起身阴阳怪气地问："今天怎么想起来等我一起回家？叶敬辞没来接你啊？"

尤嘉上前挽住她的胳膊，唉声叹气道："你最近那么忙，每天早出晚归，想找你咨询感情问题都找不到人，不然你以为我想加班到这时候？还不是为了等你。"

季萤抓住重点："感情问题？你和叶敬辞闹别扭啦？"

尤嘉摇了摇头，仔细想了想，又点头说："算是吧。"

"说来听听？"

两人一边聊一边向地铁站的方向走去。

尤嘉隐去了自己是携带者的事，只说叶敬辞不喜欢她喝酒，但她为了应酬喝断片了，叶敬辞很生气，后果很严重，这些天都对她爱搭不理，让她好好反省。

季萤好奇地问："后果严重？是有多严重？"

尤嘉怏怏不乐地说："那天我喝断片住在他家，我睡主卧，他睡的客房。"

"他没扑倒你反而分房睡？"

"嗯。"

"好吧，那是很严重了。"

尤嘉很惆怅："而且他第二天送我去公司的路上一句话都没说。从那天到现在，除非我主动联系他，不然他都不理我。他说这件事很严肃，需要让我刻骨铭心，好好记住，以免好了伤疤忘了疼。我估计如果这种事再有下回，他说不定就和我分手了。"

季萤觉得新鲜："这么绝情？喝酒也不是什么大问题吧，再说你也是为了工作，他是不是有点小题大做了？"

尤嘉默不作声。

她心里明白，如果她不是乙携，叶敬辞不会管她这么多。因为她比普通人特殊，他才会反应那么大，那么紧张。

尤嘉说："其实他也不算完全不理我。我们申请了蚂蚁森林的合种，他最近会在合种主页给我留言。"

她拿出手机给季萤看。

季萤瞥了一眼，立刻觉得牙疼。

原来叶敬辞这种看起来冷面冷心的男人，谈起恋爱来画风是这样的——

"知道错了吗？"

"还敢不敢喝酒了？"

"如果知道错了就写八百字检讨书给我，再考虑是否原谅你。"

季萤把手机还给尤嘉，忍不住翻白眼："现在'虐狗'都不直接虐了是吗？你这是拐弯抹角秀恩爱知不知道？"

尤嘉无辜："这哪是秀恩爱？你看他的语气多冷淡！"

"钢铁直女。"季萤耐着性子教她读懂男人的言外之意，"你看这句，'知道错了吗'，什么意思呢？意思就是'你在干吗'。下一句，'还敢不敢喝酒了'，意思就是'我想你了'。还有下面那条八百字检讨书，多明显啊，分明是让你写情书给他。"

尤嘉半信半疑："他是这个意思吗？"

"你试试不就知道了？"季萤坏笑着给她出主意，"写一封情书，亲自送到他手里，你看看他什么反应，他如果还不理你，那就更简单了。"

"什么？"

"这事直接床上解决吧。"

"喂！"

每年都是这样，夏天好像刚刚开始就结束了。

书桌上的日历已经撕到了八月底，尤嘉不喜欢晚上睡觉时空调的声音，把空调关了，开了窗，夜风微凉，吹得窗纱轻轻飘荡，房间里的温度刚好，她并不觉得热。

她听了季萤的建议，伏案写了一封情书，每一笔都是对叶敬辞的深情，很多想对他说却还没说出口的话，都被她用笔呈现在了纸上。

她决定明天下班就去盛通找叶敬辞，向他郑重其事地承认错误，保证以后不会再犯，获得他的原谅，让他安心。

第二天傍晚，尤嘉下班后打车去盛通律所，前台小姑娘却告诉她叶律师不在。

她了解叶敬辞，他通常不会在七点之前下班，她问小姑娘："那你知道他去哪儿了吗？"

小姑娘抬头看了眼时间："应该去负一楼的健身房了，叶律师有健身的习惯，一般这个时间会去健身房跑步，您如果有急事可以去健身房找他，或者在休息室等一会儿，叶律师应该很快就回来了。"

盛通所在的位置称得上是CBD（中央商务区），整栋楼都是从事金融、法律行业的精英人士，负一层配有健身房和食堂，还有其他娱乐设施。健身房内，摆放跑步机的这一面是落地窗，窗外正对食堂，每天来健身的客人不仅够自律，还要有抵抗美食诱惑的自制力。

对比之下，来食堂吃饭的食客们则舒服得多，一边吃饭一边欣赏俊男靓女挥洒汗水，实在让人荷尔蒙爆炸。

与此同时，落地窗前正有四个大汗淋漓的年轻男女并排在跑步机上较劲，他们脚下的跑步机速度由慢变快，直至其中两个男人脚步酸软，缴械投降。

"老大、唐律，我不行了，我认输，认输。"张珥仿佛脚踩棉花，从跑步机上走下来，一屁股坐到旁边空置的仰卧起坐器械上，瞬间重获

天日。

另一个气息还算平稳，关掉跑步机，顺手拧开手边的矿泉水，大口灌下去小半瓶才说："你说咱俩是不是自不量力，跟老大和唐律师比什么啊？"

跑步机上的男人闻言嗤笑一声，气定神闲地开口："明天张总过来聊案子，你们先回去准备吧。"

旁边的唐律师也笑了，她穿着健身内衣，腹部是清晰可见的马甲线，脚下步伐稳健，身上没有一丝赘肉，身体线条又健康又性感。

虽然在健身房女生穿健身内衣很常见，但毕竟是少数，尤其是像她这般身材好的，难免会引来周围人打量的目光，但她早就习惯了。

唐律师旁若无人地冲张珥眨了眨眼睛："你老大的腹肌可不是一天两天练成的，欢迎你每天都来，加入我们的虐腹计划。"

"算了算了，还是搞业务适合我，你和老大这毅力我是服气了。"张珥从座位上弹起，一把拉过身边的同事，向两位大佬告辞，"老大、唐律，我们先走了。"

两人一溜烟离了健身房。

等他们走了，叶敬辞和唐律师又跑了一会儿，才调慢步速从跑步机上下来。

唐律师扔给他一条毛巾："叶律最近很忙吗？"

汗珠顺着叶敬辞硬朗的面部线条滑落，他身上的速干衣早已湿透。他摘下眼镜，用毛巾擦了擦脸，说："还好，和你们A组的刑事案件比，算不上忙。"

唐律师扯下发圈，一头栗色长卷发倾泻落下。

她随手理了理额前的刘海儿："那怎么见你来健身房的次数少了？"

叶敬辞笑："最近忙着谈恋爱。"

唐律师和叶敬辞共事也有很多年了，她还是第一次从他脸上见到那种如少年般纯粹干净的笑容，是学生时代追到暗恋的女孩子才会有的害羞和幸福。

她有些意外，把毛巾放下："原来叶律也需要感情生活吗？我以为你只要有工作就够了。"

他笑着摇头："我是人，又不是神，是人就有欲望，只是平时没表现出来而已。"

唐律师扯出一丝笑来："你女朋友是怎样的一个人？"

听到这个问题，叶敬辞几乎条件反射般道："脆弱又坚强，温柔又倔强，有时成熟，有时又很天真。看见她就觉得很美好，和她在一起很轻松，好像所有疲惫都忘了。"

唐律师若有所思："在你眼里，她很特别？"

叶敬辞"嗯"了一声，将眼镜擦干净重新戴上，原本蒙眬的视线立刻变得明亮。

唐律师忽然向他走近，叶敬辞有所感知，下意识地抬头，几乎同时，唐律师踮起脚尖，吻住了他的眼镜片。她这一系列动作诡异且突然，未等叶敬辞把她推开，她的唇瓣已经离开了镜片，在他眼前留下一道清晰的唇印。

唐律师性感地撩了一把额前的头发，对叶敬辞说："Lucky kiss（幸运之吻），恭喜你。"

说完转身进了洗浴室。

叶敬辞还没反应过来她突袭的动机，就听身后响起一声："我好像来得不是时候。"

他回头，看见尤嘉站在健身房门口。

他皱着的眉头立刻舒展开："你怎么来了？"

尤嘉笑盈盈走近，在他面前站定："本来是想给你送八百字检讨书的，没想到收获了意外之喜。叶律师，你的桃花运不错嘛，又是青梅竹马，又是律政佳人，都排着队想当你的女朋友是不是？"

完了。刚才唐律师的所作所为八成都被小祖宗看见了。

叶敬辞心里有苦说不出，急着自证清白："你听我说，我可以解释。"

尤嘉伸出两只手指覆上叶敬辞的唇，一双眼睛注视着他的眼镜片，女人的唇印还在上面，能看出是水润饱满的唇型，她心里有熊熊燃烧的烈火，面上却笑得春风和煦。

"不用。"

她那双眼睛，小狐狸似的狡黠，笑起来又媚又纯，叶敬辞却觉得后脊凉涔涔的。

他摘了眼镜，动作利索地拿起手边的毛巾，把镜片上的唇印擦干

净。这时，换好衣服的唐律师也从洗浴室出来了，她换回了职业装，重新补了妆。尤嘉听见高跟鞋的声音顺势向她看去，两个女人的视线在半空中交汇，叶敬辞似乎听见了火花爆裂的声响。

他想说些什么让气氛缓和些，手里的眼镜却突然被尤嘉抢走了。她把眼镜拿在手里把玩，笑里藏刀说："这眼镜的款式我不喜欢，不然换一副新的吧？"

叶敬辞看她吃醋的样子简直好笑，配合道："听你的，你说了算。"

尤嘉对他的回答很满意，径直走向唐律师，随手把眼镜丢进了她身边的垃圾桶。她全然不顾唐律师的脸色有多难看，又转身回到叶敬辞面前，伸手搂过他的脖子，在他的唇上落下一个轻轻的吻。

没等叶敬辞回过神来，尤嘉已经放开了他。

她问："今天晚上，我去你家好不好？"

她的眼神媚气冲天，无人能敌，叶敬辞只觉得好笑，瞥了眼唐律师的脸色，点头说："欢迎。"

唐律师脸色讪讪，只当什么都没听见，径直向前台走去，刷会员卡结了账。

尤嘉达成目的转身走人。叶敬辞被她这么一闹，实在没有回律所继续加班的心情，他回洗浴室换了衣服追出去。尤嘉却没等他，叫了出租车先走了。

叶敬辞打去电话："怎么不等我？"

小狐狸阴阳怪气："叶律师终于主动给我打电话了？"

叶敬辞忍俊不禁："还在记仇？"

"我可不敢。"

"在哪儿呢？"

"出租车上。"

"去哪儿？"

"回家。"

"我家？"

"你想得美。"

"不是说今天晚上去我家吗？"

尤嘉"哼"了一声，狠心说："刚才是故意那么说的。"

叶敬辞委屈："这可怎么办？你点了火，也要负责灭才行。"

尤嘉醋劲上头，撂下一句"你自己解决吧"就把电话挂了。

行啊，小狐狸长本事了。

从这天起，风水轮流转，前几天叶敬辞是怎么惩罚尤嘉的，尤嘉就怎么惩罚了回去。谁让他不仅不理她，还和其他女人在健身房眉来眼去，她要让他知道什么是"以其人之道，还治其人之身"。

尤嘉开始每天在蚂蚁森林的合种主页给他留言——

"男人的嘴，骗人的鬼。"

"叶敬辞你个大猪蹄子。"

"知道错了吗？"

"如果知道错了就写八百字检讨书给我，我再考虑是否原谅你。"

因为眼镜被小狐狸丢进了垃圾桶，叶敬辞在公司附近的眼镜店配了一副新眼镜，刷二维码付款的时候顺便偷了一波能量，看见这些留言哭笑不得。

合着搞了半天错的人是他？

小狐狸倒打一耙的本事一流，他只能吃哑巴亏。

还能怎么办，宠就完事了。

只是小狐狸是个记仇的醋坛子，他从小到大都是众星捧月的待遇，从来也没被人冷落过、无视过，实在有些不适应。

叶敬辞怕尤嘉真的动气伤身，给沈放打电话，把健身房的事说了，想让他从中劝和调解一番，让小祖宗赶紧消了气。谁知沈放是个幸灾乐祸的，不仅不帮他把尤嘉的醋坛子扶起来，还拍手称快，在电话里笑出鹅叫。

"虐妻一时爽，追妻火葬场，没想到你也有今天。你不是说之前尤嘉喝酒的时候，你就这么对她的嘛，人家现在是以彼之道还治彼身，不过分，哈哈哈。"

叶敬辞被他笑得脑仁儿疼，闭了闭眼睛，威胁道："你再笑信不信我去网上爆料？"

"爆什么？"

"知名畅销书作者沈放，硬盘里都是不堪入目的小电影。"

"哎呀！我突然想到一个主意。"

"说。"

"我新书上市有段时间了，听尤嘉说销量还不错，正好这周六我生日，我准备办一场两天一夜的生日庆功会，邀请朋友们去北秦河玩两天，别墅我都订好了，就在阿那亚社区，你俩都在我的邀请之列，这可是绝佳的和好机会，你好好把握。"

叶敬辞沉吟："你不是一直想要挂在我家客厅里的那幅画吗？"

经他提醒，沈放恍然想起来："你说的是画家伯格的那幅《沙漠郁金香》？你愿意把它卖给我了？"

"不卖。"叶敬辞说，"你把事情办好了，我送你。"

沈放简直不敢相信，立刻狗腿地改口说："辞爷你放心，我会把你和尤嘉安排在同一间房，这样你满意吗？"

叶敬辞勾唇："很好。"

Chapter10
裙下之臣 ♪

　　夏末的北秦河游人如织，暑假还没结束，海滩上都是带小朋友来享受午后惬意时光的家长。这个时间，太阳已经没有那么晒了，海平面有快艇呼啸而过，云朵映在蔚蓝的海上，浪花拍岸，卷来许多贝壳海螺，没等它们在岸边逗留片刻，这些来自海底的生物就被提着水桶沿海寻找宝贝的小朋友们捡走了。

　　或许是生长在内陆城市，每到夏天尤嘉都格外向往大海，哪怕不去游泳，只是躺在沙滩上听听海浪声、吹吹海风，她也觉得不虚此行。

　　沈放大火后每年都会声势浩大地举办生日会，按照惯例，他不仅会邀请各行各业的朋友，还会从微博上抽出三名幸运读者，邀请他们一起来玩。经历过前几年的大场面，尤嘉对沈放今年包车请大家来海边的行为也就不足为奇了，反正他有钱，他开心就好。

　　往年生日会都是在北城办，晚上结束了她打车就能回家，今年听说安排在北秦河，她本不想来的，沈放拿新书的合作要挟她，如果她敢不捧场，新书就签给别家，她又不傻，怎么能让摇钱树离家出走，于是二话没说就答应了。

　　按理说叶敬辞也会来，可是直到出发前一天，他也没主动和她说这件事，她忍耐不住，到底还是给他打了电话，他却说因为工作不能参加，让她好好玩。

　　他的语气云淡风轻，一点都不担心她一个人赴宴，没说两句就借口开会把电话挂了。原本尤嘉就是个醋精，他现在又是这个态度，她越想越气，干脆把本来装进包里的泳衣拿了出来。

　　谁要穿性感泳衣给他看啊！她一点都不想！

　　来参加沈放生日会的多是"玩咖"，以富二代和网红居多，尤嘉在这种社交场合向来没什么存在感。

　　往年她都是和曼姐一起来，今年曼姐因为家庭变故没心情参加这种

娱乐活动，于是她落了单。

曼姐和宋唯的判决书出来，宋唯基本净身出户，两套房产虽然都判给了曼姐，但她一个人还贷款压力太大，她准备把其中一套房子卖了，再把孩子从老家接回来。

此时，其他人都穿着比基尼在沙滩上玩排球，尤嘉则穿着短裤白T恤，躺在阿那亚小礼堂旁边的沙滩阴凉处刷微博。

沈放注意到形单影只的尤嘉，把排球传给队友，向她跑去，在她身边坐下。

"怎么不和大家一起玩？"

"我不会排球。"尤嘉说着又向那群人瞥了一眼。

江晚吟也是一个人来的，她很快就和大家打成了一片。她排球打得也好，球场上英姿飒爽，比那些粉丝百万千万的网红还耀眼。

尤嘉问沈放："你和江晚吟很熟吗？"

沈放愣了一瞬，笑着说："不熟不熟，就之前大家一起吃饭的时候见过一次。我只是听敬辞说她在影视公司上班，既然利益相关，多条人脉多条路嘛，万一以后有用得上的地方呢。"

他说得很现实。

沈放是把野心写在脸上的人，想争什么总是大大方方去争，不会妄自菲薄，更不会欲盖弥彰，他坦诚，也势利，想得明白，活得透彻，因此他的朋友总是遍天下，他也不在乎和这些人长不长久。

沈放招呼她："别在这儿玩手机了，来都来了，和大家玩去。不会排球，总会游泳吧，一会儿有比赛，赢的有奖啊。"

沈放一把拉她起来，尤嘉恭敬不如从命，只好和他一起向海边走去。

游泳比赛男子组已经开始了，沈放看尤嘉一身日常休闲装，催她："快去换泳衣，你水性那么好，想把一等奖拱手让人啊？"

"我没带泳衣。"

"你可真行，来海边不带泳衣？"沈放毕竟是东道主，想让所有受邀前来的朋友都能玩得开心，"你等着，我给你找一套去！"

这附近有卖泳衣的小店。尤嘉想说不用了，沈放已经向商店跑过去了。看着他跑远的背影，她默默地叹了口气。算了，他是寿星，由着他吧。

过了一会儿，沈放拿了一套泳衣回来。尤嘉盛情难却。她确实很长时间没游泳了，于是没再扭捏推辞，拿了泳衣去岸边的公共洗手间换衣服。

泳衣是很常规的吊带款式，身侧有一条拉链，她穿上尺码偏大，但也没什么影响。换好衣服出去，女子组已经站成了一排做热身运动，沈放正在讲规则，要求大家游到前方百米处的浮标再返回，用时最少者胜。

看见江晚吟也在参加游泳之列，尤嘉故意躲远了一些。

排球她不擅长，游泳却是小意思，她从小就喜欢游泳，大学比赛拿过奖，不然在后海看见有小朋友跌进水里，也不会那么干脆跳下去救人。

哨声一响，尤嘉像鱼一样游了出去。

随之听见岸边传来沈放的助威声，还有其他男人的口哨声、欢呼声。

其中有一位旅行博主，和沈放认识有几年了，经常一起去酒吧厮混，以浪子花心在圈子里闻名，他从看见尤嘉第一眼起就注意到了她，方才看她换了泳衣出来眼前又是一亮，现在远远望见她第一个到达浮标所在的位置，走到沈放身边，问他："那个穿蓝色泳衣的美女是谁啊？介绍给我认识认识。"

沈放睨了这个好色之徒一眼："介绍给你？那我是不想活了。"

太阳西斜，阳光洒落在海面上，波光粼粼。

尤嘉最先返程向岸边游去，却与江晚吟在海里狭路相逢，两人都忙着换气，虽然看见了彼此，也只是擦肩而过，只是在与她交错的瞬间，尤嘉听见江晚吟笑道："泳衣喜欢吗？我精心帮你挑的。"

尤嘉忍不住皱眉，还未理解她这话什么意思，就觉察到了泳衣的异样。

她立刻伸手摸到侧面的拉链，这拉链竟然坏了，大约是沾水的缘故，此时泳衣侧面的拉链从顶端一直扯到底，她突然反应过来，抬头看向江晚吟。

江晚吟笑道："沈放不知道女孩子喜欢什么款式的泳衣，听说是给你买的，我就帮他挑了一件。不过……"她垂眸看尤嘉狼狈的样子，"还真是一分价钱一分货，这种地方卖的泳衣，看来质量不怎么好。尤小姐，需要帮忙吗？"

　　她们在浅水区比赛，最深处不过浮标的位置，此时大家都已陆续回程。

　　尤嘉踩在海底的细沙上，海水堪堪没过胸口，她心里慌，不知道一会儿这个样子怎么上岸，嘴巴却硬："不需要。倒是你，再不游回去比赛可就输了。"

　　"我又不在乎输赢，这不是有比比赛更有意思的事吗？"江晚吟上下打量她，毫不掩饰自己的所作所为。

　　既然对方这么"坦然"，尤嘉也笑了，索性直接说："你故意制造机会引我喝酒，现在又在泳衣上做手脚，你这么做有什么好处？"

　　她把事情挑明，江晚吟也不装了，冷笑一声，说："我看见你发在播客上的视频了，你是乙肝病毒携带者。叶敬辞鬼迷心窍，对你无限包容，你以为他的父母也能吗？我不喜欢你，看到你难堪我就高兴，这个理由你觉得够有说服力吗？"

　　江晚吟上岸时，沈放已经被包围了，大家正在争先恐后地提议晚上吃什么。

　　她不动声色地融入人群中，顺手拿走了尤嘉放在沙滩上的衣服和手机。

　　直到天色向晚，叶敬辞才按照沈放给他的地址驱车抵达别墅，他故意没和他们一起坐大巴，为的就是给尤嘉一个惊喜。

　　他把车停在停车场，推开别墅院门听见里面吵嚷一片，沈放请了二三十人，一半正在院子里自助烧烤，还有一半在别墅里的KTV房，唱歌喝酒吃比萨。

　　叶敬辞和沈放的这些朋友也都认识，大家听见门口响动纷纷看去，看见来人是叶敬辞，老朋友们纷纷围拢上去打招呼。

　　只有江晚吟与别人不同，朝他招了招手，笑道："敬辞，这里给你留了位置。"

　　叶敬辞向她看去，却只是点了点头，示意她稍等。

　　他与大家寒暄过，找到站在烧烤架前系着围裙为大家烧烤的寿星本人，边打量四周边问："我的人呢？"

　　沈放专心致志地烤鱿鱼："去唱歌了吧，你去屋里找找。"

　　看见叶敬辞转身向室内走去，江晚吟这才恋恋不舍地收回视线。

坐在旁边的朋友用胳膊肘推了她一下，好奇地问："谁啊？你认识？"

江晚吟瞥了她一眼，只觉得郁闷，拿起酒杯没好气地说："别惦记了，他瞎，看不上我们这些白富美。"

正说着话，又见叶敬辞急匆匆走出来。尤嘉不在KTV房，给她打电话也无人接听。他放下电话，径直走向沈放，一把按住他的手，神色焦急："别烤了，我问你尤嘉呢？里面没人。"

沈放被问住，放眼看去，确实不见尤嘉的人影。发觉不太对劲，他放下手里的东西，拍拍手示意大家安静。

等院子里的聊天声弱下来，他问："你们谁看见尤嘉了？就是今天游泳比赛穿蓝色泳衣的那个姑娘。"

大家面面相觑，谁也没有印象，江晚吟自顾自剥虾，只当这事和自己无关。

叶敬辞见状，彻底急了，问沈放："你最后一次见她是什么时候？"

沈放想了想："海边，她和大家一起比赛……"

叶敬辞心里"咯噔"一声，没等沈放说完，转身就走。

沈放看他这副样子也知道情况不对，立刻摘了围裙去追，追到门口，又回头转身安抚大家："各位慢慢吃，有急事，我去处理一下。"

太阳已经完全落进了海平线，海尽头是一片犹如火烈鸟般的霞粉色，海滩上人影寥寥，海水渐渐凉了下来。

尤嘉起初也想上岸，可是没找到放在岸边的衣服，偏巧这时有人走近，没办法，她又游回了海里，打算等天黑透，岸上人少些再偷偷上岸。

她运气好，没等多久看见不远处有一对母女，于是大声喊她们帮忙。女人听见了，让女儿等在岸边，自己下水向她游了过来，得知她的遭遇后，热心道："你等我，我去岸上拿衣服过来。"

女人向岸边游去，尤嘉就等在海里，月升中天，皎皎光辉铺陈在海面上，她回望那轮圆月，竟觉得眼前静谧的海水美得不可方物。

只是她有些狼狈，与这美景格格不入。

这样想着，忽然听见划水声，回头一看，惊诧自己是不是出现了幻觉，她怎么看见叶敬辞了呢？

她揉了揉眼睛，看他身手矫健，越来越近，才后知后觉这不是幻觉。

　　叶敬辞不消片刻就出现在她眼前，她呆住了，感到有些不可思议，想问他为什么在这里，他却一把拥住她，紧紧地把她抱在怀里。

　　"我来晚了。"

　　他的声音温柔如笼罩在海面上的月光，浪漫、诗意。

　　叶敬辞是在岸边遇见那对母女的，听她们说海里有人，于是不顾那位母亲的阻拦，随手把手机塞给沈放就游向了尤嘉。

　　她沐浴在月光之下，像被神明眷顾的少女，周围是广阔无垠的海水，他的眼里却只盛得下一个她。

　　直到把她抱在怀里，叶敬辞才明白为什么那位年轻的母亲不让他来。尤嘉身上的泳衣聊胜于无，幸而海水没过她的胸口。她分明是被困在这里的，却还笑得俏皮动人，好像无事发生。

　　叶敬辞向来从容淡定，这一刻却皱眉问："怎么回事？"

　　不知道是不是男人的体温都这样温暖，尤嘉贪恋地抱着他取暖，声音颤抖地说："我觉得这个问题，让江晚吟来回答更合适。"

　　她这么说，他就什么都明白了。

　　叶敬辞看了一眼身上湿透的衬衫，说："你等我。"

　　他游回岸边，看见沈放正在和那母女俩解释这件事。年轻女人半信半疑，生怕他们心术不正，正犹豫着要不要报警，叶敬辞从沈放手里拿过自己的手机，翻出他和尤嘉的合影给她看："她是我女朋友，这件事我会查清楚的，谢谢你帮忙，接下来就交给我们处理吧。"

　　等把人劝走，沈放看了一眼海里的人影，问他："尤嘉怎么了？"

　　"把衣服脱了。"

　　"啊？"

　　"脱。"

　　沈放双手护胸："不是，这样不好吧……"

　　叶敬辞抬眸看了他一眼："想什么呢。少废话，借我衣服用。"

　　沈放这才收敛了脸上不着调的神色，把身上的T恤脱下来递给了他。

　　回别墅的路上，尤嘉穿着堪堪遮到大腿的T恤走在前面，身后分别跟着赤裸着上半身、袒露胸肌的沈放，和浑身湿透、性感冷艳的叶敬辞。

　　从海滩回别墅，走路十几分钟，短短一路，路人纷纷回头向他们张望。

　　他们回去时院子里已经没有多少人了。别墅里有好几间娱乐房，

KTV只是其中之一，还有台球厅、舞厅、电玩厅、牌室……大家各自散去，寻找感兴趣的玩。尤嘉在叶敬辞和沈放的陪同下一间间找，终于在台球厅看见了春风得意的江晚吟。

她和朋友正在打球，他们进来时她刚打中黑8，又赢了一盘。

尤嘉下意识地看了叶敬辞一眼，他没说话，只是点了点头。她拿了免死金牌，什么也不怕了，径直向江晚吟走去，无声无息地停在她身后。

江晚吟正在拿壳粉擦球杆，根本没注意到来人，直到忽然被人从身后一把薅住头发，她才吃痛地回头。看见尤嘉，又看见她身后的叶敬辞和沈放，她立刻扮上了无辜的嘴脸："尤嘉，你这是干什么啊？！"

"装，你再装！"尤嘉才不惯着她，"我告诉你江晚吟，我只说一遍，你听好了。我不怕你和陈阿姨说我的事，大不了闹得尽人皆知。你故意做局诱我喝酒，这就算了，毕竟那酒确实是我主动喝的，你也没捏着鼻子灌我。但你今天在海里算计我，就别怪我不客气了。"

尤嘉加重力道，看江晚吟咧嘴喊疼，才终于解了气，放开了她。

"我的脾气暴躁，你最好别惹我，不然下次在海里叫天天不灵的人就是你。"

她对江晚吟一通威胁恐吓，转身离开了战场。剩下留在台球厅里的几个男人你看看我，我看看你。

沈放道："这……还是我认识的那个尤嘉吗？"

旁边玩球的旅行博主："这姑娘够辣够野，我喜欢！"

叶敬辞说："别痴心妄想了，那是我老婆。"

等尤嘉走了，叶敬辞缓步踱到江晚吟面前，她的发型被尤嘉弄乱了，此时很是狼狈。

叶敬辞说："我们谈谈吧。"

沈放租了毗邻的两套别墅，每人一间房绰绰有余，叶敬辞找了二楼一间没人住的空房，决定和江晚吟清算总账。江晚吟让他等一等，去洗手间重新梳了头发。等她出来，叶敬辞注意到她还重新涂了口红。

虽然他们有从小长大的情谊，但他对江晚吟一直冷淡，每次他们一家人来家里做客，他除了客客气气喊人，也说不上几句话。看在两家父母认识的分儿上，他不想让江晚吟太难堪，才体面地请她一谈。

只是她别有用心，事到如今不仅不知悔改，还能淡定补妆，这心理素质也是够好的。

"坐吧。"他说。

江晚吟依言坐在他对面，茶几上有管家准备的红酒，她顺手拿起开酒器把酒开了。

"喝吗？"

叶敬辞摆手，江晚吟冷笑："尤嘉不能喝，你也不喝？"

"除非应酬，我平时很少喝。"

她没再说什么，自顾自给自己倒了一杯，红酒色泽艳丽，酒液挂在杯壁上，令人迷醉。

抬手将酒饮尽，江晚吟懒洋洋地靠在沙发上："你想和我谈什么？"

叶敬辞伸出一只手来，掌心翻转朝上，示意她把东西拿出来。

江晚吟还在装糊涂："什么意思？"

叶敬辞说："尤嘉放在岸边的衣服和手机不见了。"

江晚吟眼神闪躲，不敢看他。他也不催，就这么陪她耗着，直到她演不下去，从兜里拿出一只手机扔在了茶几上。

叶敬辞欣然把手机收了起来。

再开口时，他说："我知道你一向骄傲，今天你暗算的是尤嘉，糟蹋的却是自己。我之前就说过，你别在我身上费心思，不值得。"

"值不值得我说了算。"江晚吟冷道，"我知道你对我没兴趣，无论我做什么，你都不会喜欢我。不过没关系，只要你心里能有我的一席之地，哪怕只是很小的一个位置，我的目的就达到了。你看，以前我努力变好、变优秀，你对我置之不理，现在我不过是让尤嘉吃了点苦头，你却主动要和我谈谈，这正合我意。"

叶敬辞没理会她的疯言疯语，镇定道："你有什么不满意，可以冲我来。"

"冲你？"江晚吟盯住他，"你以为我不知道，只有让尤嘉难过，才能疼在你身上。"

看她作势又要倒酒，叶敬辞把酒瓶夺下，尽量克制怒意，用心平气和的口吻说："尤嘉的事你不能告诉我妈，你开一个条件，我会在力所能及的范围内答应你。"

原来他还不知道陈姨已经知道这件事了？

江晚吟觉得事情变得有意思多了。

她挣开他的手，把酒杯斟满，推到他面前："好啊，那你把这杯酒喝了。"

叶敬辞看了她一眼，毫不犹豫地伸手去拿杯子，江晚吟却一把按住他的手。

"我还没说完。还有，我要你今天晚上留下。"

房间里陡然安静下来，叶敬辞皱眉凝视她："你说什么？"

江晚吟有些微醺，毫不避讳地说："我现在想开了，也不求长久，拥有过，总比得不到好。我从国外留学回来，有些想法和国内不一样，比如，我不介意你有女朋友。"

叶敬辞静静地打量着江晚吟，像在看一个陌生人。终于，他嗤笑一声，从她手里夺过那只酒杯，将杯中妖冶的红酒喝了个干净，而后将空杯置于茶几之上，起身走向她，在她面前停下。

他微微俯身，伸手捏住江晚吟的下颌，她的眸光璀璨如星，他却觉得恶心。

他下了重力，江晚吟忍痛看他，觉得骨头都要碎了。

叶敬辞几乎一字一顿地说："不好意思，我介意。"

尤嘉回来简单吃了些东西就回房间休息了，沈放给她安排的房间在二楼尽头，是一间主卧，房间内有阳台和独立卫浴。

这套别墅在黄金海岸旁边，浴室内有整扇落地窗，拉开窗帘就能看见月光下的阿那亚礼堂，它像一架矗立在海边的白色钢琴，奏的是浪花和夜风编唱的歌。

她把沈放借给她的T恤洗干净晾晒在阳台上，而后给浴缸放满了水。

对比孤立无援被困海里时的清醒，浸在温热的水里沐浴让她有些昏昏欲睡。水温适宜，除去周身的怠懒，她关了浴室的灯，把窗帘拉开，只点了浴缸旁边托盘上的熏香蜡烛，看夜色尽头有一闪一闪的花火，原来是海滩上有人在玩烟花棒。

今晚的月亮是蓝色的，时而隐匿在云层中，时而躲在礼堂的尖屋顶后面。

她想把这样美好的夜晚拍下来，恍然发现手机还在江晚吟手里，叶敬辞去帮她拿了，还没回来。

她想这样也好，未必非拍下来不可。

没了手机的绑架，她干脆用浴巾叠成一只小枕头垫在后颈下面，安

心地躺在浴缸里赏月。浴室里弥漫着玫瑰的香气，或许是太安静了，外面传来关门的声响便尤其清晰。

她被惊动，坐起来："谁？"

没人回答。

她想出去查看，浴室却霎时大亮，她被突如其来的灯光吓了一跳，看过去才知道浴室四壁除了玻璃门和落地窗，还有一面墙也是玻璃材质，只不过是智能调光玻璃，平时看起来与墙体无异，按下遥控器，墙体就会变成透明的玻璃窗。

卧室的灯光透进来把浴室照得清楚明亮，叶敬辞此时就站在窗前，注视着浴缸中的她，她愣了一瞬，马上反应过来，四处寻找遮蔽的衣物，无奈衣服都在远处，她只好匆匆拿浴巾挡住。

虽说他们已经亲密无间，可突然暴露在他灼热的目光中，她还是脸颊滚烫，简直像烤架上的红虾。

叶敬辞看她手忙脚乱只觉得好笑。

隔着玻璃窗，她像一尾住在水晶球里的美人鱼，只是这样观赏就已经美不胜收。

他晃了晃手里的东西："你的手机我拿回来了。"

"哦……你……转过身去，等我穿好衣服再说。"尤嘉连看都不敢看他，说话也结结巴巴，方才找江晚吟算账的那股泼辣劲荡然无存。

叶敬辞没听她的话，他依旧站在窗前，肆无忌惮地欣赏着她身体的每一寸。

他没正经地打趣她："你紧张什么，我又不是没看过。"

"那……那不一样。"

叶敬辞把手机放下，又摘了眼镜，随即单手解开了衬衫纽扣。

他的手指修长，动作慢条斯理，一颗接一颗，直到把那件半干半湿的衬衫完全脱下，露出他紧实的人鱼线。

"既然这样，那我们今天就来点不一样的。"

尤嘉目不转睛地看着他，如果手机在身边，她一定把这一幕录下来做成动图。只是这个念头很快消散了，因为叶敬辞离开了玻璃窗，径直向浴室而来。她彻底慌了，躲也没处躲，藏也没处藏，没等她做好准备，他已经推开了浴室的门，长驱直入闯了进来。

"你出去。"她抓起手边的浴花向他丢去，正好落在他的脚边。

空气里弥漫着浓艳的玫瑰香气，叶敬辞弯腰捡起浴花，危险地眯起眼睛："求我啊。"

"好，你不走，我走。"尤嘉很有骨气，紧抓浴巾起身，试图逃离这狭小、逼仄、气氛暧昧的浴室。

叶敬辞却快步走向她，未等她逃出浴缸，一把抱起她，将她重新抱进了水里。他小心翼翼地，生怕加重力道误伤了她。尤嘉也不敢挣扎，竟下意识地勾住他的脖子。

叶敬辞把尤嘉放下来，而后迈进水中。面对他近在咫尺的脸，尤嘉只觉得心底似有火焰在燃烧，他们明明还在战争状态，她却好像什么都忘了，不生气也不吃醋了。

她低垂着眼睫，不敢看他，怕被他发觉自己缴械投降，依旧嘴硬说："你别以为帮我拿回手机，我就不生气了，你因为我喝酒故意不理我，这样的惩罚实在太重了，我抗议。"

叶敬辞凑近，压低声音在她耳边讲悄悄话："那女同事突然亲我的眼镜片，我有什么错？你不也用同样的方式对我？我也抗议。"

尤嘉小声嘀咕："谁知道那是不是你招惹来的桃花……"

话没说完，她只觉得唇上温热，叶敬辞突然低头吻住了她，把她没说完的话拦了回去。

好像打开了潘多拉的魔盒，叶敬辞的理智不再受到控制，心底全是疯狂的念头。

尤嘉像一尾干渴的鱼，虽然身在水中，依然觉得竭涸。

她被他困于股掌之间，几次试图推开他，他不仅不放手，反而更加放肆。

既然逃不掉，她就彻底放弃了抵抗。

不知道过了多久，叶敬辞停下了这记炙热的吻，放她自由呼吸。尤嘉气息急促，喘得厉害，简直要瘫在水里。叶敬辞一只手托住她的脊背，埋首于她雪白修长的颈。

他的声音很低，却一字不落清晰地落入她耳朵里："我希望你知道，或许有很多人喜欢我，但我只想做你的裙下之臣。"

尤嘉哪里见过他这样的一面，顷刻间被蛊惑，丧失了反抗力，由他处置了。

她看向窗外的海，月光下的阿那亚礼堂披了一层光芒，一阵阵浪花

翻涌的声音在耳畔回荡。她觉得身体里好像也有一座海，潮涨潮落，她这颗无所依归的心终于搁了浅。

她看着叶敬辞这张漂亮得过分的脸，想起刚和他在一起时，她猜测他是绝对理性的人，连纵情声色都是有节制的，时至今日，她才发现她的判断是错的。

她想起当初答应做他女朋友时的患得患失，那时她不知道他们是否合适，能走到哪一步，会不会在磨合的过程中出现问题，而如今这些不确信都有了答案。

她想起和陈阿姨共进晚餐时，体会到的和叶家的差距，她和叶敬辞之间或许存在着不可逾越的鸿沟，可他总是一步一步坚定地走向她，让她也有了漠视鸿沟的底气。

她依偎在叶敬辞的怀里，海滩上已经没有人了，小礼堂神祇般守护着这方海域。

尤嘉抬头看了叶敬辞一眼："我宣布，你通过了我的男朋友岗位实习期，从今日起，正式转正。"

叶敬辞低低地笑着："我很荣幸。"

尤嘉抬手指了指自己："那我呢？"

"什么？"

"我能转正了吗？"

叶敬辞伏在她耳边，声线迷离："你不用转正，因为，我从选择你的那天起，就认定了你。"

天啊！天底下怎么有这么会讨人开心的男人呢。

比这更值得开心的是，这个男人，只属于她。

尤嘉是被叶敬辞抱回床上的，沈放给他们安排的这间房视野极好，听着浪涛，他们像睡在海面上。叶敬辞看着枕边人，不自觉地亲了亲她的头顶。尤嘉的皮肤很好，说吹弹可破也不过分，她的睫毛浓密且长，他不由自主地伸手摸了摸她的眼睫，她睡得熟，竟没有发觉。

叶敬辞想起高一运动会上第一次看见她，她报了女子一千米，从枪声响起的那一刻她就是最末一位。那次他负责等在终点给运动员记圈数，她分明落了别人一大截，却没泄气，直至距离终点两百米，她突然冲刺，拿下了第三名。

只是她刚迈过终点线就直直地栽倒在了地上,他恰好在旁边,一把接住了她,把她背到了跑道旁边。

周围聚集了不少人,听她班上的同学议论,他才知道她不擅长跑步,原本这个项目的参赛者是季莹,可是季莹发烧请假了,班里没人自愿顶上,体委出主意让大家抓阄,不擅跑步的她这才被迫出马。

有女生看她迟迟不醒急得不行,生怕出什么事,后来他知道那个女生叫孟晓善。

他也注意到躺在地上的女生脸色煞白,隐隐担心,于是重新背起她,说:"我送她去校医室。"

孟晓善还要参加别的项目,远远地朝他喊:"谢谢你啊,你帮我照顾她一会儿,我比完赛马上过去!"

那天校医室人很少,校医说她是低血糖,再加上剧烈运动才会晕倒,休息一会儿就没事了。

他守在床边等她的朋友来,双手习惯性地插入裤袋,发现兜里有夹心水果糖。

每年运动会都有同学因为低血糖晕倒,他早晨出门时特地抓了一把备用。

他把糖尽数拿出来,放在了少女的枕边。

门外走廊响起急急的跑步声,孟晓善人还没到,声音先传了进来:"大夫,有没有一个晕倒的女生送过来?"

他起身准备离开,走时莫名地有些迟疑,回头审视少女的眉眼,视线不经意间落在她胸前的名牌上——高一九班尤嘉。

她的名字让他联想到一种名叫"尤加利"的观赏植物。

听说尤加利哪怕扎根于贫瘠的土壤,依然可以生长得很好。

再看见她的名字是在期末考试的榜单上,那时年级还没有分文理科,她的理科成绩惨不忍睹,文科倒是很好,语文只差两分就是满分。

寒假后开学,他又在图书馆遇见她,安平一中的图书馆周末也对学生开放,他在门口刷学生卡走进阅读室,抬头就看见了坐在窗边的她,只是她眼睫上挂着泪,正趴在那里无声地哭着,她虽然克制,肩膀却在抖。

等她走后,他去机器上查询借阅的书目,发现她读的是王尔德的《夜莺与玫瑰》,那时他不懂她为什么哭,直到高三租住在她家楼下才明白,当时的她应该是因为父母吵架,无处可去,才来图书馆的吧。

他逐渐发现自己总是能在学校看见她。她选了文科,她这次成绩不错,她剪了头发,她很安静,她身边有两个叽叽喳喳的朋友,她经常去图书馆,读的书也都和文学相关,听说她也给杂志投稿,上过几次刊……

　　那时的他什么都不懂,只知道学习、高考,考上理想的大学,直到高三寝室里聊起"暗恋"这个话题,他才后知后觉地反应过来,并非她总是因缘巧合地出现在他的视野,而是他随时随地都在刻意追随她的身影。

　　他突然意识到,他喜欢她。

　　操场上,听见别人喊她的名字,他会下意识地回头。

　　每次班级大扫除,他都故意绕远路去临近她班级的水房倒垃圾、涮拖布。

　　家长会,班主任对他妈说,叶敬辞这个孩子特别自律、优秀、知轻重、很让老师省心,谁都有可能早恋,他绝对不会。

　　他在心里嘀咕:是啊,没早恋,暗恋不算。

　　很奇怪,他总能收到女生的告白,有很多人喜欢他、仰望他、崇拜他,但他无动于衷,他觉得自己在别人眼里应该是很耀眼的,却偏偏在向她告白这件事上,卑微如尘芥。

　　世人可能无法理解,纵是光芒万丈的人,在爱情面前,也会望而却步。

　　终于,他决定高考结束后向她告白。然而那年冬天,他看见她和另一个男孩子走在一起。他穿着另一所高中的校服,他送她回家,圣诞节的晚上,零下十摄氏度的冬夜,他们在楼下积了雪的草坪上互换礼物,他在阳台上看着,被冷风吹得脸颊麻木。

　　他总觉得,他的暗恋只是一章序曲,他们之间还有未上演的故事,事实却好像只能止步于此。

　　直到孟晓善成为他朋友的未婚妻,他在伴娘名单上看见了尤嘉的名字,本来因为工作太忙不准备回安平参加婚礼的他,竟欣然答应了好友让他担任伴郎的邀请。

　　叶敬辞从那些不断闪现的记忆片段中脱身而出,黑暗中,他低头吻住了尤嘉的眉心。

　　听着她清浅的呼吸,此时此刻,他已别无所求。

　　一夜安睡,月落日升,潮水涌动,房间里有一扇窗没关,清晨五六点就有游人来海滩拍照了，这时候人少，能拍到小礼堂的空镜。

叶敬辞被吵醒，没了睡意，又舍不得温柔乡，就这样拥着尤嘉懒床，打算等她醒了一起洗漱。

外面却忽然传来一阵嘈杂的声响，他误以为是从沙滩上传来的，起身关了窗，声音反而越来越清晰，他仔细听，声音原来是从门外走廊传来的。

这个时间大家还在睡，叶敬辞穿衣出去，看见走廊尽头的房间门口，只穿了一条平角内裤的沈放正在低声下气地敲门讨饶。

叶敬辞兴致盎然，原来有好戏看啊。

沈放没注意到他的身影，对门里的人可怜兮兮地说："我衣服还在里面呢，你好歹把衣服给我吧。"

里面的人无动于衷。

沈放无奈地抓头，哀声求饶："姑奶奶，你行行好，一会儿大家被我吵醒了，出来看见我这副样子，这事还不被全世界都知道了？你也为自己想想啊。"

这句话起了作用，房间里的人终于有了动静，身穿红色吊带裙的江晚吟开门走了出来。

叶敬辞看见这一幕有些蒙，他们俩这唱的哪一出？

江晚吟把沈放的衣服一股脑全扔在了地上，怒气冲冲地说："滚！有多远给我滚多远！"

"哎，这就滚。"沈放嬉皮笑脸，捡起衣服，胡乱穿上。

江晚吟怒不可遏，看见他就烦，正欲摔门而去，转身却看见了叶敬辞，两人视线相撞，叶敬辞还没分析出她和沈放到底怎么回事，她已经不敢看他，落荒而逃地躲进了房间。

叶敬辞只好走到沈放面前，抬腿踹了这货一脚。

沈放抬头，看见他犹如看见阎王爷，惊得半晌说不出话来。

"你你你……"

叶敬辞知道他要问什么，点头说："嗯，我全都看见了。"

"我我我……"

叶敬辞将他来回打量，注意到沈放胳膊上都是指甲抓挠时留下的痕迹，脖颈处也有两处吻痕。

他"啧"了一声："你们俩花样挺多啊？"

沈放闭了闭眼，急道："你听我说……"

话没说完，江晚吟再次开门出来，把一只手机和一条腰带扔在了地上，然后歇斯底里地冲沈放吼道："你记住，不管上次还是这次，都是我把你睡了！"

上次？还有上次？叶敬辞觉得自己好像错过了什么。

江晚吟再次摔上了门，沈放抬头看见叶敬辞狐疑的眼神，为了自己的清誉，抢先说："上次她在春秋烤鸭店喝多了，你让我去接她，我没问出地址，给她送到了附近酒店，然后就……"

叶敬辞挑眉："然后就擦枪走火了？"

"你不知道当时的情况，咳，跟你一句两句说不清。"沈放面露难色。

叶敬辞半信半疑："那这次呢？"

沈放一脸无奈："这次更不怪我了，昨晚我在楼下玩得疯，后半夜太累，打算上楼随便找间房睡一觉，你们的房间都是我安排的，我记得这屋没人住就进来了。谁知道半夜睡到一半发现身边躺着一个人，黑灯瞎火的我想把她推开，她倒好，扑过来就亲我，我这个人，喝了酒就是禽兽，毫无自控力，她也一身酒气，无法无天地撩我，那你说，我能控制住吗？结果今天一早，她醒了就把我踹下了床，还说我乘人之危，占她便宜。听见没，刚才又改口了，说她睡了我，我真是太难了。"

听他说完，叶敬辞瞥了一眼房门上的号码牌，好巧不巧，就是昨天他约江晚吟谈话的那间，合着她一直没走，喝醉了便睡在这里了。

她昨天最后说的那番话，他听着只觉得毁三观，今天算真正见识了。

一边口口声声说喜欢他，一边和沈放干柴烈火，江晚吟这个操作令他有些无法理解。

虽说他对江晚吟没什么感情，但那毕竟是江叔叔的女儿，这事非同小可，万一以后真出了什么事，江叔叔问起来，知道他也在场，这事就有他一半的责任。

他问沈放："现在怎么办？你准备对她负责吗？"

沈放听见"负责"两个字打了个寒噤："负什么责？我可是不婚主义者，再说了，这两次都是她占我便宜好不好！"

Chapter11
完美男友 ♪

返程回北城的途中，叶敬辞开车紧跟在大巴车后面，把江晚吟和沈放的事讲给尤嘉听。尤嘉一度以为要么是他搞错了，要么是自己的耳朵出了问题。

"江晚吟和沈放？什么时候的事？江晚吟不是喜欢你吗？"她还是觉得不可思议，"他俩真的睡了？"

"嗯。"

尤嘉觉得自己错过了一场大戏。

这世界还真是无奇不有，她以为江晚吟是"王者"级情敌，搞了半天原来是个"青铜"，没等过招就把自己淘汰出局了。

"不说她了。"叶敬辞问，"晚上想吃什么？"

尤嘉有些意兴阑珊，这两天在别墅大鱼大肉吃腻了，一时真不知道吃什么，只想吃点清淡的家常小菜。

她说："这周季萤出差，不如你去我家，我做菜给你吃好不好？"

叶敬辞还没吃过她亲手做的菜，欣然答应："好啊。"

回北城的高速车流量较大，他们走的北秦高速，不用绕远路，能直达尤嘉租住的小区。

这套房子是尤嘉在某论坛上找的，没通过中介，直接联系的房东，房东是位阔太太，家里有好几套房子，不缺钱，买房为了投资，租房不过是为了赚些买包的钱。房东看租客是两个年轻的小姑娘，没要押金，免了杂费，以低于市场的价格把这套房子租给了她们。

房子是两居室，客厅很小，几乎忽略不计，厨卫很干净，足够她们用，如果不是这小区在北五环，又离地铁站远，恐怕同样的户型价格至少要翻一倍。

叶敬辞停好车，跟尤嘉上楼，电梯很快停下，尤嘉从包里翻找钥匙开门，钥匙插进锁孔转了一圈，只听"咔嗒"一记清脆的响，她立刻发

现不对劲，下意识地后退了一步。

"怎么了？"

"有人来过。"

季萤周五下午就出差了，她周六出门时将防盗门锁了三圈，今天回来她只拧了一圈，门就开了。

"会不会是季萤已经回来了？"

"不可能。我怕季萤提前回来，带你回家不妥，刚才在回来的路上给她发信息确认过。"

尤嘉推开门，房间一如往常，没有什么变化。只是仔细观察就会发现，摆放在门前擦鞋垫上的鞋子凌乱一片，像被人不小心踢翻的。

她径直走进卧室，房间和她离开时一样，书桌上的笔记本电脑还在，拉开抽屉，钱包里的银行卡也都在。

叶敬辞把这套房子转了一遍，最后目光落在季萤的房门上，他转动门把手，发现房间没上锁，推开门被眼前的景象吓住了。

他招呼尤嘉，等她过来看到季萤的房间被人翻得乱七八糟，衣服被褥散落了一地，两个人都有些瞠目结舌。

叶敬辞看到地上的iPad（平板电脑），很明确地说："应该不是图财。"

尤嘉低头，注意到脚下地板上贴着一张醒目的橙色便利贴，弯腰把便利贴捡起来，上面写着一串电话号码，还有一行龙飞凤舞的字：记得打给我。

手机铃响，来电人是房东。

尤嘉和叶敬辞对视一眼，按下了接听键。

房东挺不好意思的，兜了好大的圈子才言归正传，对她说这套房子她不租了，违约金稍后打到她的账上，限她们一个星期内找房子搬走。她一时难以接受，追问为什么，房东三缄其口，最后才无奈地道出实情。

"和你一起合租的那个姐妹是不是得罪什么人了？有人找到我头上，点名道姓不让我租房子给她。"

尤嘉一时哑然。她和季萤从高中就认识，季萤闹归闹疯归疯，却是有分寸的人。结束和房东的电话她又给季萤打了一个电话，季萤正在跟组改剧本，忙得昏天暗地，对家里发生的事完全不知情。

尤嘉录了视频发给她，季萤也被吓到了，很快打来视频电话。

"什么情况？家里进贼了？"

"要是贼事情还简单了呢。"尤嘉说，"我的电脑钱包都在，你的房间虽然被人翻得乱七八糟，但东西都没丢。哦，对了，对方给你留了一张字条，上面写着电话号码，让你联系他。"

尤嘉说着把镜头对准字条，以便让季萤看清楚。

季萤看见字条上的笔迹愣了一下，刚才她还对家里发生的事难以置信，现在她却什么都明白了。

尤嘉问："需要报警吗？"

季萤回过神来："不用，报警更麻烦，我知道是谁做的。没事了，我能处理，你和房东说我会尽快搬走，不给她添麻烦，只是连累了你……"

"你不用管我，大不了我搬到叶敬辞家里。倒是你，你惹上谁了？怎么没听你说过？需要帮忙就说话，你别逞能。"

有朋友真好。

季萤笑笑："你放心，如果需要帮忙，我第一个找你。你就当这是我之前在沪市欠的债吧，现在人家来催债了，我也只能想办法还了。"

季萤从横店回来向领导递交了辞职信，所幸她负责的项目都接近了尾声，需要交接的东西不多，很快就可以正式离职。

她当年研究生毕业来北城，带的是一黑一白两只行李箱，走的时候依旧是这两只行李箱陪着她。

尤嘉和叶敬辞一起送她去机场。

临别之际，尤嘉心里还萦绕着许多问题，可是季萤的一个眼神就让她把想说的话咽回了肚子。每个人都有秘密，就像她是乙肝病毒携带者，她也从未直接和季萤说过。

季萤知道她从小体质弱，有时候换季，她感冒发烧，季萤会请假陪她去医院。大夫开药问她有什么禁忌，她顾念季萤在身边，从来不会说自己是乙携，但每次季萤都会借口帮她买水，贴心回避。

她的朋友不多，虽然人生的每个阶段都有聊得来的好友，推心置腹、无话不谈的朋友却少有。那次病愈，她决定告诉季萤自己的身体实情，季萤却插科打诨捂着耳朵说不听。后来她才知道，季萤高中时就知

道她是乙携了。

高中入学体检有一项验血的项目，尤嘉的血液检测不合格，班主任给王美兰打电话告知情况，季萤恰好去办公室找班主任问问题，无意中听见了。

班主任在电话里说得隐晦，看见季萤就把电话挂了。季萤那时年纪小，并未多想，还是后来和尤嘉合租，看她总是把自己喝水的杯子单独收着才隐隐有所觉察，可是她从来没有正面问过。

很多时候友情需要这种心照不宣的默契。

尤嘉帮她去办理托运手续，分别时和季萤抱了一下，又忍不住嘱咐了几句才目送她离开。

她以前很羡慕季萤活泼的性格，身边总是围绕着一群仗义之交，每年生日、圣诞节收到的礼物拆都拆不过来，她像一团烈火，肆意洒脱，热情快活。

她们刚搬到一起合租时，发现顶楼的天台是对外开放的，夏天的时候，有新闻说会有狮子座流星雨，她们下班后一起去天台上等流星，那时她以为她们会一直这样合租下去，直到成为两个头发花白的老婆婆。

季萤过了安检就要去候机了。

她从安检传送带上拿起自己的手提包，安检员却从她的包里发现了液体。她霍然想起什么，把包链拉开，拿出一个袋子，回头看见尤嘉还没走，匆匆跑过来，把袋子塞进她手里："差点忘了，这是给你的礼物，要想我哦！"

说完冲她眨了眨眼，转身跑了。

尤嘉看着她的身影逐渐远去，才低头看袋子里的东西。

原来是一瓶香水。

再往下翻，还有一套红色蕾丝内衣？

她在袋子里找到一张便利签，上面写着："抓住机会，和叶敬辞同居吧！"

叶敬辞不知道什么时候走到她身边："什么东西？"

尤嘉丢不起这个人，心虚地将袋子藏在身后："没……没什么，我们走吧，下午还约了中介看房子呢。"

叶敬辞看她这副样子就知道有猫腻，声东击西转移她的注意力，随手把袋子拿了过来，看了一眼里面的东西，会心地一笑。

尤嘉恼羞成怒："季莹真的太胡闹了，这些东西谁爱用谁用，反正我不用。"

说完转身要走。

叶敬辞却突然伸手，把她揽回怀里，低头贴近她的耳朵，缓缓道："你不用，我怎么用呢？"

尤嘉无言……

叶敬辞，你的禁欲人设崩了！

早就过了下班时间，尤嘉还坐在工位上发呆，脑海里都是季莹走时留给她的那张便利贴。虽然之前叶敬辞表达过同居的意向，但那时她因为刚开始谈恋爱婉拒了他。

眼看这周末就是搬家的截止日期，尤嘉到现在还没有看中的房子，不是房租太贵，就是太偏远。前两天她趁午休去公司附近看了一个次卧，什么都好，就是房东住主卧，是位喜静的老奶奶，要求租客不可以晚上十点后回来。

小芸在楼下食堂吃过晚饭，回来看见尤嘉还坐在那儿刷网页，笑嘻嘻地凑过来调侃她："怎么还不走，也不怕你家那位等急了？"

尤嘉扫了眼屏幕下方的时间："他这个时间在加班呢吧。"

小芸抽出椅子坐下，回头奇怪地问："加什么班？我刚坐电梯上楼，在前台看见他了呀。"

尤嘉愣住，正纳闷他怎么会来，叶敬辞的电话就打过来了，她立刻关电脑收拾东西跑去找他。

看见他站在前台附近，尤嘉笑着问："叶律师今天不忙吗？"

"这不是来帮你搬家嘛。"

"我房子还没找好，搬什么家。"

"那你说说，你想找个什么样的房子？我说不定可以帮忙。"

尤嘉伸出三根手指头："我的要求不高，就三个条件，便宜、安静、房东事少。"

"哦。"叶敬辞眯起眼睛，攥住她的三根手指收拢进掌心，"你看我这个房东怎么样？租金也好说，你每个月看心情给，想给多少都行。"

尤嘉看了他一眼，有些看不透他在想什么："我们这么快就同居不

太好吧？"

　　叶敬辞捏住她的脸："别装了，你的演技可不怎么好。"

　　尤嘉纳闷。

　　她表现得很明显吗？

　　尤嘉已经提前把行李收拾得差不多了，只有床单被褥和一些日常洗漱用品留在外面。作为一名优秀的北漂，最应该具备的品质就是断舍离，像他们这种平均一年就要换一处住所的人，无论怎么收拾也就是几个行李箱的事，最大件的行李无非是她那几个沉甸甸的书箱，有她编辑制作的书，也有她买来读的，多数都看过了，却舍不得卖。

　　搬家当天，她本来想帮叶敬辞搭把手，他却只让她留在房间给被褥打包，一个人就把那么多行李一件件扛进了电梯。看他动作利落，尤嘉觉得自己帮忙反而碍手碍脚，等她装好铺盖卷，叶敬辞已经把行李如数搬到了车上，再回来全身都是汗。

　　他把衬衫脱了围系在腰间，看见地上最后一只编织袋，二话不说扛在肩上，尤嘉看着他的腹肌出神，察觉叶敬辞走远，才拿上自己巴掌大的小挎包追上去。

　　电梯来时，里面有两个女生。

　　尤嘉默默地站在电梯角落，看两个女生窃窃私语，最后也不知道商量出了什么，其中一个突然回头，对叶敬辞娇俏妩媚道："帅哥，方便加个联系方式吗？"

　　尤嘉正要说话，叶敬辞已经笑着摇了摇头。他看了一眼尤嘉，对女生说："她是我女朋友。"

　　女生这才注意到站在角落里的尤嘉是和大帅哥一起的，她无所谓地摆摆手，待电梯到一楼，朝尤嘉打了个响指："姐妹，你艳福不浅啊。"

　　第二天是周六，尤嘉一觉睡到自然醒，醒来发现，她的行李已经被叶敬辞全都收拾好了。

　　叶敬辞的书房有一整面书架墙，原先只装满了一半，几乎都是法律和经管类书籍，空置的另一半如今被她的小说和漫画填补，俨然是两个截然相反的画风。

再去衣帽间，看见两个人的衣服整整齐齐地悬挂在一起，心里终于有了几分同居的实感。

叶敬辞逛超市回来，看见尤嘉站在衣帽间门口发呆，招呼她过来。

不知道是不是嗅到主人回家的气味，胜诉也从角落里跑出来奔向了叶敬辞。

一人一猫齐齐地在他面前站定，叶敬辞顿觉好笑。他从购物袋里拿出一只猫罐头，打开放在胜诉面前，然后又拿出一瓶可乐，投喂给了他的小祖宗。

尤嘉开心地接过，问他去哪儿了。叶敬辞扬了扬手里的袋子："你之前不是说要给我做饭吃吗？今天就让你好好表现表现。"

尤嘉的厨艺一般，就会做几道简单的拿手菜，叶敬辞却买了鱼。

中午，她和那条鱼大眼瞪小眼了片刻，丝毫不敢在叶敬辞面前露怯，放出大话，保证完成任务，然后把他赶出了厨房。

叶敬辞刚走，尤嘉就拿出手机搜菜谱。还好她学习能力强，跟着菜谱做得有模有样，最后三菜一汤端上桌，也挺像那么回事。

她侥幸蒙混过关，却不敢懈怠，开始有计划地学新的菜式。她以前十指不沾阳春水，一年进厨房的次数都能数得过来，和叶敬辞同居后别的没长进，厨艺倒是突飞猛进，连午饭也不去公司楼下吃了，每天准备精致的便当，连同事都大跌眼镜。

小芸得知她和叶敬辞同居，促狭道："你不会也信了那句，要想拴住男人的心，就要先拴住他的胃吧？"

尤嘉咬着筷子头认真地想了一会儿，好像并不是。

她以前一个人，吃什么都无所谓，对下厨也没有欲望，但是和叶敬辞在一起之后，每次两个人逛超市，她都想买些新鲜时蔬回去，会不由自主地想，做些什么好吃的一起吃？

以前是不食人间烟火，只讨好自己就够了。现在有了让她愿意洗手做羹汤的人，也挺好的。

小芸支着下巴，一脸羡慕地看着她："看多了社会新闻，天天恐婚恐育，看你和男朋友谈恋爱，感觉结婚也挺美好的，不知道甜甜的爱情什么时候能砸到我头上。"

经小芸提醒，尤嘉才发现不知不觉间自己也不再恐婚了。

以前她听见"结婚"这两个字就头痛，现在对这件事却充满向往。

以前畏惧亲密关系，现在却能够坦然自若。

以前奢望感情历久弥新，长长久久，现在却是，相爱的每一天都是好的，不再为未来的事杞人忧天。

尤嘉说："你这么想谈恋爱，下次遇见喜欢的不妨主动一点。"

小芸想了想："可我觉得自己好像还没有准备好。"

"等你准备好，爱情就溜走了，别优柔寡断，该上就上，只有开始了，你才知道你们有没有以后，不然为什么相爱的人都喜欢说'余生请多指教'呢？不就是因为大家都没有准备好，还有许多需要学习和成长的地方，所以才要一起加油嘛。"

小芸"嗯"了一声："有道理。"

尤嘉连续带了一个月便当，每天养成了拍视频记录做菜步骤的习惯，月底她用这些素材剪了一个视频集锦，当作一期《午餐吃什么》的主题发到了播客上。这段视频也毫不意外地火了，还被人投放了热门，出现在了沈放的主页上。

她和沈放是互相关注的播客好友，最开始是她发现播客的风口，撺掇沈放赶紧经营播客账号，那会儿沈放还嫌弃播客低级，但听人劝吃饱饭，后来他为了宣传新书开了账号，之后一发不可收拾，玩得比谁都勤快。

沈放看完视频，欠嗖嗖地评论："这不是我辞爷家的厨房吗？辞爷好口福，我要去蹭饭！"

等尤嘉看见这条评论，这层楼都建了百来层高了，粉丝都在追问辞爷是谁，她是不是恋爱了。

尤嘉干脆在评论里公开了恋情，顺便回复沈放："你辞爷说了，来可以，但不能空手来。"

沈放很上道，周五晚上来蹭饭，特地带了一瓶龙舌兰酒。

他正准备出门，叶敬辞一个电话打过来，发号施令："忘了说，带什么都行，不能带酒。"

沈放只好乖乖听命，把龙舌兰放下，在开车去他家的路上买了一盒网红蛋糕。

尤嘉做了四菜一汤，龙利鱼番茄汤酸甜可口，可乐鸡翅火候刚好，麻婆豆腐被叶敬辞吃得干净，还有一道人见人爱的鱼香肉丝和一道炸茄盒。

沈放本来最近跑签售，长期在外奔走，瘦了不少，他那人嘴巴又刁，没想到被尤嘉这一桌激起了久违的食欲，很给面子地光盘了。

沈放吃饱喝足，摸摸肚子："看不出来，你厨艺这么好。"

尤嘉看他吃得开心，趁机拿出一份合同："你新书签给我，我以后经常让你来蹭饭。"

沈放新书卖得超出预期，尚阅想尽快把他的下一本签下来，听说已经有其他出版公司找他报价了。尤嘉相信沈放一定会选择尚阅，却怕中间出现变故，当然得白纸黑字签了合同才算数。

沈放也爽快，毫不犹豫地接过笔，在签名处写上了名字。他甚至一反常态，连报价都没问，签好后却没有把合同马上给她。

他说："其实我今天来，是有事想请你们帮忙。从北秦河回来我就联系不到江晚吟了，她把我拉黑了，添加好友不通过，打电话也不接，不知道你们有没有她的其他联系方式？"

叶敬辞奇怪："你找她干什么？你不是不打算负责吗？"

沈放犹豫了一会儿，深吸一口气，说："她怀孕了，孩子……应该是我的。"

餐厅里瞬间安静下来。

尤嘉听傻了："所以……"

"我爷爷知道了这件事，让我务必娶了江晚吟，留下他的曾孙子。爷爷年纪大了，从小最疼我，这次以死相逼，所以我想让你们帮我找到她。"

这位混世魔王终于给自己玩出大麻烦了。

叶敬辞觉得他纯粹自找的，听完冷道："没时间。"

沈放本来也没指望这个无情无义的男人。

他对尤嘉说："你只要说服叶敬辞帮我，我就把签好的合同给你。"

尤嘉毫不犹豫："好，没问题！"

叶敬辞无言。

叶敬辞因职业之便，人脉遍布各行各业，他和江晚吟从小一起长大，身边不乏几个共同好友，大家都说最近很少和她联系，叫她出来玩她都不去，每天也不知道在干吗。

他给江晚吟发微信，如沈放所说，微信不回，电话不接，朋友圈也没有更新，还好他找到了之前给江晚吟寄过快递的共同好友，打探到了她在北城的住址。

他和沈放一起去江晚吟住处找人，傍晚回来，一进门就唉声叹气。

"怎么了？没找到江晚吟吗？"

"找到了。"

"那你叹什么气？"

叶敬辞在玄关换了鞋，走过来坐到尤嘉身边。

"我们到她家小区，正好看见她上出租车，沈放让我别打草惊蛇，先跟上再说，然后就看见她在医院门口下了车，沈放火急火燎地冲上去，就看见沈爷爷带着江晚吟的父母出现在医院门口，不愧是上过战场的人，沈爷爷一出马，什么都搞定了，现在他们应该在回沈家老宅的路上，估摸着很快就能定下良辰吉日准备结婚了。"

"这么草率就结婚？"

"你不知道，江晚吟的父亲曾经是沈爷爷的手下，出了这种事，最体面的解决方式就是结婚，至于沈放和江晚吟的意见，那简直微不足道。"叶敬辞说完从公文包里拿出三份合同交给她，"这忙我帮完了，合同给你。"

尤嘉接过合同，突然觉得生来就在罗马城也不是什么好事。

虽然沈放有花不完的钱，江晚吟有买不完的包，可是一旦涉及家族名声，他们这些衔着金汤匙出生的人，只有身不由己，无可奈何。

"好了，不说他们了，马上国庆节了，放假想去哪儿玩？"叶敬辞翻看电子日历，"我今年还有两天年假没休，你如果有想去的地方，我们可以一起去。"

尤嘉之前计划过，她想小长假去川西，可是计划不如变化快，她看了看行程表，遗憾地说："想去川西或者新疆，不过时间不太够。一号和四号有重点书下印，我要加班去印厂盯印，只能五号出发。"

"那应该来不及了。"

"嗯。"她有些失落，不过转念一想，放假可以和他宅在家又觉得挺好，她开心地一把搂住他的脖子，"只要和你在一起，怎样都好。"

被"抛弃"的胜诉发出抗议的"喵呜"声。

叶敬辞看它爹毛吃醋的样子，得意道："抗议也没用，你妈最爱的

191

人是我。"

尤嘉看在眼里，觉得这副样子的叶敬辞，三岁不能再多了。

国庆节这天，尤嘉四点多就蹑手蹑脚起床去赶高铁了，往常都有印厂派来的车接送，国庆放假，司机不上班，她只能自己搭高铁去津市，到了那边再打车去印厂。

叶敬辞为了让她心理平衡，也早起去了律所，陪她异地加班。

他以为律所不会有其他人，没想到张珥也在。

"怎么放假没出去玩？"

张珥回头，看见老大，不好意思地摸摸后脑勺："八、九号请了两天年假，想提前把后面的工作处理一下。"

叶敬辞点点头，没再多说什么，办公室空荡安静，两人到了中午一起去楼下的快餐店吃饭，他注意到张珥正在搜索迪士尼攻略，想起他和尤嘉还没确定过几天去哪里，随口问："准备去迪士尼？"

张珥有些害羞："嗯，所以请了年假，错开高峰。"

叶敬辞调侃："约会？什么时候有的女朋友？"

张珥瞬间红了耳朵，不好意思地说："还不是女朋友呢，只是互相有好感。"

叶敬辞心领神会，没再继续追问。

他对迪士尼没有了解，问张珥："迪士尼好玩吗？都有什么？"

"我也不知道，没去过，不过我看网上说的项目，和一般游乐场好像差不多。"张珥说着好像想到什么，"老大，你和嫂子也准备去迪士尼吗？那你可要做好攻略，人很多的，很多项目排队就要两个小时。"

"两个小时？"叶敬辞向来信奉时间就是金钱，最讨厌排队，"这也太久了，我们还是不去了，你们年轻人好好玩。"

下午，办公室又多了两个加班的小伙伴，张珥处理完工作先走了，叶敬辞低头看了眼时间，惊觉已经五点多了。

他给尤嘉发微信，问她那边的进展。尤嘉说很顺利，上午还在休息室和值班工人一起看了阅兵，六点多就能回北城了。

叶敬辞掐算着时间，关了电脑去车站接她。

两人都吃过饭了，各自累了一天想早点回家休息。尤嘉却在回北城的高铁上听见邻座的小情侣讨论北城今晚有烟花表演，她好奇地多问了

两句，知道他们是在天津上学的学生，看网上说晚上的文艺汇演有烟花表演，普通市民可以去珠市口观赏，于是特地买票来北城玩。

北城这么多年一直限制烟花爆竹，周边城市也连续多年禁燃禁爆，尤嘉已经很久没有看过烟花了。

和叶敬辞在车站会合，她兴冲冲地提议："我们去珠市口看烟花好不好？"

看她一脸兴奋，叶敬辞把车停在路边，按照她说的地点搜索信息源是否靠谱，查了半天发现没有任何官方渠道能够保证去珠市口就一定能看见烟花，所谓的烟花最佳观赏点仅来自网友的推测与分析。

他怕尤嘉失望："万一看不到怎么办？"

"看不到就当是去散步了，又没有损失，去嘛去嘛，求求你了。"

她倒是乐观。

长安街封路，部分地铁站封站，他们开车到珠市口就只能步行过去。附近的小广场已经聚集了不少等烟花的群众，人人手里拿着国旗，都在等八点的文艺汇演开场。

时间一分一秒地过去，人群越来越密集，已经到了摩肩接踵的地步，叶敬辞紧紧攥着她的手，生怕他们会走散。

尤嘉期待极了，拖着他去摆地摊的爷爷手里买了一面国旗，刚把国旗拿在手里，人群里忽然有人喊了一声"八点了"。接着天边乍响，人群正前方的夜空燃放了紫色的簇簇烟花，大家忍不住连声感叹，纷纷拿出手机拍照。

尤嘉也忙着掏手机，然而前排的群众都是高大的男生，她踮起脚来也只能看见一部分烟花。她有些沮丧，懊恼自己太矮，叶敬辞却忽然蹲下来，拍了拍自己的肩膀，示意她坐上来。

叶敬辞把她举高，扛在一侧肩膀上，尤嘉还来不及反应，就拥有了与别人不同的绝佳视野。

烟花盛大而恢宏，每一组都绚丽璀璨，她低下头看叶敬辞优越的眉眼，有光映在他的眼镜片上，她忽然觉得烟花再美都不如他。

他是视时间为金钱的人，不做没把握的事，像今天这种没有靠谱信息来源的活动，如果不是她撺掇，他一定不会来。

她也是和叶敬辞在一起之后才知道，什么是明目张胆的偏爱。

知乎上有一个问题："怎样确定你的女朋友（男朋友）是适合的结

婚对象？"

　　尤嘉午休时刷知乎看见，心血来潮写了几条，无非是称赞叶敬辞真诚、善良、自律、温和。那条问题下有两千多种回答，她也不知道怎么回事，自己写的答案就火了。后来她才知道，这些最基本的品质不是每个男人都有，在网友眼里，叶敬辞已经是万里挑一的神仙男友、完美伴侣了。

　　后来她把网友的评价拿给叶敬辞看，她以为他会骄傲，他却诚恳地说："这世上，人无完人。我并非真的完美无缺，我也有缺点，只是因为你愿意包容和理解我的一切，才让我变成了光芒夺目的人。

　　"因为你喜欢我，我做的一切才有意义，否则我的真诚在别人眼里是心机，善良是伪装，自律是死板，温和是无趣。因为你喜欢我，你才会接受我所有的样子，窘迫的、尴尬的、霸道的、小心翼翼的、占有欲强的、健谈的、细心周到的。事实是，因为你喜欢我，你连我那些晦涩、古怪的小毛病也都爱。·所以，我只能是你一个人的完美男友。"

　　身边是此起彼伏的快门声，有人喊道"祖国生日快乐"，接着便是一声接一声高喊出口的"生日快乐"。

　　伴着阵阵烟花燃放的响声，叶敬辞忽然抬头："等祖国一百岁生日的时候，我们还一起看烟花吧。"

　　周围人群嘈杂，他的声音几乎被淹没，尤嘉却敏锐地捕捉到了他说的每个字。

　　她弯起眼睛，毫不犹豫地答应："好啊。"

　　夜空中，烟花花团锦簇，热烈美好，他们是人群中最普通的一对男女，也是最熠熠生辉的一对情侣。

Chapter12
予她欢愉

　　小长假到处人山人海，不出去玩实在浪费，尤嘉在家宅了两天，四号从印厂回来，决定不能再这样荒废下去，于是利用回程路上的时间搜攻略，终于想好了目的地。

　　她回家直接冲进书房，坐在叶敬辞的腿上，兴奋地说："我想好去哪儿了！"

　　叶敬辞正好看书看累了，被她打断也不恼，没什么脾气地问："嗯，去哪儿？"

　　"迪士尼！"尤嘉找出网上搜集来的攻略，"我去印厂盯印，可以算加班，能调休两天，咱们八号九号去，人应该会少一点。玩游戏是次要的，关键是拍照，我们带上微单相机，你帮我拍一组好看的照片，好不好？"

　　叶敬辞看着她的眼睛，想起前不久自己还信誓旦旦地跟张珥说，绝对不去迪士尼。

　　他忍俊不禁："行，我现在买票。"

　　虽然前不久他们刚去过沪市，但那毕竟是因公出差，尤嘉也没好好逛过，这次再来心情都不一样了。他们订了一家位于浦三路的酒店，休息了一晚，第二天早晨七点起床，搭乘地铁半小时就能到迪士尼。

　　沿路时不时能看见卖米奇头的小贩，买两个更便宜，尤嘉欢心雀跃地戴了一个，把另一个递给了叶敬辞。

　　他拿在手里研究一番，也有样学样地戴在了头上，看着有点萌，趁他没注意，尤嘉偷拍了一张他的侧脸，发了朋友圈。

　　她的朋友圈添加了定位，小芸看见照片，在下面评论："好巧，我也在迪士尼！"

　　下了地铁尤嘉看见这条评论问小芸在哪儿，没等到她回复，就看见一对情侣从她身边说说笑笑地走过去。尤嘉猛然觉得那个女生的背影眼熟，叶敬辞也觉得前面的男生似曾相识，两人异口同声地喊出口：

"小芸！"

"张珥？"

前面的情侣驻足停下，双双回头，四人面对面，皆是一愣。

尤嘉看一眼张珥，再看一眼小芸，恍然大悟："哦！原来你们俩……"

小芸立刻冲过来捂住她的嘴，把她拉到一边咬耳朵："嘘！别瞎说，我俩还没在一起呢。"

尤嘉一脸"我都懂"的表情，八卦问："你怎么认识张珥的？他可是叶敬辞的助理，这也太巧了。"

小芸笑着说："叶敬辞来公司找你，你刚好去印厂，我让他用男同事的电话号码换印厂地址，他就把张珥的电话给我了。"

尤嘉恍然，伸手拍了一下小芸的肩膀："干得漂亮！记得我之前说的，遇到喜欢的就主动一点。"

"知道啦。"

尤嘉转身去找叶敬辞，看见张珥正一脸难以置信地打量着他头上的米奇头。

叶敬辞被他盯得浑身不自在："你想要让你女朋友买，别觊觎我的。"

张珥"啧"了一声，调侃道："老大，我记得你说你不来迪士尼啊，怎么……"

"不知道凡事都有一个例外吗？"叶敬辞说完看向尤嘉，抬手一指，骄傲地说，"喏，我家例外来了。"

张珥被这句话酸得牙疼，果断地拉着小芸先走了。

他可不想当电灯泡。

而且，他偷偷看了一眼挑选米奇头的小芸。

他也不想让老大和嫂子当他第一次约会的电灯泡。

叶敬辞之前在网上做了一些攻略，真的入园却发现尤嘉比他了解得更全面。她下了一个官方APP，张珥说排队两小时的事根本不存在，他们每个项目都没有排队，一直到晚上的灯火秀都很顺利。

他全天尽职尽责地担任摄影师，尤嘉趁休息时翻看相机，没想到直

男的拍照水准远超过预期，她选出九张，中间第五张是她和叶敬辞戴着米奇头在城堡前的自拍。朋友圈发出去没多久，叶敬辞这个小偷就把她调过滤镜的照片偷走了，发了一组一模一样的。

她控诉："我授权给你使用了吗？你偷图，这是侵犯我的肖像权。"

叶敬辞厚颜无耻："连你都是我的，你的照片当然也是我的。"

他们说说笑笑向出口走去，叶敬辞的电话响了，尤嘉瞄了一眼来电人，立刻敛了笑容。

她现在有点猜不透陈阿姨的心思。现在来看，她当初来北城吃饭，应该是江晚吟给她出的主意，说不定陈阿姨已经知道她是乙携了……

她紧张地看向叶敬辞："你妈怎么突然找你？"

叶敬辞像安抚小狗一样摸了摸她的头，示意她安心。

他接听电话："妈，你找我。嗯，对，我们在沪市玩，明天回去。什么？哦，可以呀，那这周？好，我和嘉嘉说。"

对话简短，尤嘉没听出什么，叶敬辞就挂了。

她迫切地问："怎么了？"

叶敬辞笑："我妈说，她想邀请你妈妈来家里做客，双方家长见一面，把我们的婚事定下来。"

尤嘉愣在原地，眨了眨眼睛，以为自己听错了。

把婚事定下来？

看来陈阿姨"生日"当天，她敬出去的那杯酒没白喝，蛋糕也没白买，她这是通过了考验？陈阿姨接受她这个儿媳妇了？

她反应过来，高兴得树袋熊一样手脚齐上，把叶敬辞紧紧抱住。周围人来人往，她手舞足蹈的样子惹来不少艳羡的目光，叶敬辞也不觉得难为情，放任她胡闹。

看着眼前拥有孩子气般明亮笑容的女孩，他觉得自己养的不是女朋友，是女儿。

回北城后，尤嘉给妈妈打电话，说了双方家长见面的事，王美兰很高兴，约了周六中午和叶家一起吃饭。

周五晚上，叶敬辞下班，准时去尚阅接尤嘉，两人提前一晚回了安平。

虽然他们已经同居了，但毕竟未婚，回安平还是要各回各家，叶敬辞看她可怜巴巴地攥着安全带，不由得放慢车速，到她家小区已经夜里九点多了。

秋风飒爽，温度宜人，这个时间仍有许多居民在小区散步，今天却有些不同，小区门口聚集了不少业主，大家吵吵嚷嚷，动静很大。

尤嘉发现不对劲，落下副驾驶座的车窗，朝外张望，看见路灯下有居民拉着横幅站在街边喊口号，横幅上写着"购买东来房产，全家悔恨终生""无良开发商，偷工减料，欺诈业主，污染环境，还我家园"这些维权标语。

因为聚集业众多，把小区大门围了个水泄不通，叶敬辞把车停在路边，陪她下车查看。他走到方才领头喊口号的业主大哥面前，向他打听是怎么回事，这才知道原来小区被曝光环境监测不合格。

起因是小区内陆续有小孩被查出铅中毒，家长们为了找到中毒源，自费送检了孩子接触过的物品，最后发现中毒源来自水龙头里的饮用水。其中一户业主有家人在环保局工作，暗地里找人来小区采样，通过土壤检测证实了重金属超标。

业主联名去找物业，物业推三阻四说不知情，业主又去东来集团讨要说法，也没有结果，最后这几位孩子家长被逼急了，在小区微信群里大肆曝光了此事，这下尽人皆知，闹大了。

大家开始有组织有纪律地分成三个阵营，分别在环保局、东来集团和小区门口声势浩大地讨伐开发商。小区三期刚建成开盘销售不久，经媒体报道，原本付了定金的业主纷纷退款不买了。

尤嘉还不知道家里出了这么大的事，她和叶敬辞去小区超市买了一箱矿泉水，回家时恰好遇见了正准备下楼买水的王美兰。

三人在电梯口遇见，王美兰看见叶敬辞抱着一箱水，就知道他们在小区门口遇见维权的业主了。

回家后，王美兰看尤嘉脸色凝重，宽慰女儿："没他们说的那么严重，大不了以后喝矿泉水就是了。"

尤嘉心里像压着千斤重的石头，一声不吭地坐在那里搜索网上和小区有关的新闻。

当时她努力攒钱买这套房子，就是想让妈妈晚年能有一个稳定的居所，她又是一个北漂，有套房子也算是固定资产，可自住可投资，现在

却出了这档子事，如果以后小区土壤不能完全清理达标，别说升值了，以后就等着贬值吧。

妈妈说得简单，可土壤重金属超标不是小事，无形之间就会对人的健康产生影响，她刚才在小区门口听见有的业主已经开始准备搬家了，妈妈也不能继续在这儿住了。

哦对了，还有贷款，这种情况还要还贷吗？开发商需要赔偿吧？

她本来还想等李忆珍的书出版，拿到奖金，一次性把贷款还了呢，现在看来也没有这个必要了。

她千头万绪，乱成一团。

她能想到的，叶敬辞都想到了。

他坐在一旁，冷静思索片刻，问王美兰："土壤重金属超标的原因是什么？"

王美兰说："有业主分析是填土的问题。"

"填土？"

王美兰的记忆不比年轻人，实在没想起来那些专业术语，干脆拿出手机，找到小区业主微信群大家谈论的内容。

"哦，是土方回填。"她把聊天记录拿给叶敬辞看，"有业主推测开发商当时做土方回填时违规，回填了含有重金属的有害垃圾，导致土壤和水污染，但是大家去东来集团讨说法，东来拒不承认，还倒打一耙，说是业主私倒垃圾，现在业主代表已经准备请律师打官司了。"

叶敬辞看完记录，问："负责土方回填的施工队是哪家承包的？"

王美兰不太清楚，去讨说法的都是年轻人，她本来身体就不好，折腾不动，都是看大家在群里说什么就是什么。

叶敬辞说："这样吧，您把业主代表的微信给我，你们也不用花钱请律师了，我来。"

这句"我来"掷地有声，尤嘉意外地看向他："你要接这个案子？"

"嗯。"

叶敬辞添加了业主代表微信，表明自己是业主，同时也是律师，对方很快通过了好友。原来这位代表就是他们在小区门口遇见的大哥。

叶敬辞问大哥知不知道负责土方工程的施工队是哪家，大哥很快回复了他。

"昌耀。"

叶敬辞觉得他和这家公司还真是缘分颇深，之前砸他车的人也是昌耀派来的，虽然公安就此事对昌耀展开了调查，但据说并没有查出什么，那三个人也咬死了是个人行为，最后只拘留了十天，再没下文。

他问业主代表："这个昌耀的老板，听说和东来集团的余东来是兄弟？"

大哥回复语音："没错，兄弟俩沆瀣一气，两家公司明面独立，实际利益关系复杂，我们询问了好几家律所，都忌惮余东来的财势，不愿意牵涉其中。幸亏有你啊，叶先生，我代表业主们先谢谢你了。"

王美兰听见"昌耀"这个名字，莫名地觉得耳熟。她走进卧室，从衣柜最下面的抽屉里找出一只老旧的铁盒子，里面全是证件。户口本、结婚证……最下面是一张工作证。

她把已经旧到快要断成两截的工作证拿出来，递给叶敬辞："你们说的昌耀是不是这个？"

叶敬辞接过来，翻开工作证第一页，照片上的男人看起来四十多岁，眉眼深邃俊朗，他抬头细细打量尤嘉的五官，都说女儿像爸爸，果然不假，她确实遗传了她父亲的几分英气。

尤嘉发觉叶敬辞盯着她，这才留意他手里拿着的是她爸生前的工作证。

她和那个男人的感情不深，他也没给过她多少父爱，他生前做了太多伤害妈妈的事，平时就算三个人都在家，她也很少和他说话。她对他的感情很复杂，她感谢他给予了生命，也无法逃避血脉相承，却也恨他的不负责与不作为，特别是他对母亲的态度，一度让她觉得婚姻即是地狱。

她记得他是一名工人，夏天晒得黝黑，冬天工作清闲，他爱喝酒，一天三顿不离酒，他有一副好皮囊，总有一些不爱钱的女人前赴后继要跟他在一起，他隐瞒自己已婚已育的事实，到处哄骗初入社会的小姑娘，也有一些是你情我愿的露水情缘，图一时快活。

她对他知之甚少，清楚记得的都是负面的，直到看到工作证上的信息才知道，原来他曾经是昌耀的员工。

叶敬辞翻到第二页，后面是密密麻麻的工程记录页。

尤嘉瞥见了一行字，一把拿过工作证，在确认不是自己眼花后，忍

不住倒吸了一口凉气。

尤诚生前参与的最后一个填埋项目，就是这个小区——盛景华庭。

周六中午，陈青特地在御景山庄订了包厢，叶敬辞接尤嘉和王姨到饭店的时候，爸妈和爷爷都到了。

王美兰听女儿说过，叶家经济条件很好，第一次见面，因此她打扮得很隆重，穿了去年生日时女儿送给她的定制旗袍。进了包厢，尤嘉却发现陈姨穿得很朴素，周身也只有耳朵上戴了一对玉坠，身上没有一件令人咋舌的奢侈品。

陈青看见她们进来立刻起身相迎，气氛比尤嘉想象的要轻松许多。

席间，长辈们坐在一起彼此熟悉，闲聊的都是家常，她和叶敬辞坐在角落里专心吃菜。

这御景山庄也是高消费的地方，尤嘉不忍心浪费食物，吃得专注，其中一道菜离她有些远，她顾忌正式场合，想来想去觉得站起来夹菜有些不妥，伸胳膊出去又发现够不着，于是拐弯夹了一口鳕鱼。

叶敬辞留意她的小动作，没管那么多，起身把她想吃的菠萝咕咾肉舀了一小碗，放在她面前。尤嘉偷偷在桌下和他击了一个掌，许是做贼心虚，叶叔叔忽然开口吓了她一跳。

"今天很高兴，咱们两家人相聚在这里。"叶振宁起身，举杯说，"我们很喜欢嘉嘉这孩子，懂事、乖巧、有灵气，最重要的是，敬辞喜欢她。我们这个儿子，哪里都好，就是太挑剔，以前我们还总是想他到底能给我们带回来一个多么优秀的儿媳妇，现在终于知道了，嘉嘉确实是一个心地善良、活泼阳光的好孩子。恋爱、结婚，都是孩子们自己的事，只要他们两个贫富同舟、荣辱与共，我们就放心了。"

叶振宁说完举起手里的茶水杯，说："我一会儿还要开车，就以茶代酒了，以后都是一家人了，大家随意。"

听见叶叔叔这样说，尤嘉松了口气，这时她才留意到今天桌上没有酒。

她小声问叶敬辞："你安排的？"

叶敬辞摇了摇头，但他觉得这不是巧合，很快猜出缘由，又有些不确定，于是趁母亲去洗手间的时候跟了出去。

御景山庄的院子里种了成片的枣树，如今是枣红的时节，放眼望去林间树梢上满是沉甸甸的果实。

陈青从洗手间出来，看见儿子站在走廊窗边，就知道是在等她。

叶敬辞听见脚步声，转身对母亲说："秋风正好，出去走走？"

御景山庄的院子是仿日式的庭院，石子铺就的小路两旁是长势喜人的枣树，地上落着大小不一的枣子。陈青沿路捡了几颗，随手一擦就能吃。安平盛产金丝小枣，当地人也喜欢吃枣，向来没那么多讲究。

秋风簌簌，池塘里养着红鲤，旁边放置着一只木几，上面有碟子盛着免费的鱼食，供出来散步的客人喂鱼。陈青抓了一把，越过池塘四周的围栏向池里撒鱼食，那些红鲤立刻从四面八方游过来争抢。

看母亲心情不错，叶敬辞也抓了一撮陪她喂。

陈青看了他一眼，笑着说："你想问什么就问吧。"

池里的红鲤也不知道养了多久，颇有灵性，叶敬辞盯着其中一只花纹奇特的，直接问："妈，你和爸是不是都知道了？"

"知道什么？"陈青喂完手里的鱼食，坐在池边的木椅上，故意装听不懂。

叶敬辞突然被将了一军，顿时哑口无言。

陈青不逗他了，嘴角漾开笑意道："前段时间晚吟来找过我，她拿了尤嘉发在播客上的视频给我看，视频虽然做过处理，但自己儿子我还是认得出来的。我知道晚吟这孩子的用意，她喜欢你，我看得出来。只是她不知道，早在你第一次带尤嘉回家，我就托人查过尤嘉的背景了。"

叶敬辞并不意外。

按照他父母的性格，他们确实干得出这种背地里调查的事，他早做好了这方面的准备，只是陈青接下来的话着实让他有些吃惊。

"我早就知道尤嘉是乙携了。"陈青说，"所以晚吟告诉我的时候，我干脆将计就计，听了她的建议，亲自去北城找尤嘉吃了顿饭，我的初衷很简单，就是想试试她会不会对我说实话。现在想想，我做得有些过分，她明明和你约定了滴酒不沾，我还谎称那天是我生日，由着晚吟激将她敬酒。"

叶敬辞一下子全明白了，原来之前母亲突然来北城找尤嘉吃饭是为了这个，他当时就觉得不对劲，事后问起，尤嘉说得云淡风轻，让他误以为那只是一顿简单的晚饭，却不知背后还有这样的故事。

他们去北秦河参加沈放的生日宴时，他还试图和江晚吟谈过，希望她别把尤嘉的事告诉母亲，江晚吟绝口不提自己搞的这些小动作，甚至开出令人无语的条件要挟他。她可能也没想到，他能不惧要挟，转头就走。

他其实早就想好了，尤嘉是乙携的事，父母不知道最好，如果有一天知道了，他也没有怕的，只不过说服父母接纳尤嘉的过程会略有些漫长，他怕麻烦才想堵住江晚吟的口，如今既然母亲知道了，倒也省事了。

陈青说："晚吟那孩子我以前还挺喜欢的，可是自从她处心积虑布局安排我和尤嘉吃饭，我就觉得她不如小时候那么天真可爱了。后来和尤嘉吃完饭我回酒店休息，她又特地来找我，我知道她在试探我对尤嘉的态度，只要我对尤嘉不满意，她就能多几分胜算。"

叶敬辞略微沉吟道："那你和我爸现在是什么态度呢？"

陈青实话实说："一开始肯定是抵触，你爸一直催我和你谈谈，不过后来我们去医院咨询了肝胆内科的医生，了解到乙携没有那么可怕。后来，我们观察到你对尤嘉的态度很坚定，两个人的感情也很好，我们索性就想开了。生活总归是你们自己过，只要你们能对自己的选择负责，我们没有意见。况且，我是真的很喜欢尤嘉。"

母亲说的话，一字一句，都远超出了他的期待。

他庆幸自己的父母是开明的人，忍不住给了陈青一个拥抱。

陈青顺势抚了抚儿子的背："听说尤嘉从小吃了不少苦，你要好好对她。"

叶敬辞突然不知道该说些什么，千言万语到了嘴边，汇成了一句轻轻的"谢谢"。

"好了，我们出来太久了，该回去了。"

走到包厢门口，陈青忽然想起什么，蓦然驻足，回头说："对了，还有一件事，我觉得应该告诉你。"

"什么？"

陈青说："之前我托人调查尤嘉的时候，有人告诉我，东来集团的董事长也查过她。"

叶敬辞一时很难把东来集团和尤嘉联系起来，皱眉问："余东来？"

陈青点头："没错。"

叶敬辞警觉这不是巧合："什么时候的事？"

"具体时间不清楚，只知道是很多年前，估算起来，差不多是你们念大学的时候。我想不通余东来查一个女学生干什么，也不知道尤嘉对这件事是否知情，我只是觉得古怪，想来想去还是告诉你安心些，希望是我多想了吧。"陈青说完推门走进了包厢。

叶敬辞感到头顶像笼罩了一层网，很多看似毫不相关的事不知不觉缠成了一团，顷刻间向他铺张开来。

他心事重重地回到包厢，发现长辈们已经开始聊哪天适合嫁娶了，他看向尤嘉，她正在津津有味地啃着小排骨，似乎察觉到他的目光，她恍然抬头，可爱地吐了吐舌头。

这顿饭结束时已经是下午两点多。叶家行事大气，陈青特别准备了见面礼，从包里拿出一只包装精美的礼盒送给了王美兰。

尤嘉一眼就认出来了，那是之前陈姨来北城时，在银泰买的那只玫瑰金色的手镯，款式还是她挑的。

另一件礼物是一枚红宝石镶钻金戒指，陈青从自己手上摘下来，交给了她。

"这只戒指我戴了三十多年，送给你和敬辞，祝你们恩爱长久，携手白头。"

这太贵重了，她不敢收，还是叶敬辞把戒指接了过来，她才真诚地说了声"谢谢"。

她和妈妈也带了礼物，和叶家的见面礼相比自然不算什么，陈青却很捧场，称赞她们挑选的茶叶幽香沁脾。

尤嘉完全没想到这次见面会这样顺利。叶敬辞送她和母亲回家的路上，她才如梦初醒地反应过来，怪不得陈姨挑手镯的时候问她意见，原来是送给她妈妈的啊。

她问叶敬辞："你是不是和阿姨说了什么？今天这顿饭和我想的不一样啊。"

叶敬辞笑："你觉得呢？"

尤嘉分析："一定是说了什么吧，不然你和阿姨怎么同时离开那么久？"

叶敬辞伸手在她头顶揉了一把："别胡思乱想了，没有，都是因为

204

你表现得好，所以我妈特别喜欢你，叮嘱我早点把你娶回家。"

尤嘉半信半疑，不多时他们已经到家了，小区门口仍然聚集着很多拉横幅的业主。

尤嘉前一晚在租房APP上看中了一套邻街的房子，时间紧迫，她决定和叶敬辞分头行动，她带妈妈去找中介看房子，一旦看中就帮妈妈搬过去，叶敬辞则负责和业主代表见面，收集起诉证据。

她和王美兰走后，叶敬辞辗转找到了尤诚生前三位同事的联系方式。

他想通过三位同事还原当年土方回填的细节，看看能不能挖到对官司有利的证据，可是三个电话分别打过去，一个拒不承认曾经就职于昌耀，一个借口迁居外地不方便见面，还有一个是家人接的，态度冷漠，说父亲在美心疗养院，如果他想见面，自己去疗养院找人，然后也不等他再说什么，躲瘟神似的，急急地就把电话挂了。

美心疗养院在安平下辖的县级市花港，开车至少也要一个小时，叶敬辞驱车前往，途中突遭暴雨，雨雾迷蒙，能见度越来越差，临近傍晚才抵达目的地。

疗养院离海边不远，环境清幽，服务细致，有些经济优渥的老人不愿和子女一起生活，而是愿意花钱来这里安度晚年。

他向服务台的值班看护报上了要找的人的名字，看护查询过电脑上的记录，抬起头意味深长地看了他一眼，原本和善的态度秒变恶劣，没好气地问："你是陈先生什么人啊？"

叶敬辞说："陈先生是我父亲以前的同事，我代父亲来看看他。"

"哦，不是家属啊。"看护脸上恢复了少许和颜悦色，拿上钥匙起身说，"跟我来吧。"

叶敬辞跟在看护身后，沿着走廊走到尽头，窗外风云变色，一场秋雨不知道击落了多少树叶。

看护停在最后一扇门前，将钥匙插入锁孔，开门对里面的人说："陈先生，有人来看您了。"

房间昏暗，没有开灯，里面迟迟没有回应。

看护等了一会儿，示意他可以进去了，她就等在外面，如果有问题随时叫她。

叶敬辞注意到其他房间并未锁门，大家都可以自由活动，唯独陈先生这间特殊，他虽有疑惑，还是推门走了进去。

迎面是一扇落地窗，一个头发花白的男人正背对着他坐在轮椅上。窗外电闪雷鸣，时而乍亮天际的闪电把房间照得一明一暗。陈先生听见身后的响声，转动轮椅回过头，叶敬辞这才发现陈先生和他父亲的年纪差不多，只是他佝偻的背影和满头白发容易让人误以为是年事已高的老者。

陈先生看见陌生人，眯起眼睛打量他："你是？"

"陈先生您好，这是我的名片。"叶敬辞恭敬地说明来意，"由东来集团开发的盛景华庭小区近期被曝出土壤污染，业主联名起诉了东来集团，我目前是这个案子的代理律师。"

陈先生接过他的名片，低头看了一会儿，不解地问："叶律师找我有什么事吗？"

叶敬辞拿出一张照片，问："您认识这个人吗？"

陈先生看了一眼："这是尤诚？"

叶敬辞的眼睛骤亮，继续问："据了解，你们都曾在昌耀就职，共同参与了盛景华庭的回填项目，您还有印象吗？"

陈先生沉默不语，叶敬辞继续说："尤诚十年前因为酒驾出车祸过世了，现在能找到的参与回填项目的当事人只有您，不知道您是否记得当年的回填细节？"

"谁说尤诚是出车祸过世的？"陈先生突然反问。

叶敬辞愕然："难道不是吗？"

陈先生的脸上浮现出一抹意味深长的冷笑："那都是余东来的障眼法。"

叶敬辞心里一凛。疾风骤雨拍打着玻璃窗，他蹲下身与陈先生平视："您说什么？"

陈先生警惕地向四周看了看，确定没有其他人在，才神神道道地小声说："昌耀和东来的老板是兄弟，当年用来回填的土壤里有垃圾和渣土，这些东西一旦用于回填，经过长时间的发酵，一定会对周围的土壤造成污染。大家敢怒不敢言，只有尤诚，看不下去公司的行事作风，找到了领导，要求停止作业，更换优质土壤，可惜……"

"什么？"叶敬辞追问。

"可惜他只是一名普通员工，没人听他的。后来尤诚决定向有关部

门举报，然而没等他把材料递上去，他就出车祸死了。"陈先生说到这里盯住叶敬辞的眼睛，"你觉得这是巧合吗？"

他一字一顿地说："尤诚，他是被人害死的。"

叶敬辞看着陈先生的脸上浮现出诡异的笑容，只觉得后脊梁一阵发寒。

他还有想问的话，没等说出口，陈先生却忽然哈哈大笑起来，笑声阴森恐怖，让人胆战心惊，他的瞳孔也愈加发散空洞，嘴里反复呢喃着"他是被人害死的"，一遍又一遍。

暴雨将至，雷鸣骇人，陈先生的笑声在空寂的房间里回荡。叶敬辞一时手足无措，有些不敢相信陈先生突如其来的失常，幸好门外的看护适时出现，她仿佛司空见惯，不慌不忙地走进来给陈先生打了一针药剂，陈先生很快平静下来，被看护扶到床上，慢慢睡着了。

等他们离开房间，看护重新把门锁上，对他说："不好意思，吓到您。这位陈先生的精神状况不太好，这么多年一直这样，时好时坏，清醒的时候和正常人一样，一旦犯病又打又砸，他的家人把他送进疗养院就不管了，钱倒是照常打到账上，我们不放心他自由活动，只好给他的房间上了锁。"

叶敬辞若有所思，把手伸进裤袋，关掉了随身携带的录音笔。

当年参与土方回填的核心员工，一个坚决否认就职昌耀，一个搬离本地，尤诚车祸身亡，眼下的这一个精神失常。

他不信巧合，但他相信概率学。

陈先生说的那些话是不是疯言疯语，他暂时还无法判断。

但有一件事可以确定，尤诚的死不是意外。

尤嘉帮妈妈租了一间公寓，就在人民公园附近，离安平最大的百货商场不远。公寓自带家具，需要拿的行李不多，只需把换洗衣物带过去即可。

她私下和妈妈谈过，问她想不想去北城和她一起生活，妈妈却斩钉截铁地拒绝了。她知道妈妈未必是真的对故乡有感情，或许还有一个原因，是她不想给女儿添麻烦。

原本以为她买了这套房子送给妈妈住，也算成全了她的孝心，不巧闹出了小区土壤污染，官司如果能赢，开发商解除合同，如数赔偿，这是最好的结果。

如果输了……

她真不知道这么多年辛辛苦苦攒首付、累死累活还贷款是为了什么。

周末,她和叶敬辞一起帮妈妈搬完家才返程回北城。在妈妈面前,这些无形的压力她只能藏在心里,直到坐上叶敬辞的车,她才敢把负面情绪体现在脸上。

他们的车行驶在月光下,叶敬辞的注意力虽然在开车这件事上,却早把她的心事猜得透彻。他不动声色地打开常听的电台频道,女歌手的声音清澈柔和。

尤嘉背靠座椅假寐,被歌声吸引,睁开眼睛问他:"什么歌?"

"*Moonlight Shadow*(《月光之影》),喜欢吗?"

"嗯。"

歌声像一把钥匙,打开了她心底的锁。尤嘉望着前面看不到尽头的高速路,终于愿意倾诉。

"你知道吗?我有时候觉得自己一直在和时间赛跑,我想跑得快一点,快点长大,努力赚钱,可是好像不管我怎么努力,时间总是处心积虑地给我设置路障,我好不容易跨过一道坎,可前面还有新的关卡等着我,难道就不能一路坦途吗?"

叶敬辞认真地听完,然后说:"如果玩《超级玛丽》的时候,前路畅通无阻,你还想玩吗?"

"嗯……"

如果生活没有波澜,确实也很无聊。

手机振动,是妈妈发来的微信。

王美兰不怎么会用拼音,信息是用语音转换成的文字,有几个字转换得不太准确,但不影响阅读。

妈妈:"嘉嘉,你不要被家里的事影响,在北城好好工作。妈妈说不想去北城不是客套话,你有你的生活,我也有我的生活,妈妈生你养你从来不是为了养儿防老。你有孝心给妈妈买房子住,妈妈已经很开心了。敬辞是个好孩子,你要好好珍惜他,妈妈相信,未来你们会有更好的生活。"

尤嘉的眼睛酸涩,把信息反复看了两遍,总觉得哪里怪怪的。

　　她注意到最后一句，终于觉察出哪里不对，睨了叶敬辞一眼，问："你是不是给我妈灌迷魂汤了？"

　　叶先生装无辜小白花："没有啊，什么迷魂汤？"

　　"那我妈干吗突然夸你？你是不是跟她说什么了？"

　　自知逃不过"福尔摩斯·尤嘉"的洞察力，叶敬辞从实招来："也没说什么，就是安慰了她几句，告诉她不管官司输赢都不用怕，如果她愿意，随时欢迎来北城和我们一起生活。如果不愿意，大不了我在安平买套新房给她住，反正早晚要娶你，就当是聘礼了。"

　　聘礼？

　　尤嘉嘴硬："小狗才嫁给你。"

　　叶敬辞听见了，却没理会，只是笑得神秘莫测，不知道在酝酿什么坏心思。

　　等他们到家，尤嘉刚在玄关换了鞋，叶敬辞反手把门关上，将她打横抱起来扔了沙发上。

　　藏在抱枕后面的胜诉被惊动，蹿出来被叶敬辞单手逮住，以"少儿不宜"的理由，关进了客房，任它如何挥舞利爪、凶猛挠门也不为所动。

　　尤嘉猜出他要干什么，抓住机会跑上楼，叶敬辞听见声音转身追上，把她堵在楼梯拐角，不由分说地吻住了她。她的气息立刻乱了节奏，本能地推他，但他的力气太大，几乎将她严丝合缝地嵌入墙角，动弹不得。

　　叶敬辞只用一只手就把她的双手紧紧束缚，尤嘉挣脱不开，眼睁睁地看着他用另一只手，慢条斯理地解开了腰带。

　　她这人的点挺奇怪的，虽说叶敬辞长得赏心悦目，真撩到她的却是他指骨分明的手指，凸起的喉结，摘眼镜的动作，还有他每次洗完澡湿漉漉的头发，如今又解锁了他单手解腰带的斯文败类模样，藏在心底的欲望瞬间被点燃。

　　在楼梯间当然不过瘾，叶敬辞把她抓回沙发。

　　尤嘉调侃的话刚到嘴边，叶敬辞就把手探入了她的腰窝。她最怕痒，笑着求饶："别别别，那里不行，不行，你把手拿开。"

　　叶敬辞故意和她作对，指腹流连忘返地逗弄："放开也行，你得承认自己是小狗。"

士可杀不可辱，尤嘉也是有尊严的，坚决不从。

叶敬辞有的是办法治她，一把抓住她的脚踝，作势挠她脚心。

这下尤嘉彻底受不了了，尊严也不要了，挣扎着乖乖改口："好好好，我是小狗，我是小狗，行了吧？"

叶敬辞很满意，把她放开。尤嘉重获新生，愤然看着对她痛下毒手的某人，然后突然扑了过去，由被动变主动，把他按在了身下，不等他反应过来，俯身咬住了他的喉结。

"咝。"叶敬辞痛呼出声。

她完成报复，得意扬扬地松口，媚笑着挑衅："谁让我是小狗呢。"

叶敬辞看她那副欠收拾的嘚瑟样，原本还想放她一马，转而改了主意。尤嘉敏锐洞察到他眼底的欲念，连拖鞋也来不及穿就跑，叶敬辞却迅速伸手把她捞回了怀里。

他的臂弯强健，轻而易举地就将她禁锢于身前："想跑？"

"不敢不敢。"

"这还差不多。"

客厅阳台只拉了一层纱帘，如果不拉第二层，晚间室内开灯，外面的人能通过纱帘把里面看得一清二楚。尤嘉目视阳台的方向，在他想要进一步动作时打断了他，她手指阳台，示意他把窗帘拉好，叶敬辞却危险地眯起眼睛，拿起茶几上的遥控器，把头顶的灯关了。

她一时无法适应黑暗，等她重新辨清眼前事物的轮廓，叶敬辞已经把她抱到了阳台。阳台装修时被改装成了多功能榻榻米，尤嘉脚踩舒适的席子，不等察觉叶敬辞要做什么，忽然听见耳边"咔嗒"一声轻响，电动纱帘缓缓拉开，万家灯火尽在眼前。

她瞬间领悟了他的用意，转身想逃，叶敬辞却早有预料，把她一把抓回，按在了窗玻璃上。

她感到身前一片凉意，不禁瑟缩一下，言不由衷道："我不要在这里。"

叶敬辞用胯骨从身后将她抵住："那可由不得你。"

叶敬辞家的楼层不高，从这个高度俯瞰出去，能将楼下小花园正在散步的人们看得清楚，她莫名地觉得羞耻。房间黑暗，没有人会留意这扇窗内的声色旖旎，可她还是隐忍着，不敢发出过分的声响。

叶敬辞觉得有趣，她越忍，他越穷尽所有办法去点火，一步步诱她瓦解防线。

　　电话很不合时宜地响起，叶敬辞捡起掉在地上的手机，瞥见尤嘉想喊却不敢喊的模样，在她耳边说："你不是能忍吗？"

　　他说着滑了接听键，按了免提。

　　"下个月十一号我和江晚吟举行婚礼，你和尤嘉有空来吗？"沈放不着调地通知喜讯，结婚本是值得高兴的事，从他嘴里说出来却听不出半点喜悦。

　　"恭喜啊。"叶敬辞笑，"这么热闹的事，我一定亲自到场祝贺。"

　　"你少说风凉话了，我要早知道招惹她这么麻烦，我连碰都不碰她，这人就是在碰瓷。"沈放苦笑，"我是斗不过我爷爷，已经放弃抵抗了，本来寄希望于江晚吟，指望她作天作地执意拒绝这门婚事，我们都能得到解脱，谁知道她也破罐子破摔，说什么反正也没办法嫁给喜欢的人，嫁谁都一样。"

　　叶敬辞安慰他："往好了想，这未尝不是一件好事，说不定你收了心，爷爷高兴，家产全给你，你拿去还买房的五百万贷款还不是小菜一碟。"

　　沈放道："这倒是。"

　　叶敬辞和他插科打诨，尤嘉看他俩越聊越来劲，终于忍无可忍，突然发出了引人遐想的一声，叶敬辞立刻把电话拿开，关了免提。

　　沈放已经听见了，奇怪地问："什么声音？"

　　叶敬辞轻咳一声，一本正经地说："没什么，家里的小狗。"

　　沈放糊涂了："你不是只养了一只猫吗？哪里来的狗？"

　　叶敬辞伸手逗小狗似的摸了摸尤嘉的下巴："就最近，刚养的……嗞……"

　　沈放听动静不对："怎么了？"

　　叶敬辞睨了一眼咬他手指的尤嘉，淡定地说："被咬了。"

Chapter13
年少轻狂 ♪

　　沈放和江晚吟的婚礼在北城举行，日子定在了十一月十一日，很是耐人寻味。

　　叶敬辞原计划带尤嘉一起去现场应个卯，送了礼金就走，偏巧前一天盛景华庭有业主去东来集团闹事，保安驱逐时两方发生了冲突，有业主受伤，业主代表紧急给他打电话，让他回去一趟。

　　他月初时向法院递交了诉状，这段时间也一直在收集证据，包括收集小区土壤和自来水样本送检、搜集铅中毒业主的病历……

　　可是这些都不是最直接有力的证据，如果能找到当年参与回填的当事人做人证，胜诉概率将更大，可惜他唯一能找到的只有陈先生，原本寄希望于他，但他患有精神疾病，录音笔里的内容已经不足以作为证据了。

　　关于人证，叶敬辞在想别的办法的同时也联络了业主代表，让他尽量去平息业主们的怒气，拉横幅维权的做法除了能制造舆论，并没有其他实质性的意义，可是部分业主仍然很激进。

　　叶敬辞下班后买了高铁票回安平，到站后乘出租车直接去了中心医院，受伤的业主正在住院接受治疗。途中他联系业主代表问了他们所在的病房，蓦然抬头看窗外，发觉司机行驶的路线越来越偏。

　　他看了眼自己手机上显示的地图导航，随口问："师傅，不对吧，这条路不是去医院的。"

　　"没错。"

　　叶敬辞皱眉瞄了一眼仪表盘，本来指向时速三十的指针，迅速跳到了六十。他警觉地转头看司机的侧脸，车里没开灯，借着路边暗淡的路灯，他隔着两人中间的防护栏，看见司机眼角有一块疤，男人觉察到他的目光，脚下油门不减，勾唇轻哂道："不记得我了？"

　　叶敬辞愣了一瞬，忽然笑了。他这人最擅长的就是记忆，怎么可

能会忘了砸他车的人，眼前这位就是那天毁车的三个男人之一，后来被拘留了十天，从联系他的警察口中，他知道眼角有疤的这个男人名叫阿威，据说是派出所的常客。

叶敬辞冷笑一声："有段时间没见了，怎么着，今天打算怎么收拾我？"

阿威背靠大树，为人办事，平时见多了贪生怕死的，还没怎么样就哭天抢地求饶，反而对叶敬辞这种沉稳冷静的多了几分欣赏。

他粗犷大笑道："叶先生真幽默。"

叶敬辞不置可否，眼看他行驶的道路越来越僻静无光，问："你这是准备带我去哪儿？"

男人没回答他，叶敬辞不再问，手机收到尤嘉问他到没到站的问候信息，怕她担心，回了一句"到了"。

男人却在这时一脚踩了刹车，他因惯性向前俯冲，又猛地靠回座椅，看见车停了，揉了揉后颈，问："怎么停了？"

阿威按命令办事，知道叶律师是聪明人，没废话："我们老板收到了法院的传票，得知叶律师代理了盛景华庭业主的维权案。老板说了，既然上次砸车没能让叶律师长记性，这次就换个方法。叶律师，请下车吧。"

叶敬辞推开门，看见外面黑黢黢一片，夜晚的冷风呼啸而来，四周空旷无人，连座建筑物也没有。

他下了车，还不忘帮对方关上车门，男人缓缓落下车窗，对他说："从这儿走路回市区至少三个小时，不过我相信叶律师朋友多，总能想到办法离开，只是麻烦您等朋友的时候好好考虑一下，这场官司是不是非打不可，我相信您如果退出这场官司，老板一定会好好酬谢您的。"

叶敬辞环顾四周，等眼睛渐渐适应了荒野的黑暗，终于辨出这里是什么地方。他不禁苦笑，真是难为余东来了，这样费尽心思地对他。

他对阿威说："谢了，不过我不缺钱。"

阿威一副"随你"的表情，落下车窗，绝尘而去。汽车的尾灯消失在崎岖的乡间小路尽头，秋风猛烈，吹得小树林簌簌作响，叶敬辞打开天气预报，看见今晚有大风预警，心里骂了一句，随即点开了打车软件。

大概看定位瘆人，没人敢接单，无奈之下他只好给业主代表张哥打电话，张哥听说他这边出了岔子，问他要不要紧，叶敬辞环顾四周，若无其事地说："没事，就是需要麻烦你来接我一趟，我这边打不到车。"

张哥热心肠："好，您说在哪儿，我这就去。"

叶敬辞道："城西墓地。"

刚说完头顶一只乌鸦振翅飞过，落在不远处的坟冢上，发出凄厉的喊声。

叶敬辞不信鬼神，他打开手机自带手电筒，找了一块相对干净的地方坐下等张哥来接他。

那只乌鸦也不知道是不是久不见人，一直在他身边聒噪地飞来飞去，他嫌太吵，拿手电筒给它打了一道追光，准备和它商量一下能不能暂时保持安静，却不经意间晃到了面前的一块墓碑。

他忽然怔住，后知后觉地反应过来碑上的名字是谁，把光亮又重新移了回来。他起身走到墓前，借着手电筒微弱的光亮读完了碑上的字。

根据碑上镌刻的信息，他确定自己没认错，这座墓的主人就是尤诚。

被余东来派人扔到坟地不可怕，可怕的是坟里埋着尤诚，叶敬辞不知道这是巧合，还是冥冥中的指引。

他蹲在墓前，发现碑前有两截烟蒂，一截长一截短，长的像有人来祭拜时故意点着放在坟前供奉亡人的，短的则是正常吸烟抽到尾部的残余，最后被人按在地上捻灭。

他又用手电筒依次照过紧邻的几块墓碑，经过对比，很容易发现区别，尤诚的碑最干净，几乎没有灰尘，周围连荒草也没有。

这说明有人不久前来看过尤诚。

第二天，叶敬辞九点不到就出现在了东来大厦的前台接待处，行政人员说没有预约是见不到余董的，他充耳未闻，执意要在前台等余东来。

他那副长相，走到哪里都夺人眼球，无赖起来更是痞气十足，就那么懒散地斜靠在打卡机旁边，来一个员工打指纹，他跟人问一声"早上好"，一时之间在公司引起不小的讨论。

前台是个二十出头的小姑娘，几次想说重话赶人，看见叶敬辞那张

脸又狠不下心，担心真的有业务来往，把人得罪了难以收场，正当她准备去搬救兵时，余东来带着秘书来了。

余东来常年出现在新闻里，真见到本人才发现他比电视上看起来要老。他的身材偏胖，明明身家上亿，身上却没有一件名牌，举手投足和蔼可亲，像邻居家的叔叔，没有距离感，一时之间叶敬辞难以将他和媒体报道的"东来集团董事长"联系在一起。

看见目标出现，他立刻走到余东来面前，报上名字："余董您好，我是律师叶敬辞。"

余东来认真打量他良久，皱眉说："你就是负责盛景华庭业主维权案的叶律师？"

叶敬辞颔首："是我。"

余东来招了招手，在秘书耳边不知说了什么，而后对他说："跟我来吧。"

余东来的办公室看起来不大，一桌一椅还有一张待客的黑皮沙发，总共连二十平方米都没有，装饰朴素。余东来招待他坐，秘书端来新沏的茶，然后关门出去了。

叶敬辞瞟了一眼茶杯，茶是好茶，可惜他不敢喝。

余东来问他："你来见我，是为了和解吗？"

叶敬辞的笑容微不可察："业主是不可能和解的，大家都是老百姓，攒了半辈子钱买房，不过是想买一套供一家人栖身的居所，谁也不想房子出现问题，一旦出现问题就要了一家人的命，更何况土壤污染是不可辩驳的事实。"

"就没有和解的可能？"

"有，除非东来集团接受业主的诉求。"叶敬辞条理清晰地说，"业主的诉求很简单，十二个字：修复治理，积极赔偿，退房退款。也就是说东来集团出资对污染土地进行治理，对愿意继续住在小区里的业主进行合理赔偿，对想要解除合同的业主进行退房退款处理，只要东来集团做到这些就行，否则业主不会撤诉，我也会继续担任原告律师，直到庭审结束。"

"我理解业主们的需求，可是谁能证明土壤污染就一定是东来集团的责任呢？"余东来面露难色，"据我了解，小区内有业主私自倾倒污染垃圾，这未尝不是土壤污染的根源。我们不是不愿意赔偿，只是你也说了要在合理范围内，应该由我们承担的我们分文不少，不该我们承担的我们也不多出一分一毫。叶律师，恕我不能满足业主的条件，照这个赔法，我以后的生意都不要做了，希望您能理解。"

叶敬辞已经想到了余东来会这么回应，他这次来也不是真的要说服他。

他点头表示明白，敞开天窗说亮话："那么希望余董事长也能理解业主的立场，不要再有砸车或者载我去墓地这种事发生了，东来集团在房地产企业中也是翘楚，有完备的律师团队，您应该知道，威胁律师是违法的。"

他说得直截了当，余东来却听糊涂了。

"不好意思叶律师，我们之间是不是有什么误会？你这话是什么意思？"

叶敬辞仔细观察余东来的表情，想看穿他虚伪假面背后的真正嘴脸，可是他的演技太过逼真，让他一时找不到可以窥见真相的缺口。

他今天来就是当着余东来的面告诉他，他要把官司打到底，试探他的反应。如今目的已经达到，他也不想久留，顺着余东来给的台阶，识相地说："看来是我误会了。余董，今天多有打扰，先走了。"

余东来招呼秘书送客，秘书送他到一楼，向他道了声"慢走"，叶敬辞正准备去路边打车，恰好一辆低调的宝马3系缓缓开来，与他擦肩而过。

不过是漫不经心的一瞥，他已经认出了坐在驾驶座上的人。

秘书送走叶敬辞，眼尖地看见了太子爷，立刻谄媚地上前开车门，恭恭敬敬地喊了声："小余总。"

叶敬辞惊觉车主和余东来的关系，蓦然回头，喊住他："余铭涵？"

东来大厦十一楼是一层咖啡厅，闲暇时员工会来这边买咖啡，或者有客户来公司谈事，会议室被占满，员工也可以带客户来十一层的小茶室。

余铭涵回安平以后，余东来循序渐进地让他接管了一些核心项目，几个月前他还是吊儿郎当的富二代，开跑车、带女友到处游玩挥霍，目中无人，恨不得让全世界都知道他高人一等，如今却摇身一变，成了低

调内敛的"小余总"，脸上再没有戏谑的神情，反而多了几分令人捉摸不透的疲惫。

唯一不变的，是他始终不习惯穿西服，常穿的依然是他最喜欢的几个潮牌。

余铭涵只和叶敬辞有过一面之缘，按说他是不会对他有过多印象的，但自从他知道叶敬辞是尤嘉的男朋友后，他就发动了各路人脉把叶敬辞查了个底朝天，如今说他对叶敬辞的履历如数家珍也不过分，此时见到他，竟一点也不觉得陌生。

茶室萦绕着一股清淡的茶香，余铭涵不喝茶，他只是觉得茶室安静，适合说话，才带叶敬辞来。叶敬辞热衷茶饮，从小和父亲耳濡目染，学过一些茶道，看眼前陈设齐全，便主动选了茶叶烹茶品茗。

两个男人各怀心思，表面风平浪静地饮茶，实际已是暗涛汹涌。

余铭涵看他烹茶的动作熟练，视线上移，落在他低垂的眼睫上，试探地问："前几天听法务提起，盛景华庭的业主把公司起诉了，原来你就是业主聘请的代理律师？"

"聘请说不上，这起案子我是无偿参与。"叶敬辞抬起眼睛，"尤嘉也是业主之一。"

余铭涵明白了，难怪他对案子这么重视。

叶敬辞选的茶叶是大红袍，茶香浓郁，适合秋冬天。他漫不经心地问："你是余董事长的儿子？我对东来集团也算了解，这件事却不知道。"

"不知道很正常。"余铭涵摸出一包烟来，随手抽出一支叼在嘴里，自嘲地笑道，"我是私生子，如果不是大哥念大学时在国外过世，老头子哪能让我继承家业啊，就连现在，哪怕公司内部都知道我的身份，他向董事会介绍我，也从来不说我们的关系。"

他说起自己的身世时，脸上又浮现出从前的那种玩世不恭，好像在说别人家的事，一切纷争都与他无关。

"你今天来公司是为了盛景华庭的事？不好意思，虽然我也想帮尤嘉，但如果老头子坚持打官司，我也没办法。"余铭涵点燃了烟，吞云吐雾道，"我这个小余总名不副实，手里权力有限，做不了主。"

"不是。"叶敬辞直视他的眼睛，否定了他的猜测，"我有另一件事想问你。"

余铭涵不解其意："还有什么？"

茶室里养了一缸热带鱼，循环水系统发出细微的声响，在清幽的静室听起来尤其清晰。

叶敬辞说："你知不知道，你父亲，也就是余东来，曾经派人调查过尤嘉？"

余铭涵被他的问题问住了，眼底的眸光像夜空的星瞬间泯灭，整个人都黯淡了许多。

他说："我知道。"

余铭涵想起了记忆里的一桩桩旧事。

他从小就知道自己是私生子，和其他小朋友不一样，别人都有爸爸妈妈，他只有妈妈，和一个偶尔来看望他们母子的叔叔。

叔叔无所不能，给他和妈妈买房子，还给他买小汽车。

叔叔一周来一次，每次来都会给他带很多礼物。后来妈妈生病了，叔叔来的次数越来越少。他八岁那年，妈妈在夜里睡着了，再没有醒来。从那以后他就一个人住在那幢空空荡荡的房子里。

叔叔安排了一个阿姨，负责他的一日三餐和打扫。叔叔不常来，每次来也是坐一会儿就走。叔叔给了他一张卡，卡里的钱多到他永远也花不完。

到了高中，他变得越来越不喜欢那幢冷冰冰的房子，除了晚上回去睡觉，平时很少在家。周六日没地方去，他给自己报了许多补习班，不想上课就翘掉，呼朋引伴出去玩，累了就去课上补眠，老师上课时的声音很催眠，醒了无聊，他还可以趴在桌上看漫画。

他记得那时的梦里有一阵清淡的果香，是邻座少女身上的味道，他每次从梦里醒来都能看见她在认真记笔记。她的头发又黑又软，夕阳的余晖给她镀上了一层毛茸茸的可爱金边，他情不自禁地想要撩开遮挡她的头发，少女却突然把头发扎了起来，露出了她雪白的颈。

她用嘴巴叼着发圈，发圈上坠着一颗小巧的红色草莓，她的五官清秀，扎马尾时露出软软的耳朵，她的耳垂上扎着小小的耳洞，大概顾忌校规，她的耳洞空空的，什么也没戴。

她很安静，不喜欢交朋友，课间也是在座位上看书。他们没说过话，直到有一天他发现她的额角和小臂多了几道触目惊心的瘀青，他才

鼓起勇气去和她搭话。

他好像找到了同类，她胆小、敏感、小心翼翼，像他小时候养的小兔子。他喜欢她，以朋友的身份陪在她身边，她却对他炙热的眼神视而不见，他能感觉得到她把他当作可以同行一程的旅伴，是晦暗青春期难得一遇的挚友，互相鼓励，互相打气，他却贪婪地想要更多，奢望获得她的青睐。

直到元旦夜，"他"陪她在楼道里坐了整夜，从那以后，他从她的脸上看见了少女羞涩的神情，他不知道那个冒充自己的人是谁，但不管是谁，都帮了他的大忙。

因为那一晚，尤嘉对他动了心。

后来和尤嘉聊天，他知道那个人帮她满楼道贴爱猫温馨小贴士，每个星期给她准备一本《海贼王》，还会在她家门口偷偷放一罐可乐。那个人好像总是知道做什么事可以让她开心。不像他，永远抓不住她说的重点。

他想，那个人之所以躲在暗处，不敢露面，大概是自卑又普通的人，思及此处，他便笃定对方不会现身，于是心存侥幸地李代桃僵，让尤嘉误以为这些事都是他做的。

他真的好喜欢她，那年他十八岁，一无所有，却想把余生送给她。

如果不是后来发生了太多无能为力的事，他又怎么忍心把她归还人海。

余铭涵想得入神，直到有烟灰落在他手上，他被灼了一下，才回过神来说："我们考到同一所大学以后，我一直在筹划告白的事，我想给她一个惊喜，花钱请了策划公司来布置场地，这件事被我爸身边的秘书知道了。

"那段时间他刚刚经历了丧子之痛，终于想起了还有我这个私生子，让我改口喊他爸爸，并有意把我往接班人的方向培养，我不愿意，和他闹得正僵。

"他是商人，很现实，连普通的人际交往都要看是否对自己有利，像尤嘉的身家背景根本入不了他的眼。他知道我喜欢尤嘉就派人去调查了她，他让我别白费工夫，我不听，他就拿尤嘉威胁我，我不知道他能做出什么事来，也不敢拿尤嘉去赌，到最后也没和她告白。"

他说得含糊，但叶敬辞猜得到，想必余东来无法接纳尤嘉的原因不仅仅是她的家境，他真正在意的还有她的健康状况，又或者……还有其他因素，只是暂时他还没有拿到有力的证据，来证明自己的推断是否准确。

余铭涵说："我不想受制于他，于是一边假装交了家境富裕的女朋友，让他相信我对尤嘉没感情了，一边自私地以朋友的身份继续陪在尤嘉身边。记得那时候经常有同学向我打听她是不是单身，我每次都大言不惭地说我是她男朋友，她知道以后特别生气。她以为我在恶作剧，却不明白我迟迟没有说出口的喜欢，有太多现实的阻碍。我原打算等羽翼丰满，脱离了余东来的掌控，就能自由决定未来的人生，可是我让尤嘉失望了太多次，终于还是失去了她。"

这些话余铭涵没和别人说过，今天说出来，心里反而轻松了许多。

他看着叶敬辞，说："那天我在路上遇见你们，我看见她挽着你，我想她一定是已经把我放下了。可是，我发现我还没有放下她。我怕她受委屈，怕她过得不好，怕她再遇见像我这样的人，怕她受伤害。我发现我还喜欢她，看见你我会嫉妒，会羡慕，会想尽一切办法打探你的消息，想佐证你不如我，又希望你比我更配得上她。"

叶敬辞听他把话说完，抿了一口白瓷杯里的浓茶，风轻云淡地说："高中有段时间，我为了专心准备保送考试，在校外租房复习，租的房子就在尤嘉家楼下。有一天她父母吵架，把她关在了门外，我陪她在楼道里坐了一夜。当天楼道里的灯坏了，她把我认成了你。"

他说得不疾不徐，声音清润有力，余铭涵惊讶不已，霍然抬头，眼睛里分明写着难以置信。

叶敬辞从容地低眉，笑着说："以前是我，未来也是我。曾经托人向你打听尤嘉有没有男朋友的人里面，也有我一个。你放心，她和我在一起不会受委屈，也不会过得不好，她遇见的我，是和你截然相反的两种人，没有人能威胁我，更重要的是，我比你想的更爱她。"

鱼缸里的热带鱼色彩斑斓，余铭涵在叶敬辞走后掐灭了手里的烟，燃了一根线香，茶室立刻被一缕清香笼罩。

他若有所思地站在鱼缸前，发觉在珊瑚的另一面，有一只红色剑尾鱼已经翻肚了，它的同伴却并不知道这意味着什么，还在它的周围欢畅地游动。

余铭涵用捞网把那只死掉的剑尾鱼捞出，还没想好要怎么处理这可

怜的小东西，余东来就推门进来了。

余铭涵也不意外，把捞网放下示意他随便坐。

"听说你在门口遇见叶敬辞了？"

秘书的消息永远灵通。

余铭涵"嗯"了一声，看他那副紧张的样子，笑道："不过随便聊聊。"

余东来一愣，抽了把椅子，坐下冷冷地道："随便聊聊？我告诉你，他已经去美心疗养院找过当年负责回填的职工了，如果他坚持打官司，一旦往下查，真查出什么来，我们都得完。"

余铭涵不置可否，一语道破他的担忧："你是怕尤诚的事情败露吧？"

"瞎说什么？！"余东来突然提高声调，"他自己酒驾，和我有什么关系。"

余铭涵最喜欢看道貌岸然的余东来气急败坏的样子。

大概是年轻的时候做了太多亏心事，这几年余东来的身体每况愈下，睡眠质量更是令人担忧，成宿失眠都是常有的事，家庭医生也开不出良方。

余铭涵嘴上不说，心里却明白，余东来这是心里有鬼，年岁越大越怕。

夜深人静，余家每个房间的灯都开着，余东来睡不着，在房间里来回踱步。

他早就对叶敬辞有所耳闻，之前昌耀竞标加价的官司也是他打的，本地律师都知道昌耀和东来集团什么关系，没人敢接，他倒是有胆识，不怕死地接了，被人砸了车也没长记性，这次又承接了业主维权案，他越想越觉得叶敬辞是一枚危险易燃的炸弹，指不定在取证的过程中曝出什么来。

他深思熟虑了一番，终于拿起手机拨通了电话。

很快耳边传来一道粗犷的男声："老板。"

余东来说："找个机会请叶敬辞谈谈，要钱还是要命让他自己选。"

"是。"

"如果他拒不买账，就用老办法，无声无息地把知情的人都处理掉，以绝后患。"

今年冬天不太冷，月底尤嘉有两本书同时收到了书号，沈放的书也加印了一次，这本书起印量大，不到半年就能加印实属不易。公司有意向让沈放继续写第二部，部门会议结束，曼姐叫尤嘉去办公室详谈，她推门进去，正巧看见曼姐收到一大束玫瑰。

尤嘉瞥了一眼随花送来的卡片，看来离婚后的曼姐桃花运不错。

听说宋唯前不久和小三结婚了，小三很不要脸，给曼姐寄来了一张喜帖。

临近那对男女结婚的日子，曼姐竟然真的去参加婚礼了，随后发了一条朋友圈——

"砸婚礼的感觉真爽。"

配图是凌乱不堪的婚礼现场。

一战成名后她也算正式在朋友圈里公布了恢复单身的消息，此后每天都能收到一束花，据说送花的人是她的高中同学，做外贸生意，定居在俄罗斯，从高中就喜欢她，至今未婚。

尤嘉觉得这姻缘八九不离十能成，于是拖着长音揶揄她："等着吃你的喜糖哦。"

"还早呢。"曼姐红了脸，把花放进花瓶和她说正事。

尤嘉哪还有心思说正事，八卦地问："对方长什么样？帅不帅？以后你们在一起是在国内还是去俄罗斯啊？哦对了，他知不知道你……"

她想问知不知道她的小孩有遗传疾病，话到嘴边又觉得这么问实在冒犯。

曼姐却猜到了她要问什么，微微一笑，说："他都知道，他不在意。"

听到这个答案，尤嘉莫名地想哭，她真为曼姐感到高兴，不管她之前经历了多么糟糕的事，或许她曾经隐瞒病史有做得不对的地方，不过幸好，一切苦尽甘来，她终于找到了那个满眼都是她、愿意为了她把每天都过得十分有仪式感的伴侣了。

尤嘉心情好，哼着歌从办公室出来，意外地收到沈放的微信。

他建了一个群，把她和叶敬辞拉了进去，他在群里问他们晚上有没

有时间，他买了火锅烤肉一体锅，一个人吃太没劲，让他们一起去。

Eucaly："一个人？你不是都结婚了吗？江晚吟不在家？"

大魔王："哪壶不开提哪壶。"

尤嘉："有八卦？"

大魔王："没有！来不来，一句话。"

Eucaly："去啊，你买菜你切菜，我们负责吃。"

尤嘉："顺便听八卦。"

大魔王无语。

沈放婚礼那天，尤嘉没去凑热闹，她怕江晚吟看见她抑郁，影响她结婚的心情，她和叶敬辞分别给沈放转了红包，说好了等之后有空了再一起吃饭。

她和沈放认识这么久还没去过他家，倒是听叶敬辞说他家是千万级别的，今天趁着去吃火锅，正好见识一下。

叶敬辞下班来公司接她，途经商场，去超市买了些水果。

他们到沈放家的时候，沈放刚把蔬菜切好摆盘，尤嘉换了鞋就开始打量他家的陈设，他还有那么多贷款没还，装修倒是一点也不心疼钱，性冷淡风的黑白灰色调，全屋配套电子家居设备，市面上有的全自动产品几乎都被他搬到家里来了。

客厅里正在工作的扫地机器人很智能，同时兼具扫地和擦地的功能，并且能自动辨识路障，噪音也很小。电视是全息投影，影像相当真实。厨房就更不用说了，虽然他很少下厨，选的却都是最好的。

她觉得房子贵不贵都是另说，整套装修下来的价格就不是小数目，沈放还真是有今天没明天，花钱如流水，怎么开心怎么来。她又突然想到他已经结婚了，环顾四周，却不见有女人的影子。

她觉得奇怪，问沈放："你和江晚吟婚后不住在一起吗？"

沈放正在笨拙地切土豆，听见江晚吟的名字太阳穴直突突，没好气地说："不住，我让她搬进来，她不同意，说不喜欢我家的装修风格，她什么品位啊。"

叶敬辞坐在餐桌旁看沈放的刀工实在不怎么样，担心他把爪子切掉，起身抢过他手里的菜刀："沈少爷你快歇歇吧，还是我来算了。"

沈放果断让位，坐在餐桌旁叹了口气，说："你们知道吗？江晚吟根本没怀孕。"

"啊?"尤嘉没想到这种事还能反转。

叶敬辞也是服了:"这种事都能搞错?"

沈放说:"她自己拿试纸测出来两条线,去医院做进一步检查需要预约,在那之前两家长辈已经知道了,大家着急办婚礼,等什么都办完了,看到检查结果才发现是误会一场,你们说逗不逗?这给我爷爷失望的。"

这事如果不是真发生在身边,尤嘉都怀疑是沈放编的段子,她和叶敬辞心有灵犀地对视了一眼,彼此的眼神里明明白白写着"开什么玩笑"。

尤嘉不太能吃辣,鸳鸯锅里的底料一半香辣一半番茄,等叶敬辞把菜都码好端上桌,汤底刚好沸腾。冬夜最适合围坐吃火锅,大家各自调了喜好的小料,一口肉再配一口可乐,有一搭没一搭地聊着江晚吟和沈放婚后的奇葩故事。

她没有江晚吟的朋友圈,借叶敬辞的手机去看了一圈,发现她休了婚嫁,去日本了。

"你们俩真有意思,一个休婚假在家写稿,一个休婚假去日本旅行,我甚至觉得你们俩结婚就是为了休法定的那几天婚假。"

沈放翻白眼:"我本来就是自由职业者,不差那几天假。"

叶敬辞问:"那你们现在是什么情况?"

沈放握拳:"老子要离婚!"

尤嘉道:"你当结婚是过家家,说结就结,说离就离,民政局你家开的?"

沈放说:"她都没怀孕,我干吗负责?再说了,你们看她朋友圈,像需要我负责的样子吗?"

尤嘉又往下翻了翻,她在日本玩得应该挺开心的,身边一堆同龄朋友,比沈放帅的男生大有人在,而且她的朋友圈里没有任何已婚的痕迹,看沈放委屈吧啦的样子,倒是很想让江晚吟负责。

"反正等她回来,我就离婚。老子要不是看在爷爷的面子上,谁娶她啊,那位大小姐娇纵脾气,蛮横起来目中无人,一点也不温柔,我眼瞎了娶她。"

尤嘉说实话:"我觉得比起你,江晚吟更想和你离婚。"

沈放问："为什么？"

"你想啊，她以前喜欢的人是叶敬辞，现在却嫁给了你，这对她来说，难道不是毁灭性的打击吗？这就好比消费降级，本来能入手一件奢侈品大牌，忽然惨遭意外，只能买高仿应急，虽然使用效果都一样，但人家心里也不乐意啊。"

沈放道："叶敬辞，你管管你媳妇这张嘴，我都这样了，能不能别往我心口捅刀子？"

"我觉得……"叶敬辞停顿了一秒，"我媳妇说得对。"

沈放愤愤不平："你什么时候变得这么重色轻友啦？！"

叶敬辞低头在尤嘉额间轻轻落下一个吻："当然是和她在一起以后了。"

Chapter14
静谧无声 ♪

因为签下了沈放的新书，尤嘉提前超额完成了KPI（关键绩效指标），公司年会排节目，她仗着加班赶制李忆珍老师的书，堂而皇之地翘掉了，免了上台表演。

盛景华庭和东来集团的案子于十二月开庭，和妈妈的生日只差一天，尤嘉提前向曼姐请了两天假，和叶敬辞一起回了安平，他们偷偷订了蛋糕和花，趁妈妈出门买菜的间隙回家布置了一番，给了她一个惊喜。

王美兰很久没收到花了，嘴上说浪费钱，脸上的笑却不骗人。

叶敬辞陪她给阿姨过完生日就回了家，后天开庭，业主群里每天都有人关心进度，他还有许多材料要再过一遍，虽然他之前打过同类型官司，但东来集团的律师团队也不是吃素的，他不得不打起十二分精神。

第二天，尤嘉哪里也没去，包揽了三餐的烹饪，没去打扰叶敬辞进行庭前准备，就在家里专心陪妈妈。

晚饭后，王美兰在客厅里看电视，她最近迷上了一部民国连续剧，每天都在追，一集不落，尤嘉去厨房削了些水果，母女俩难得坐下来聊聊天。

王美兰活到这个岁数，没有什么别的愿望，唯一的惦念就是女儿的幸福，于是趁女儿在家就忍不住多问了几句："你打算和小叶什么时候结婚啊？"

尤嘉还没想那么长远，她很享受现在谈恋爱的状态，总觉得结婚对他们来说不过是领一张证而已，什么时候领都行。反而婚礼是她最头痛的，按照叶敬辞家里的情况，一定会操办得声势浩大，她最怕麻烦，还是能拖一天是一天。

她随口说："我们还小呢，不着急。"

王美兰听了这话眼睛瞪得如铜铃大："都多大了还小？住咱家对门

的小夫妻，我打听了，和你一般大，孩子都念幼儿园了……"

尤嘉剥了一颗橘子，趁妈妈没留意，喂了她一大瓣，无奈王美兰只能住口。

"妈，你就别操心我们的事了，我们有自己的节奏，这世上没有一定要结婚的年纪，只有必须结婚的爱情。感情好，一辈子不领结婚证也能白头偕老；没感情，领了结婚证也是同床异梦。"尤嘉嚼着橘子，用她的三观给妈妈洗脑。

王美兰到底是20世纪60年代的人，很多想法比较传统，正准备给女儿好好上一堂思想教育课，尤嘉突然从沙发缝隙里摸到一支录音笔。

她找到脱身的借口："这一定是叶敬辞落下的，明天庭审，说不定有用，我给他送过去。"

她匆匆穿上外套，一阵风似的跑没影了，王美兰催婚失败，也只能随她去。

这些年提倡节能减排，安平市为了鼓励市民绿色出行，每年冬天全市公交车免费。

尤嘉没打车，乘了一辆直达叶敬辞家的公交车，车上没什么人，她随便找了一个靠窗的位置坐下了。

叶敬辞收到她的微信，知道她要来，早就等在了公交车站，等车停稳，就看见裹得严严实实的尤嘉一步迈下台阶扑向他，他立刻张开双臂，把她稳稳地抱进了怀里。

他好像不怕冷，都已经十二月了，敞着衣襟胸膛也是暖暖的，不像她，手凉脚凉，穿再多都不够，像一颗行走的冰块。

她从口袋里掏出录音笔递给他："喏，给你。"

叶敬辞把录音笔接过来："明天庭审用不到录音笔。"

听说白跑一套，尤嘉懊恼："你早说呀，早说我就不来了。"

叶敬辞抬起眼睑："可是我想见你。"

他顺势把她的手捧在掌心轻轻呵。尤嘉觉得自己被爱包裹，连飘散在空气中的白色哈气都是甜的。她抿嘴偷笑："不是昨天才见过。"

"今天也想见到你。"他深情款款，字字柔情。

尤嘉低下头，终于没忍住，笑出了声。

叶敬辞牵起她的手："我爸妈去公园遛狗了，跟我回去暖和一会儿再走？"

真是奇怪，他们已经同居了，只是因为回安平，考虑到未婚阶段双方父母的心情，才假模假样地各回各家，他突然邀请她去家里坐坐，她竟然还会小鹿乱撞。

叶敬辞转身带她走在回家的路上，顺势把她的手揣进口袋，他的口袋里装了很多零七八碎的东西，尤嘉凭感觉玩起了猜谜游戏，依据触感摸到了钢笔、硬币、U盘、钥匙……

她玩得不亦乐乎，甜甜地说："你的口袋像一个宇宙，什么都有。"

"哦？"叶敬辞想了想，把东西都拿出来放到了另一侧口袋，只留下她的小冰手被他紧握，"现在我的口袋里只有你了，你看，你一个人就占据了我的整个宇宙。"

他的掌心柔软温热，把她的小拳头整个包裹，尤嘉的嘴角悄悄翘起，心情像十六岁的少女初次被告白一样，只觉得欢喜。

前几天安平下了冬天的第一场雪，地上的积雪未消，遛狗的职责落在了叶叔叔和陈姨身上，爷爷年岁大了，不适合冰雪天外出，留在家里研究棋谱，听见玄关处有人回来，热情地招呼尤嘉："嘉嘉来了。"

尤嘉乖巧应声，陪爷爷在客厅说了会儿话，抬头看见叶敬辞站在楼梯口朝她招了招手，她立马会意，借口去洗手间偷偷溜去了他的房间。

他的房门虚掩着，她站在门口迟疑了一下，还是敲了敲门，听见里面传来一声"进"才推门进去，房间里却空无一人。

她正奇怪，躲在门后的叶敬辞忽然从背后抱住了她。

叶敬辞摘掉了金边眼镜，把下巴垫在她的肩膀上，惆怅地说："和你同床共枕习惯了，竟然不习惯一个人睡，昨晚失眠到两点多，想的都是你，不然，你今晚留下做我的安眠药吧？"

"你想得美。"尤嘉笑着说，"我们还没结婚呢，我今晚留下，我妈会很难过哎。"

说到这里她突然想起妈妈晚上和她聊的事，犹豫了一下，转身面对叶敬辞。

"我妈今天问我，我们准备什么时候结婚。"

"你怎么说？"叶敬辞饶有兴致，想听她的答案。

"我说不着急，顺其自然。"

叶敬辞对这个回答不太满意："哦，原来你不想早点嫁给我，早知

道我就不买这个了。"

他不知道从哪里变戏法似的拿出了一串塑料圈，它们大大小小穿在一起，拿在手里声音清脆，"叮当"作响。

尤嘉一时有些蒙，直到凑近，看清每个塑料圈上的数字才恍然大悟，这是金店常备的，用来测量手指尺寸的戒指圈。

叶敬辞拿起其中一个塑料环，套在她的无名指上，满脸认真地说："这个有点大，换小号试试，嗯，这个正好。你看，这就测出来了，你戴十号戒指。"

"你测这个干吗？"

"当然是为了买求婚戒指，免得尺寸不对，退换货太麻烦。"

可是你这样就没有惊喜了呀！

叶敬辞仿佛猜得出她在想什么，信誓旦旦地说："你放心，我可能明年买，也可能后年买，保证让你惊喜。"

你这是在剧透知不知道？！

尤嘉被叶敬辞这套操作搞得哭笑不得，眼看时间不早，她把那串戒指圈丢给他，故意气他："谁说我要嫁给你了？我回家了。"

她出门按了走廊的室内电梯，叶敬辞拿上衣服紧随其后追上，赶在电梯关门前冲进来，一脸紧张地问："你不嫁给我，你嫁给谁？"

尤嘉那双紫葡萄似的眼珠滴溜溜转，忽然想到什么，坏笑着说："谁说我要结婚了？我觉得恋爱就挺好，一直谈恋爱不行吗？"

电梯狭窄，叶敬辞进来以后显得本来就不大的空间更加逼仄。他微微俯身，认真想了想，回答她的问题："你如果不想结婚，那就不结，一直恋爱。"

尤嘉没想到他会答应，继续挑战他的底线："那小孩呢？你也能接受？"

叶敬辞没犹豫，点头说："接受。"

尤嘉目瞪口呆："真的假的？这你都能接受？你的原则呢？你的底线呢？"

叶敬辞笑："不管你做什么，只要不伤害身体，不违反道德和法律，我都接受。无论是恋爱、结婚、生小孩，都是两个人的事，你愿意，我配合；你不愿意，我尊重。你就是我的原则和底线。我呢，一切以满足你的需求为中心。"

叶敬辞的段位太高了，尤嘉惊讶得说不出话来，她本想咄咄逼人一次，看他会怎么反应，谁知道他这张嘴这么能说会道，句句绝杀，她不战而败，没了气焰。

她看着眼前的人，叶敬辞平日穿正装时，模样斯文禁欲，透着一股成熟男人独有的沉稳与性感。换上居家的卫衣，又让人错以为他是二十岁出头的学生，少年意气，热血阳光，像课间会出现在教室窗前，朝她招手，约好晚上带她去逛小吃街的满分男友。

幸好以她现在的年龄与阅历足以与他并肩，否则在他灼热的注视下，她的笨拙、局促、紧张很快就会露出马脚，让他轻而易举就能看破，她已经坠入他布的温柔陷阱。

如果没有得到爱神的眷顾，她会始终认为一个人也很好。

可是他跑过十年的时光，风尘仆仆，只为她来，喂了她一颗解除孤独的解药。

这一刻，她从叶敬辞的眼睛里看见了满天星，她想，此生她都没有勇气一个人生活了，他让她体会到了炙热与浓烈的爱。

电梯停在一楼，尤嘉如梦初醒，伸手在叶敬辞的头顶狠狠蹂躏了一把。

他没来得及闪躲，惨遭毒手，干净利落的发型变成了一头乱毛。

叶敬辞无奈地捉住她作恶的手："挑衅是不是？"

"不敢。"尤嘉笑得狡黠，"就是觉得你超级可爱。"

她说完就跑，路过客厅时急匆匆和爷爷告别，然后风风火火奔向玄关换鞋，生怕被叶敬辞追上。

叶敬辞像看兔子似的看她疯跑，不疾不徐地跟在她身后，意料之中地看她和门锁较劲。

他家的防盗锁有点复杂，他优哉游哉地走近，伸手帮她开了门，她转身就跑，却看见外面大雪纷飞。不知道这场雪下了多久，院子里已经积了厚厚的一层，像一座入目成诗的冰雪花园。

尤嘉欢天喜地地冲进雪里，在地上踩出了一个歪歪扭扭的心形。叶敬辞穿上外套，双手插兜，站在门廊处，无声地注视着她。

她蓦然抬头，看见暖黄壁灯下，他眉眼温柔，嘴角是藏不住的笑意。

"来呀，一起玩。"

　　她跑向他，一把拉住他的手，把他拉进了静谧无声的雪夜。

　　叶敬辞送她到公交车站，两个人一路走着，头顶落了雪，不知不觉就白了头。

　　等公交车远远驶来，叶敬辞帮尤嘉拂去肩膀上的雪，看她雀跃地迈上车，她却冷不防转身，朝他神秘兮兮地招了招手。

　　他领悟，向前一步。尤嘉笑吟吟凑到他面前，用只有彼此才能听见的声音说："刚才在你家说的话都是骗你的。我想每天醒来都能见到你，我超级超级想要嫁给你。"

　　她说完最后一个字，车门随之关闭。

　　两人隔着车门玻璃笑着对望，叶敬辞朝她挥了挥手，看她在最后一排靠窗的位置落了座。

　　雪还在下，公交车缓缓驶离车站，开过前方十字路口转了弯，它的尾灯像两颗遥遥相望的红色星星，消失在了夜空。

　　公交车摇摇晃晃停在下一站时，一个穿着黑色羽绒服、戴口罩的男人上了车。

　　车厢空荡，只有少数几名乘客，他抬头看了一眼，走到最后一排，坐在了尤嘉身边。

　　雪夜寂静，叶敬辞伏案准备好开庭的材料，拿起手机看了一眼时间，估算尤嘉应该到家了，只是不知道为什么，她还没有跟他报平安。他正准备拨通视频电话，她却在这时先发来了一张照片。

　　他愣了一下，点开照片，照片拍摄的地点昏暗无光，待看清画面内容，他的瞳孔急剧收缩，额头也渗出了冷汗。

　　画面里是一辆私家车的后排，车里没开灯，但他一眼就认出了座椅上的人是尤嘉。

　　她被绑了手脚，蒙住了眼睛和嘴巴，整个人看起来早已失去了意识。

　　刹那间，叶敬辞的大脑一片空白，他只觉得浑身冰冷，但很快他又冷静下来，只是未等他想清楚应对措施，对方已经先打来了语音电话。

　　他滑下接听，没说话，对方先开口，声音熟悉，又是阿威。

　　他问："叶先生，有时间喝一杯吗？"

　　叶敬辞听出言外之意，稳住心神说："地点。"

"下载照片原图，详情信息里有拍摄地点。记住，你只能一个人来。"

对方一句话，打消了叶敬辞报警的念头，联想当年盛景华庭参与回填的工作人员的下场，他也能猜出余东来的手段可能比他想象的还要惨绝人寰，他不敢违背对方提出来的条件，但在出发前，他给一个人发了信息。

照片是在花港市拍的，拍摄地点离美心疗养院不远，地图显示是一座正在建筑中的海景房小区。

叶敬辞按照约定，孤身赴了这场局。

冬日夜晚的工地，寂静无人，只有簌簌雪粒落下的声音。

因为花港市有港口，这几年的房价不断上涨，这块地皮被东来集团高价拍卖，是迄今为止最有争议的"地王"。有人笃定花港市未来房价会翻番，引来许多人投资了本地房产。

叶敬辞却不这么觉得，上次来美心疗养院，他从工地附近路过，发现小区周边配套设施很差，虽说会修建大型商场，但具体何时动工还不确定，如今放眼望去，开盘广告虽主打"临海临山，自然原生态居住环境"，实则就是荒郊野岭。

每年冬天的歇工期，工地上除了零星的几个看门人，鬼也不见一个。叶敬辞看见工地大门紧闭，没耐心找入口，直接看准了一排矮墙，脚踩墙身，敏捷翻越，腾空跳了进去。

花港的雪比安平的还要大些，工地上只有微弱的光亮，他谨慎地踩着脚下的每一步。

工地上有监控，躲在暗处的人获悉他已经到了的消息，忽然从高空脚手架上投射来一道刺眼的光，将他完全置于明亮中。

他被突如其来的光晃得睁不开眼，待看清这束光正在移动，他便跟着光的指引，一路向前，直到停在了一座临时搭建的铁皮房前。

房门打开，里面漆黑一片，他别无选择，明知危险，还是走了进去，只是他刚走进黑暗，脑后就遭遇了猛烈的一击，眼前黢黑一片，就什么都不知道了。

再醒来，叶敬辞头痛欲裂，他发现自己被人绑了手脚。

　　铁皮房里没有灯，只有投影仪投射在墙上的一面蓝光，借着房间里仅有的光亮，他依稀辨认出坐在他面前的人是和他有过几次照面的阿威。

　　"醒了？"

　　"尤嘉在哪儿？"叶敬辞无心他顾，只想确认尤嘉的安全。

　　男人却不紧不慢地说："别急啊，我们先聊聊。"

　　叶敬辞很聪明，没有激怒他，顺着他的意思，心平气和地说："好，聊什么？"

　　男人坐在沙发上，面前是一张矮几，桌上凌乱摆放着酒瓶酒杯，他随手给自己倒了一杯，看猩红的液体挂在杯壁上，陶醉地把杯口放在鼻间嗅了嗅，小抿了一口。

　　"叶律师，你也别怪我，我之前已经提醒过你了，你偏不听，我也是帮人办事，给人跑腿，你执意打官司，我也只能按照老板的意思交差，不然我上有老下有小，不好交代。"

　　男人从沙发底下拿出一只手提箱，将箱子打开放在桌上，里面是成捆崭新的人民币。

　　"其实很简单，只要叶律师答应明天不会出现在庭审现场，以后也会主动绕开和东来集团有关的案子，明天庭审结束，我就能放了你们，这些钱你也能全部拿走，如果不够，你开个价，不管多少，都没问题。"

　　在余东来这种商人眼里，有钱能使鬼推磨，没有钱搞不定的事，如果有，一定是钱不到位。他如果答应了，往后就是被余东来攥住了把柄，他会彻底沦为余东来的棋子，受他摆布。

　　叶敬辞冷笑一声："余老板好大方，可是如果我不答应呢？"

　　男人眼神狠戾，抬手将酒一饮而尽，目露凶光："你倒是够硬气。"

　　阿威果断按下手里的遥控器，投影立刻显示出画面，原来投影连接了室外一台监控器。监控器的镜头对准了远处一辆高空作业车，跟随焦距的变化，叶敬辞看见吊钩上挂着一只简陋的吊篮，伸缩臂使吊篮垂直悬于地基正上方。

　　叶敬辞起初并没有留意吊篮的异样，直到画面被不断放大，他才惊觉，里面困着一个人。尤嘉被人绑在了吊篮上，镜头模糊，他看见她正努力挣扎，这一挣，吊篮跟着摇摇欲坠，他的心霎时像被一双手攥住似的，再也无法理性思考。

冬日凛冽的风从四面八方吹向这座停工的工地，高矮不一的建筑物已经初现轮廓。

雪仍在下，给地面铺了一层厚厚的白毯，凉涔涔的雪片落在尤嘉脸上，恰是这抹凉意让陷入昏厥的她渐渐恢复了意识。

记忆里，她刚和喜欢的人暂别，坐在回家的免费公交车上，看窗外冬日飘雪落地成花。

直到身穿黑衣的男人坐在她的身边。

车上只有零星几位乘客，她又坐在最后一排，出于女性的本能，她立刻有了警觉，可是已经晚了，那人抬手，隐藏在他袖中的手帕就捂住了她的口鼻。

不过几秒，她全身瘫软，失去了力气，想张嘴呼救，却发不出任何声音。

公交车到站停车，男人把尤嘉背在身后，嘴巴里念叨着："让你别喝那么多，你不听，还得我送你回家。"

尤嘉明知自己处于危险之中，却什么都不能做，直到药效战胜她的意志，她的眼前模糊一片，再醒来已经被人蒙住了双眼，困住手脚，不知道置身何地。

她试图出声询问对方是谁，可是周围只有风声，她茫然恐惧，身体越来越冷，试图去挣绑在身上的绳子，脚下却响起"吱呀"声，同时感到"地面"摇晃，她猜测自己在半空中，一时不敢再动。

铁皮房内，男人关掉了投影仪，画面消失，室内再次亮起阴森的蓝光。

叶敬辞觉得头痛欲裂，忍着愤怒，问："你们想做什么？"

男人笑得狠戾阴鸷："我们做什么，完全取决于你。只要你答应做这笔生意，我保证她安然无恙，但是如果像你说的，你不答应，那我可不敢保证吊车会不会突然出现故障，到时候她倒霉掉进地基坑，你觉得她的存活率会有多少呢？"

叶敬辞扬起下颌，挑衅道："威胁我？余东来不知道我最讨厌被人威胁吗？"

见他还是这么嚣张，阿威懒得和他废话，伸手就要给他一巴掌让他

长点教训。

叶敬辞却敏锐地察觉他的动作，稍一偏头，躲了过去。

他早就将束缚他的绳索悄无声息地解开了，然后突然起身，拿起绳索套住了阿威的脖子。

他的速度太快，没等对方反应过来已经喘不上气，叶敬辞趁机抄起桌上的酒瓶，照男人的头顶狠砸了下去。

瞬间，碎片四溅。

男人受不住这猛烈突袭，两眼一黑，身体晃了晃，直直地倒了下去。

叶敬辞看他倒下，迅速把他全身搜了一遍，可惜还没找到自己和尤嘉的手机，门外就响起了一阵急急的脚步声。

守在外面的人敲门问："威子，里面什么情况？"

叶敬辞反应快，把阿威拖到门后，等他的同伴拎着棍棒破门而入，他已从窗户跑了。

这些人都是拿钱办事的亡命之徒，要么把事情办成，要么见血收场，让人跑了则是大忌。

一个头戴鸭舌帽的男人把倒地的威子扶起来，命令手下："还愣着干什么，快！都给我追！你们几个，去吊车那边守着。都给我机灵点，老板说了，实在不行灭口就完事了。要是让人跑了，你们一分钱都拿不到。"

叶敬辞一路向地基坑跑去，那辆吊车就停在地基坑旁边，被一道光束照射着，他看见吊篮里的尤嘉，不由得加快了脚步。

身后一片吵嚷，那些人很快追了上来。

眼见吊车就在前方不远处，两侧建筑物忽然跑出两个人来，他们手里拿着铁棍，直直地朝叶敬辞挥来，他躲不掉，只能接招，先撂倒了一个，同时在地上胡乱捡起一根木棍，不太趁手，勉强应急，恰好能够拦住另一人劈头盖脸砸下来的一击。

叶敬辞正与对方缠斗，被撂在地上的那个趁他不备，一把抱住了他的脚踝。

他只得也要阴招，从地上摸了一把雪泥，糊在了对方的脸上，那人稍一松手，他立刻脱了身，旋身一踢，击中了背后偷袭的人。

他趁对方吃痛，一把夺过那人手里的铁棍，疾步跑向吊车，砸开了车门。

操纵台上的按钮令人目眩，叶敬辞只觉得额头身上都是汗，伸手去拉操纵杆，却发现吊车伸缩臂毫无反应。他又紧急去按其他按钮，它们通通失灵，不起作用。

"叶律师，你省点力气吧，这车是改良过的，遥控器在我手里。"

叶敬辞闻声看过去，只见一个壮硕大汉手拿遥控器，他轻轻一按，吊车的伸缩臂就开始了运作，吊篮在半空中"吱呀"作响，眼看就要脱离吊钩，摇摇晃晃即将坠落。

听到尤嘉因为恐惧发出害怕的尖叫，叶敬辞迅速扔掉了手里的武器，从驾驶舱里走了出来。

他的声音微颤："你们把人放了，我可以答应你们的条件。"

"谁敢放人，老子拧断他的脖子！"这声暴躁的吼声从远处传来，叶敬辞看过去，原来是被他打晕的阿威，此时他的额头汩汩流血，被同伴搀扶着走过来。

阿威的血落在地上，染红了雪。

阿威走近，伸手拍了拍叶敬辞的脸："刚才不是还口口声声说最讨厌被威胁吗？现在答应，晚了。"

他被叶敬辞拿酒瓶砸了一下，此时头痛耳鸣，怒火中烧，急欲报复以求快意。

他突然给了叶敬辞一巴掌，扼住他的脖子，狠道："敢打老子，活得不耐烦了！"

叶敬辞结结实实挨了一下，脸颊登时肿了起来。

饶是这样，阿威还不解气，对兄弟们说："叶律师敬酒不吃吃罚酒，咱们现在就成全他。"

他招了招手，很快有惯会看眼色的手下上前，一左一右将叶敬辞钳制住，押到他面前。

阿威随手从地上捡起一根铁钎，视线在叶敬辞身上流连了片刻，然后突然将铁钎捅进了叶敬辞的肩胛骨。

他冷笑："让你不识抬举，现在游戏正式开始，你可别喊停。"

叶敬辞感到一阵钻心的疼，五脏六腑像被扔进沸水里，他忍着痛，嘴角扯出一抹笑，什么话也没说。

阿威冷哼一声，从同伴手中抢走了吊车遥控器，将吊篮稳稳落回

地面。

尤嘉被蒙住了眼睛，虽然只能听见声音，但也能猜到发生了什么。

她担心叶敬辞的安危，在听见渐渐走近的脚步声时，本能地喊出他的名字，那人却伸手抬起她的下巴，指腹顺着她漂亮的下颌线滑过，抚摸她柔软的唇线。

觉察到对方不是叶敬辞，她本能地瑟缩躲闪，男人却捏住她的下巴，目光在她的身体上流连忘返："是个小美人，叶律师眼光不错。"

听见陌生男人的声音，尤嘉只觉得恶心，她甩头想要挣脱，阿威却反手给了她一拳。

尤嘉顿觉嘴里血腥味浓重，脸上火辣辣地疼。

她吐掉嘴里的血："余东来没良心，为了赚钱无恶不作，你们为他做事是会遭报应的。"

看出来她是个性子烈的，阿威回头招呼兄弟："你们玩吧，谁把她收拾服帖，找我领赏。"

此言一出，立刻有人跃跃欲试："我来！我就喜欢这种性格泼辣的！"

叶敬辞眼看着那人向尤嘉走去，下一秒，他用尽全身力气，一把拔下了插在他肩胛骨上的铁钎。

其他人还没反应过来，叶敬辞已经冲向吊篮，将铁钎插向了走向尤嘉的那个男人的身体。

只听一声痛苦的哀号，男人抱膝倒地，疼得龇牙咧嘴。

叶敬辞迅速帮尤嘉解开了身上的绳子，摘掉了蒙在她眼睛上的黑布。尤嘉终于看清了眼前的境况，对方人多势众，他们几乎没有任何逃脱的机会。

叶敬辞浑身是伤，他却毫不在意，站姿一如既往地挺拔。他紧紧牵住尤嘉的手，把她护在身后。

他回头，用只有彼此才能听到的声音，对尤嘉说："西侧围墙下面堆放了许多下水管道建材，那附近有个不起眼的蓝色小门，平时很少上锁，你出去了就往右手边的马路上跑，看见民宅就找人报警。"

他说得很快，尤嘉还没反应过来，叶敬辞已经松开她的手，和那些人缠斗在了一起。

大雪已经停了，天光渐亮，晨光从地平线上升起。天边有星子在闪，像绣在黑丝绒上的碎钻，地面上是莹莹白雪，散布着凌乱的脚印和血迹。

人都有欲望，特别是那些试图依靠违法行为谋取暴利的人，他们没有原则，没有底线，无视法律，只要能赚钱，无所不为。

事情闹到这一步，在场的所有人都明白，无论是叶敬辞，还是尤嘉，谁都不能活着离开。

身后就是深达数米的地基坑，死亡离自己仅一步之遥。

叶敬辞回头，对尤嘉大喊道："快跑！"

第一缕晨光从云层背后穿透而来，尤嘉趁乱钻入附近堆叠的下水管道。

她最后回头看了一眼叶敬辞，然后下定决心般，一路向前。

不知道叶敬辞怎么会对建材摆放的位置这么熟悉，尤嘉按照他说的，真的找到了一扇没上锁的小门。

因为有下水管道掩护，身后追赶她的人还没发现她的踪迹，她趁夜色昏暗，悄无声息地溜出了工地。

外面是空旷无人的石子路，她觉得双腿像灌了铅，力气殆尽，却不敢停歇。

她向右手边的马路跑去，心里只有一个念头：找人、报警。可是还没跑出去多远，就有一辆面包车追了上来，前照灯把她暴露在晨曦的雾色中，她明知跑也无用，但还是拼了命地向前奔去。

眼看后面的车就要追上，忽然前方不远处响起一阵警笛声。尤嘉有些不敢相信，脚步慢慢停下来，确定自己没有看错。警车呼啸而来，穿过晨雾，把她和身后的面包车包围。

几分钟后，面包车上的人全部被铐上了手铐，有女警员走过来关心她的状况，她站在原地，如梦初醒，终于一丝力气也没有，双腿一软，瘫坐在了地上。

她抓着女警员的制服："我男朋友还在里面，求求你们，先救他。"

说完这句，入目所及的一切都失去了颜色，尤嘉只觉得眼前模糊一片，再然后，就什么都不知道了。

新的一天，太阳照常升起，电视上正在播放新闻。

余东来接到电话，得知手下办事不力，把事情搞砸了，发了好大的脾气。他心虚，生怕牵连到他身上，打电话给从事媒体行业的老朋友，询问此案细节，却被告知带警察去现场救人的不是别人，正是他的儿子余铭涵。

他给余铭涵打电话，没人接，想来想去觉得不对劲，开车去了公司。

才八点多，还不是上班的时间，他乘坐专梯抵达董事长办公室。这间办公室与他和叶敬辞见面时的那间不同，这间位于顶层，装修古典气派，仅博古架上各界朋友送的古玩陈设就价值连城。

电梯在顶层停下，他走到门口输入密码，提示密码错误。

再输一次，仍然错误。

这时电子门缓缓打开，这意味着里面有人。

他皱着眉走进去，看见余铭涵难得地穿了正装，他甚至还系了与西服颜色相衬的领带，正坐在办公桌前翻阅桌上的文件。那些文件都是被他锁在保险箱里的绝密档案，尘封着一桩桩让他难以入睡的旧事。

余东来气急地质问："你怎么进来的？"

"找人破了你的密码。"

"胡闹！"

余东来怒骂道，他还想再说什么，却突然猛烈地咳嗽了起来。

余铭涵挨了骂也不在意，只是顽劣地一笑，合上手里的资料，双手交握垫着下巴，若无其事地调侃余东来："来这么早，又失眠了？"

余东来止住咳嗽，皱眉盯住余铭涵："你昨天晚上去哪儿了？"

余铭涵佯装回忆："昨晚？昨晚我刚回国，不是你给我批了年假让我出去玩吗？"

余东来冷笑："你前天出国，昨天就回来了？"

"那你觉得我应该什么时候回来？"余铭涵摆弄着余东来桌上的地球仪，笑着说，"按照你的计划，我应该出国玩十天半个月再回来吧？半个月的时间足够你扫清路障，等我回来也迟了，对不对？"

他说完抬头看余东来，想从他的脸上看出什么，却蓦然发觉他苍老了许多，在他小时候，余东来是多么叱咤风云的人物，如今他已头发花白，眼角眉间的皱纹都是岁月的痕迹。

余东来久久没有作声。

"怎么不说话了？被我说中了？"余铭涵讥诮地一笑，"看来这么多年，你的行事作风还真是一点没变。不论是我八岁那年，你为了名誉害死我妈，还是后来盛景华庭土方回填，你为了除掉举报人尤诚，派人动了他的刹车线，但凡挡你路的，用钱收买不成，你就让他从这个世界上消失。可是你机关算尽，是否算到还有我这道劫呢？"

余东来难以置信地看着余铭涵，他和自己年轻时长得真像啊，一样的眼睛，一样的鼻子，他还记得四岁时的余铭涵才那么一丁点大，抱着他的大腿喊"爸爸"，他一个眼神瞪过去，他立刻委屈地改口喊"叔叔"，懂事又听话。

余东来难以置信："你妈的事你怎么知道，那时候你才八岁……"

"我亲眼看见你把药碾碎了放在她的杯子里，只是那时候，我不知道那些东西会要了她的命。"余铭涵忍着眼泪说，"那时我年纪小，没有能力保护最爱的人。可今时不同往日，我已经不是任你摆布的小孩子了。"

他紧攥座椅扶手，一字一顿地说："东来集团，该换新的主人了。"

"你什么意思？"

直到这一刻，余东来才意识到今天的不同寻常。

往常这个时间他的秘书已经为他端来现磨咖啡，开始向他进行晨间汇报了，今天外面却出奇地安静，他拨通桌上的座机电话，接秘书室，线路早就被人切断了。

余铭涵看他慌乱不安的样子，为他解释："我的意思很简单，您被逮捕了。"

他示意余东来回头，两名身穿制服的警察不知什么时候站在了他的

身后。

余东来什么都明白了，整个人忽然像失去了魂魄，默默接受警察为他戴上了手铐。

他被警察带走时，最后回头看了余铭涵一眼，他已经转动座椅，将目光落向了窗外，只留下一道决然的背影。

余铭涵就这样面朝窗外坐了整整一个上午，直到最新上任的秘书打电话提醒他下午有董事会，他才擦了擦眼睛，起身对着窗玻璃理了理领带，离开了办公室。

今天凌晨，余铭涵带警察冲进东来集团位于花港的建筑工地，幸好他们来得及时，否则叶敬辞很可能就没命了。

他跟随医护人员上了运载叶敬辞的那辆救护车，救护车发动时，叶敬辞昏昏沉沉地睁开了眼睛，看见他后咧嘴笑了笑："幸好你来了，尤嘉呢？"

余铭涵放下正在玩的手游："她很好，就在前面那辆救护车上。医生说她低血糖，加上受了惊吓，休息一下就没事了。"

他说着从身上摸出一包烟来，抬头和坐在对面的护士四目相对，想起救护车上不能抽烟，又规规矩矩地把烟收了起来。

他抬头向叶敬辞解释："最近出国了，没用国内的电话号码，凌晨回来才看见你留的信息，还好，来得不算晚。"

那天他们在茶室见面，临走时他递了一张名片给叶敬辞。

昨夜，叶敬辞驱车赶往花港前，给余铭涵打电话他没接到，后来，他乘坐的飞机落地，换回国内的号码才看见叶敬辞的短信留言。

叶敬辞说，余东来的人抓走了尤嘉，并且勒令他不许报警，对方在暗，他在明，他不敢拿尤嘉的性命开玩笑，选择只身前往，但他也知道此去必定凶多吉少，唯一能救他们的，只有他。

窗外是皑皑白雪，救护车向最近的医院疾驰，急救护士帮叶敬辞包扎好伤口，给他输了液。余铭涵坐在那里看叶敬辞全身血污，有些想不通："你怎么知道我一定会救你们？你就不怕死在那儿？"

叶敬辞笑起来牵扯了嘴角的伤口，疼得"咝"了一声。

他没正面回答余铭涵的问题，而是问："你去看过尤诚吧？"

余铭涵愣了一下，故意装糊涂："什么尤诚？"

叶敬辞指了指他的上衣口袋，余铭涵刚把烟盒放回去。

叶敬辞说："我在尤诚墓前看见了同一个牌子的烟。你之前说，余东来调查过尤嘉，因为她的家世背景，余东来反对你喜欢她，其实他在意的不是家世，而是尤嘉父亲的死和他有关吧？而这些事，你早就知道。出于愧疚，你偶尔会去墓地看望尤诚，对不对？"

余铭涵嗤笑一声，没承认，也没否认，示意他继续说。

"通过你，我能把他的势力一网打尽，因为你手里一定掌握着余东来这么多年的犯罪证据，一旦提供给警方，这场仗就是稳赢。"叶敬辞说，"不过，如果只有我身处绝境，我也不敢确定你一定会来，但是尤嘉有危险，你不会坐视不管，所以我决定把筹码押在你身上。"

不愧是叶敬辞，分析得有理有据。

但余铭涵还是摇了摇头，他说："你错了，如果只有你，我也会全力以赴。"

叶敬辞有些意外："是吗？为什么？"

余铭涵低头看了一眼手机锁屏壁纸，是他和尤嘉的合影。

他说："因为，我想让她幸福。从始至终，她喜欢的人都是你，只有你能让她幸福。"

尤嘉做了一个梦，梦里下着暴雪，她被人绑在崖边的吊篮上，四周风很大，吊篮被风吹得剧烈摇晃，她的眼睛被人蒙住了，什么也看不见，只能听见耳边呼啸的风和吊篮摇摇欲坠的声响。

周围萦绕着那些人的笑声，他们在玩猜拳，谁赢了就可以把她带走。笑声恐怖骇人，她的身体不由自主地发抖，直到这场罪恶的游戏终止，有人伸手触及她的身体，她用尽全身力气挣脱，却听到清晰的断裂声，吊篮旋即坠落，她感到心脏骤然失重。

黑暗中，她祈求有神明出现，然后她猛地睁开眼睛，从这场噩梦中惊醒，映入眼帘的是叶敬辞的侧脸。

就这样，梦里她期盼的神明近在眼前。

她怔怔地看着他，发现他们的病床紧紧相邻，睡梦中他依旧紧紧地牵着她的手。

有护士走进来，看见她醒了，小声关心地问："怎么样，身体有没有不舒服？"

她摇了摇头。

护士看到他们牵在一起的手，笑着说："你男朋友一定要把两张床并在一起，说只有确定你在身边他才睡得着。"

护士给叶敬辞重新换了吊瓶离开了病房。尤嘉回头看见叶敬辞浑身是伤，嘴角还有明显的瘀青，眼角不知不觉滑落一行温热。

叶敬辞睁开眼睛，看见她在哭，浑然忘了另一只手还在输液，慌忙帮她擦眼泪，紧张地问："怎么了？怎么哭了？"

尤嘉这才意识到自己在掉眼泪，一时情绪失控，又是哭又是笑地控诉："你平时那么聪明的人，怎么关键时刻掉链子呢？他们威胁你，不让你出庭，你就答应啊，你拿了钱，他们就会放我们走，你也不必遭这个罪，搞得现在这么狼狈。叶敬辞，你真的很蠢。"

看她哭得又丑又可爱，叶敬辞松了口气，把她抱在怀里安慰道："他们才不会轻易放你走，而且一旦拿了钱，这事就说不清楚了。好了好了，你别自责了，我不只为了你，小区那么多居民，谁家的钱不是辛苦赚的，遇到这种黑心开发商，如果连我都退缩，还有谁能帮大家维权呢。"

尤嘉从他的怀里抬起头，窗外火红的斜阳照在叶敬辞的脸上，把他的眼睛衬得光彩熠熠。她一直没有告诉过他，她很喜欢他的眼睛，他的眼睛是狭长的单眼皮，眼尾上扬，眼珠明亮，此时摘掉眼镜，他眼底的波澜就更加清晰了。

她忽然鬼使神差地说："有句话我好像没对你说过。"

叶敬辞低头，嘴唇蹭过她的额头："什么？"

"我好爱你。"

叶敬辞愣住，以为听错了："嗯？什么？你再说一遍？"

尤嘉害羞了，选择逃避现实，一头扎进他的怀里："没听见就算了！"

叶敬辞的嘴角漾开一抹笑，下意识地抱紧她。怎么可能没听见，他就是故意逗她，看她脸红他就高兴。

如果他们小时候就认识，他一定是那种上课会揪她小辫子的男孩子，幼稚得只知道通过欺负她的方式吸引她的注意力。

因叶敬辞受伤，盛景华庭业主维权案延期开庭。临近春节，各机关单位开始放假，等到正式公开庭审已经是二月了。

叶敬辞身上的伤早已痊愈，庭审当天他身穿正装现身庭上，因余东来被捕，旁听席来了许多业主和媒体，尤嘉坐在人群中，视线从始至终紧紧跟随着他。

这是她第一次在庭审现场亲眼见到叶敬辞工作时的样子，他的普通话非常标准，字字清晰，连抑扬顿挫都像是反复彩排过的，让人无端地信服。他的声音也好听，一开口就吸引了全场人的注意力，举证有理有据，主次分明，让被告律师无话可说。

年前警方正式逮捕了余东来，当时有警察来家里了解情况，尤嘉这才知道原来当年父亲的真正死因并非酒驾，而是刹车失灵，余东来就是幕后主使。除了尤诚，他手里还有其他命案，如今这些尘封的旧案纷纷浮现出水面，成为依法判决余东来的证据。

新闻频道针对余东来做了一期特别节目，看见余铭涵作为家属出现在记者采访的镜头前，尤嘉惊诧不已。

她记得余铭涵告诉过她，他从小和妈妈一起生活，没有父亲，原来事实并非如此。

后来她又查了许多关于余铭涵的事，那时正值春节放假，叶敬辞身上还有伤需要按时换药，王美兰和陈青在电话里商量，一致决定让她住进叶家，方便照顾叶敬辞的饮食起居，陈阿姨把叶敬辞房间旁边的客房收拾出来，尤嘉晚上睡不着，坐在电脑前搜索关于余东来和余铭涵的报道，被偷偷抱着被子溜进来想要和她一起睡的叶敬辞逮了个正着。

看见搜索栏里余铭涵的名字，叶敬辞气呼呼地把被子扔在床上，尤嘉听见声音才注意到他站在自己身后。

怕他生气，她做贼心虚地合上电脑。叶敬辞坐在床边，目不转睛地盯着她，分明在说"我吃醋了，快来哄我"。

她敢作敢当，坦白说："我看见新闻了，有报道说，那天晚上我们能够得救是因为余铭涵，所以我……"

叶敬辞明白了。

这事他自始至终都没告诉她，难怪她好奇心作祟去网上查消息，其实他并非故意隐瞒，只是那天在救护车上，是余铭涵提出让他保密，他才没说。

房间里只开着一盏暖黄的台灯，叶敬辞把被子铺好，拍了拍身边的空位示意她过来，尤嘉赤脚走过去，掀开被子躺进他怀里。这段时间他

一直在外敷药物,身上散发着淡淡的药香。

他说:"我给你讲个故事吧。"

叶敬辞讲的故事里有一个小男孩,还有一个小女孩,男孩单纯地喜欢女孩,却因为父亲的阻碍,没能向女孩告白,男孩害怕父亲做出伤害女孩的事,一边以朋友的身份陪在她身边,一边假装吃喝玩乐不停地换女友让父亲安心。就这样,女孩误以为男孩朝三暮四,是天生的浪子,终于与男孩利落绝交,男孩也在失去她之后回到了自己的世界,成为父亲的傀儡帮手,可是,他始终没有忘记是生父害死母亲,这么多年,他蛰伏在生父身边,就是为了有朝一日能够亲手把生父送进监狱。这一天总算到了,他也终于拥有了主宰人生的权利,可是时间无法倒流,女孩已经有了爱人,他再舍不得,也只能祝她幸福。

听完这个故事,尤嘉久久无言。她知道故事中的主角是谁,记忆碎片像拼图一样,组成一帧帧清晰的画面,她站在时间的崖边回望,好像在看别人的故事。她为年少时的自己唏嘘不已,也为误会了余铭涵这么多年感到自责。

"我好像错怪他了。"

"他说不怪你,是他没勇气向你坦白。"

"他还和你说什么了?"

"他还说,希望我们幸福。"

"你们聊得还不少。"

"毕竟经此一役,我和余铭涵也算是战友了,听说他想篡位好久了,但余东来金盆洗手多年,他一直没找到动手的机会,这次的契机可以说千载难逢。而且,他也喜欢你,既然我们看女人的品位都这么优秀,总要惺惺相惜。"

惺惺相惜还可以这么用?

年关将至,腊月二十九,叶敬辞陪尤嘉和王美兰去了城西墓地,那天天气晴好,一路碧空如洗,市里禁燃烟花爆竹,车开到郊区却是另一番光景,到处都是鞭炮声,年味浓郁,直至到了墓地又恢复了岑寂。

尤诚死后尤嘉很少来看他,"父亲"于她而言是敏感词。她对他的感情爱恨交织,每次到父亲节想起他,浮现在脑海的都是他酒后和妈妈吵架的样子。他是火暴脾气,急性子,为人仗义,对朋友极好,反而对家里人经常骂骂咧咧，可是如果真让她回忆尤诚对她好的事，她也能想出几件。

她小时候每次打疫苗都又哭又闹，他为了哄她乖乖伸胳膊配合护士，总是会买旺仔牛奶贿赂她；她念小学时，上学路上总会经过一家饭店，店门口拴着一只凶猛的大狼狗，看见人就咬，她很害怕，回家吃饭时和爸妈说了一次，他听进了心里，没几天就给她买了人生中第一辆自行车；初中时她爸妈的感情已经很坏了，妈妈被他气回娘家，她高烧三十九摄氏度，听见有其他女人给他打电话约他出去跳舞，他没好气地说，我女儿病了谁有心思和你出去，"啪"一声就把电话挂了，然后背着她去了医院……

她有时候觉得，或许是他这个父亲做得太差了，所以那些对其他人来说司空见惯的普通小事，于她而言都是铭记于心的温暖，她总能记得格外清晰。

即便如此，大多数时间她心里还是恨他的，觉得他愧对母亲，死后还给她们母女留下那么大一笔伤者的赔款要还，逼得母亲不得不卖房子。

而现在，她再次站在他的墓前，心底的恨意却所剩无几，更多的是释怀。他或许不是一个好丈夫、好父亲，但他发现填土不合规，想到的第一件事是向有关部门举报，作为女儿，在这件事上，她为他骄傲。

尤嘉记得那天墓地除了他们，还有其他人来祭祖，母亲带了父亲生前最爱喝的白酒，清扫了碑前的树杈和烟头，把酒瓶打开，倒在了他的坟前。

庭审结束，尤嘉跟随人群陆续离场。

来旁听的业主中有不少和她年纪相仿的年轻女性，她们被叶敬辞出色的辩护表现吸引，离场后把业主代表张哥团团围住，向张哥打听叶敬辞是哪户的业主。

尤嘉最后一个出来，看见张哥被人围得水泄不通，不禁失笑。

叶敬辞还真是到哪里都讨人喜欢。

她瞥了一眼热闹的人群，绕开他们向停车场走去。

之前她和叶敬辞受伤住院，因她伤势较轻，比他先出院，后来她回了一趟北城，和曼姐说明了家中情况请好了假，又回家把留守的胜诉带

回了安平。因为高铁上不允许带宠物，她就开叶敬辞的车回来了。正好他负伤在身，这段时间出行都是她自告奋勇担任司机，现在开他的车已经开顺手了。

眼下的时节早就立春了，停车场附近有一排杏花初绽花苞，尤嘉坐在驾驶座听着电台里的节目等叶敬辞，蓦然回头看见他本人姗姗来迟。

法院门前有一条很长的台阶，他逐级而下，脚步巧合地踩中了英文歌的旋律，她背靠座椅看他走T台般向她而来，一双长腿赏心悦目。

行至一半，他却忽然被人拦住了。

与此同时，叶敬辞也茫然抬头，蹙眉看向眼前的陌生人："你好，有什么事吗？"

女生脸颊绯红，鼓起勇气说："叶律师，我有一个朋友想认识你。"

身为律师，叶敬辞向来不放过任何获得案源的机会，也一向对陌生人绅士有礼。他彬彬有礼地问："你朋友找我干什么？是想离婚还是争夺房产？"

对方哑然："都不是。"

"那是？"

"她就是想知道……想知道你有没有女朋友。"

叶敬辞听懂了，这不是案源，这是搭讪。

他笑着伸手，让姑娘看他身后。不远处的停车场，尤嘉正坐在车里向他们这边看过来。

她前段时间刚染了新发色，很适合春天，有风拂过，吹落如雪杏花，花瓣打着旋飘进车窗，被她捡起一片放在鼻间轻嗅。

叶敬辞收回视线，从公文包里拿出一只红丝绒方盒，对女生说："看见那个女孩子了吗？我准备向她求婚了。"

两个月后，盛景华庭业主维权案胜诉，东来集团没有上诉，最终如数赔偿业主损失并着手土地修复工作。

尤嘉选择了解除购房合同，很快就用赔款另购了一套新房，新房交付时是精装修，只需要把以前的家电搬过去即可，等到王美兰正式入住新家已经是夏天了，这件事总算是尘埃落定。

端午节小长假，尤嘉和叶敬辞回安平帮妈妈搬家，他们虽然叫了搬家公司帮忙，但具体到如何归置还是要靠自己，三个人从早忙到晚才把家里收拾得差不多。

尤嘉原以为累了一天，之后两天能够好好休息，谁知第二天早晨八点多就被妈妈的吸尘器吵醒了。

尤嘉捂着耳朵惊坐而起，可怜兮兮地恳求妈妈让她多睡一会儿，王美兰二话不说就把她从床上拉起来："睡什么睡，别睡了，小叶在客厅等你好久了，你们不是预约了今天去拍婚纱照吗？"

"哎呀我不去，我想睡觉……不是！等一下！"尤嘉忽然清醒了，瞪大了眼睛问，"什么婚纱照？这事我怎么不知道？！"

直到她浑浑噩噩地坐上叶敬辞的车，她都觉得自己在做梦。

叶敬辞把车开到安平一中，早有摄影团队的房车等在校门口，学校放假了，因为他提前联系了教导处主任，门卫大爷才破例放他们进来。

这家摄影工作室在微博上很有名，店主是一对夫妻，女生是旅游博主，男生是摄影师，他们的日常就是在世界各地旅行，顺便接各地客人的婚纱旅拍，这辆房车就是他们的家，车上各式婚纱应有尽有。

尤嘉化好妆去试衣间试衣服，她站在镜前觉得实在不可思议，她怎么突然就穿上婚纱了呢？她在试衣间犹豫不决，最后对着镜子拍照，把心仪的三件试穿效果发给季萤做参谋。

尤嘉："哪件适合拍婚纱照？"

萤萤："我离开的这段时间错过了什么？你和叶敬辞要结婚了？"

尤嘉："拍婚纱照而已。"

萤萤："那不就是要结婚了！"

尤嘉："请回答问题，第几件好看？"

萤萤："第二件！一字领露出性感锁骨，心机蕾丝镂空设计高贵优雅，还有你这身材不穿鱼尾裙简直是浪费。"

尤嘉看了看身上这件鱼尾款婚纱，觉得季萤说得很有道理，她正准备离开试衣间，季萤又发来一条信息。

萤萤："你们订的哪家婚纱摄影工作室？出片了记得发我参考一下！"

尤嘉本能地打出"好"，仔细琢磨感觉不对劲。

尤嘉："你连男朋友都没有参考什么？"

季萤回了她一个"害羞"的表情包。

　　萤萤："忘了告诉你，我脱单了，嘻嘻。"

　　尤嘉："应该换我问，你离开这段时间我错过了什么吧？！"

　　她立刻给季萤拨了电话过去，一番审问得知季萤的男朋友就是去年趁她们不在家，闯进家里一通翻箱倒柜的罪魁祸首。尤嘉听了只觉得迷惑，还想八卦更多，却听见有人敲试衣间的门。

　　叶敬辞看她换了太久衣服，还以为她后悔了想临阵脱逃，特派化妆师来问她好了没有，尤嘉只好放弃八卦暂时挂了电话。

　　化妆师小姐姐看她挑好了衣服，上前帮她戴好头纱，然后把她领到鞋柜挑高跟鞋。尤嘉一眼看去，发现陈列在眼前的鞋子都是她喜欢的款式，她拿下来随便试了几双，发现每一双都出奇地合适，走起路来也很舒服。

　　她笑着说："你们家的鞋子都好合脚哦。"

　　化妆师小姐姐笑而不语，看她选了一双白色镶钻的水晶鞋，贴心地扶她下了车。尤嘉平时很少穿高跟鞋，待房车车门打开，她一心专注脚下，生怕不慎崴脚，这时校广播突然响起，校园里回荡起令她感到熟悉的旋律，她忽然想起来了，这是电影《时空恋旅人》的主题曲 *The Luckiest*（《最幸运的》）。

　　她最喜欢的电影就是这部，喜欢蒂姆和玛丽的那场婚礼，大雨倾盆而下，所有人都被淋得浑身湿透，拥有穿越时空能力、可以改变这一切的蒂姆询问妻子，想不想选一个好一点的天气举行婚礼，玛丽笑着摇摇头，说："不，完全不想。"

　　哪怕一场大雨把婚礼搅得一团糟，却也是她独一无二的婚礼。

　　她穿着红裙子，和心爱的人手牵手在雨中狂奔，这样有趣的时刻，无须重来。

　　后来她和叶敬辞一起把电影重温了一遍，她恍然发现电影中男女主人公的职业恰好和他们一样。她抬头问叶敬辞，如果再给他一次机会，他是否愿意在十年前那个漆黑的冬夜，选择说出他真正的名字，让他们早一点相识，这样或许不必等到若干年后才相爱，叶敬辞听完竟然也笑着摇了摇头。

　　他说："有时候相遇不必太早，在对的时间相爱或许更容易白头偕老。"

　　而此时，尤嘉环顾四周，在她上车换衣服的短暂时间里，红砖教学楼前的空地上铺满了灿如艳阳的香槟玫瑰。

她有些恍惚，视线跟随玫瑰的影踪一直延伸到了教学楼门前的合欢树下，看见了西装笔挺、风度翩翩、捧花而立的叶敬辞。他站在斑驳的树影里，头顶洒落的阳光像细碎的钻，把他的眉眼修饰得如梦似幻。

尤嘉提起裙角，穿过花海，一路向他走去，直到停在他的面前，还觉得一切美好得近乎不真实。

她此生拥有的所有与这一刻相比，都显得那么平平无奇。

"你什么时候准备的？"

"不是说好了会给你个惊喜吗？"叶敬辞骄傲地扬起嘴角，把手里的捧花献给她。

捧花是由向日葵和尤加利叶组成的，尤嘉拿在手里就好像邀请了夏天来做他们爱情的见证者。

当她以为已经接收到了全部惊喜时，叶敬辞又突然单膝跪地，拿出一只红丝绒戒指盒，她看着他掀开盒盖，凹槽里躺着一枚低调素雅的戒指，形状宛如绕了一圈的尤加利叶枝条，连钻石也打磨成了叶片的形状，设计它的人真是别具匠心。

"你愿意嫁给我吗？"叶敬辞真诚地问。

尤嘉不知道为什么，视线莫名地有些模糊。合欢树浓郁成荫，阳光透过树叶的缝隙落在钻石身上，将本就璀璨耀眼的珠宝折射得更加夺目。

尤嘉笑着点点头，轻轻地"嗯"了一声，还未等她郑重地说出"我愿意"，叶敬辞已经把钻戒拿出来套上了她的无名指。

看他急不可待地把她套牢，她笑着说："这么浪漫也不知道是跟谁学的。"

叶敬辞起身，上前一步，拥她入怀。她只觉得身体绵软，脚下也像漫步云端，忽而听见他在耳边说："我所有的浪漫天赋，都来源于你。"

不远处有闪光灯闪烁，摄影师不知道什么时候出现，已经开始工作了，原来，他把叶敬辞求婚的始末从头到尾用相机记录了下来。

后来他们又去操场和教室取了景，等拍到图书馆已经是傍晚了。

夕阳的余晖从窗外照射进来，摄影师让他们趁光线正好自由发挥几个动作，尤嘉早就想扯叶敬辞的领带了，可是没等她先出手，叶敬辞已

经抢先一步把她抱上了窗边的桌子，低头俯身，吻住了她的唇。

那轮如火红日恰好从两人身体间的空隙映射而出，摄影师迅速抓拍到了这一幕。

一个月后，已经领了结婚证的尤嘉和叶敬辞在北城家里，收到了摄影师发来的云盘链接，里面是婚纱照的全部底片和精修。

尤嘉浏览后决定用夕阳下的那张接吻照，做她和叶敬辞的微信聊天背景，她下载了高清原图，剪裁好尺寸，正准备设置，忽然发现叶敬辞的头像也是被夕阳笼罩的安平一中图书馆。

她之前点开看过一次，依稀辨认出有人坐在落日余晖的窗边，不过只有一个模糊的轮廓。

那时她以为照片里的人是叶敬辞，这次仔细看却发现不对劲，照片里的人身上的校服是安平一中的女生款。

他们学校的校服一直分男女款，只是差别细微，乍眼看去并无不同，最为明显的是女生袖口有一条红杠，而男生没有。

尤嘉好像发现了什么不得了的事，举起手机让一旁的叶敬辞看清楚。

他不明所以："看什么？"

"你就没觉得哪里不对劲？"

"哪里不对劲？"

尤嘉无奈，只好把证据指给他看："她是谁？为什么你的头像是一个女生？"

经她提醒，叶敬辞恍然大悟。看她吃醋的样子，他有些哭笑不得。

"你笑什么？"

叶敬辞没有马上回答，而是打开自己的手机，找到了那张头像的原图，稍微用修图软件调整了亮度和对比度，隐匿在光影中的人物轮廓突然就清晰了起来。

那是十八岁的他偷偷拍下的照片，那时的他不懂何为喜欢，却已经体会到了什么叫怦然心动。

他自信、笃定，再难的附加题对他来说都是小菜一碟，他读名著，喜欢史书里的故事，擅长引经据典，辩论时总能精准地攻破对方的命脉，饶是如此，面对心动的女孩，他却小心翼翼，无计可施。

很多年后，当他后知后觉地意识到十八岁的怦然心动就是喜欢，他已经在另一座没有她的城市开始了新的生活。

他从小就和同龄人不一样，不喜欢玩游戏，也不喜欢体育运动，只喜欢去博物馆和图书馆，大学时他一如既往，宿舍的哥们儿都谈恋爱了，他还是孑然一人。

不是对爱情没有向往，而是有了唯一的向往，看谁都索然无味。

而如今，年少时唯一的向往已经变成了他法定的伴侣，如果有人问他此生还有什么愿望，他可以毫不犹豫地说一句："别无所求了。"

他把调好的照片递给尤嘉，待她看清楚照片里的人是自己，时间仿佛静止，醋意未消的她霎时哑口无言。

叶敬辞温柔地把她拉入怀里，似笑非笑地问："老婆，和自己吃醋，很好玩吗？"

（全文完）

番外一
好好相爱

领证后的第一个情人节，尤嘉想送叶先生一件礼物，可是给他挑选礼物实在太难了。

打火机？他不抽烟，用不到。游戏机？他不玩，买了也是扔角落里落灰。剃须刀？他用手动款，只认一个牌子，不轻易换。领带？腰带？香水？她去衣帽间视察了一圈，觉得这些礼物实在没什么新意。

她想来想去，看见关注的网红推荐了某个品牌的新年转运珠手链，黑色细链配一颗生肖金珠，款式简约大气，寓意不错，日常佩戴也合适，正当她准备下单时，叶先生忽然神出鬼没地出现，抢走了她的手机。

"不准买。"

"不喜欢？"

"不是。"叶敬辞盯住她的眼睛，一本正经地说，"自从把你追到手，我就觉得自己运气特别好，有你在身边，这辈子都不需要转运。"

（2）

晚上，尤嘉挂断了和妈妈的视频，抬腿踹了一脚坐在沙发角落里的叶敬辞，发出灵魂拷问："我妈说我一点也不温柔，说你性格温和，让我多向你学习，你觉得呢？"

叶敬辞求生欲很强："没有，你特别温柔。"

尤嘉不信他的鬼话："真的？是心里话？"

"嗯……"叶敬辞承认，"是被人拿武器逼迫不得不说的心里话。"

尤嘉默默举起拳头，微笑脸："被谁逼迫的呀？"

叶敬辞坐姿乖巧："丘比特。"

尤嘉伸出去的拳头临时刹车，在叶敬辞头上轻轻抚摸了一把。

"嗯，很好。"

（3）

每年六月毕业季，叶敬辞都会去参加研究生导师组织的聚会，除了应届毕业生，已经毕业的师兄师姐，还有正在读研的师弟师妹都会参加。

这样的场合难免觥筹交错，尤嘉都大大方方地推辞了，为了不扫大家的兴，她主动提议以唱歌的方式自罚。

一首歌唱完，叶敬辞读研期间的室友们围过来叙旧，难得聚会，大家都喝了不少，七嘴八舌地向尤嘉爆料叶敬辞在学校的旧事。

"以前有女生追敬辞，他每次都以自己有女朋友为借口拒绝了。"

"对对对，我们都不信，他哪有什么女朋友，一天到晚泡在图书馆，我们就让他提供有女朋友的证据。"

"谁知道他真的给了我们一个女生的名字，把对方的学校、专业都说得一清二楚，搞得大家不得不信。"

"今天见到了嫂子，这事终于有答案了，叶哥没撒谎，媳妇还真叫尤嘉，哎，我说，嫂子你俩以前谈恋爱够低调的，都没见你来学校找过他。"

聚会结束，叶敬辞因为和导师喝了不少酒，乖乖坐在副驾驶座上让尤嘉开车。

他难得酒醉，尤嘉趁机套话："你以前干吗拿我当挡箭牌？"

叶敬辞不上她的当："不告诉你。"

"喊，你不说我也知道。"

"你不知道。"叶敬辞突然坐起来，微醺地说，"你知道我潜意识里想的是什么吗？"

尤嘉摇头。

喝多了的叶敬辞一字一顿地说："那时候的我，始终坚信，未来某一天，还能和你有故事。"

尤嘉忽然无言，感觉整颗心被他的爱意包裹。她偏头看他，为能拥有这样美好又执着的少年感到万分荣幸。

（4）

周日车牌限号，尤嘉和叶敬辞坐地铁去附近影院看电影，整个车厢

很安静，显得身旁两个女生的说话声异常清晰。

"我特别喜欢处女座的男生。"

"我也是我也是，感觉特别有魅力。"

"在外理智严谨，回家色气冲天，又禁欲又性感，真的绝了。"

叶敬辞就是典型的处女座，理性客观、逻辑缜密、一丝不苟、可欲可萌。

她们说的，全中。尤嘉忍不住拿眼睛瞄他，发现他也在笑眯眯地看着自己。

她心想：这人肯定骄傲了。

下车后，她问叶敬辞："听到别人夸自己，你是不是特别开心呀？"

叶敬辞却一脸茫然："什么？"

看他不像故意装傻，尤嘉只好把在地铁上听到的对话重复了一遍。

"她们就站在我们旁边，声音很大的，你没听到？"

"没有。"叶敬辞摇了摇头，特别认真又无辜地说，"我的注意力全都在你身上，她们说了什么我怎么知道？"

尤嘉忍俊不禁。这是什么神仙男人？也太会说话了吧！

（5）

寒冬腊月，听说沈放和江晚吟正在闹第四次离婚，如今江晚吟已经搬到了沈放的住处，两人吵架把家具砸得稀烂，叶敬辞闻讯赶去救人，等把沈放安全救出，路上看见有老大爷在路边卖冰糖葫芦，就下车给老婆买了一串。

他还要开车，上了车顺手就把冰糖葫芦递给了沈放，让他拿着。

沈放看见糖葫芦还以为是叶敬辞给他的慰问品，张嘴就要吃，被叶敬辞拦住："让你拿着，没让你吃。"

等他们到家，无家可归的沈放自觉地去客房借宿，半夜想去洗手间，出来恰好看见叶敬辞和尤嘉两人坐在沙发上看电影，然后你一口我一口地吃着糖葫芦。

叶敬辞忽然低头亲了一下尤嘉，山楂的酸甜在她齿间漾开，她成功地被勾引，翻身跨坐在他腿上……

沈放默默捂住了眼睛，连洗手间也不去了，折身回了客房。

同样都是结婚，怎么差距就这么大呢？

（6）

和叶敬辞结婚后，尤嘉越来越觉得自己像个小孩子，甚至比小孩子还要幼稚，以前逛超市徒手拎五六个袋子小菜一碟，现在拧瓶盖都费劲，简直就是个小废物。

她问叶敬辞："你说，我是不是你最喜欢的小可爱？"

叶敬辞审慎思考后，不怕死地说："不是。"

"嗯？"她对这个答案不满意，"你再说一遍？"

叶先生小课堂在线答疑解惑："从小英语老师就告诉我们，三方或三方以上放在一起比较时才能用'最高级'。没有人能和你放在一起比较，所以没有'最'。"

他说到这里停下来，凝视着尤嘉的眼睛，郑重其事地说："应该是我只喜欢你这个小可爱。"

好像有什么东西轻轻撞了一下尤嘉的心脏，她听见"扑通扑通"的心跳。

哦，是心脏发出的红牌警告。叶敬辞，你的甜度超标了！

（7）

又到了每年去医院复查肝功能的日子，叶敬辞特地陪尤嘉去医院抽血，检查结果出来一切正常。她又剪了第二段关于乙携的视频发在了小号上，同时也分享了这一年的生活变化，当关注她的网友得知她和男朋友已经结婚了，大家都在评论里送上了美好的祝福。

其实她原本是想通过大号把这段视频发出来的，她希望有一天她可以光明正大地向所有人坦言自己是乙携的事实，而不害怕被任何人侧目，可是如今的她还没有做好被同事背地里讨论的准备。

第二段视频发出后，越来越多的粉丝给她留言。

有人看了她的视频才有勇气和喜欢自己的男孩子坦白，现在他们已经在一起了；有人以前对乙肝心存偏见，知道同学是乙携总是刻意疏远她，怕被传染，看了视频才发现是自己无知；还有人因为乙携而自卑，看了她的视频变得越来越开朗，越来越不畏流言……

看完留言，尤嘉忽然有了想好好维护这个小号的念头，让这个平台变成同类交流与沟通的桥梁。

其实她心里一直有一个愿景。她希望，有一天这个世界不再有偏见。无论是贫穷还是不婚主义，抑或是残障人士、HIV（艾滋病病毒）患者、乙携……每个不侵犯他人利益、不违背道德的群体都能抬头挺胸地走在大街上，再也不必隐藏真实的自己。

（8）

领证一周年纪念日，正值暑假，叶敬辞租下了安平一中的学校食堂，在这里和尤嘉举行了一场主题婚礼。食堂布局是叶敬辞托朋友设计的，喜帖是他和尤嘉一起写的，其中有一条赴宴须知，告知大家出席请尽量穿白色礼服，婚礼结束会安排主题大合影。

无论长辈还是好友，大家都很配合，只是没想到江晚吟也来了，沈放之前问她要不要一起来，她分明拒绝了，如今看她突然到场，还穿了一条红裙，整个人两眼一黑。

尤嘉倒没和她一般见识，提前交代了修图师，把江晚吟从大合影上处理掉了。

她和叶敬辞领证当年没休婚假，现在休假时效已过，她本打算把蜜月旅行往后放一放，谁知道叶敬辞偷偷帮她请好了年假，早就订好了去川西的机票。

飞机起飞时，舷窗外艳阳高照，尤嘉转头问叶敬辞："你怎么知道我想去川西？我计划了好久，一直没去成。"

叶敬辞笑容宠溺："你忘了，之前你说过的。"

他这么说，她才记得很早以前确实说过，只是没想到这种细枝末节的事他也会记得。

看她发呆，叶敬辞猜到她在想什么，捏了捏她的脸："因为爱你，所以你说的每句话，我都记得。"

（9）

度蜜月回来，尤嘉在家收拾行李，无意中发现了叶敬辞存放个人资料的文件夹，里面都是他的各种成绩单和律师资格证。

原来他当年司法考试成绩是四百六十分。

她不太理解这个分数的概念，去网上搜了一下，肃然起敬。

她拿着成绩单激动地喊叶敬辞"大神"，他本人却觉得"大神"这个名号受之有愧，摆手说："愧不敢当。"

他说："大神都是高度自律者，按照我现在的自控力，去参加考试说不定连三百分都拿不到。"

"怎么会？！"尤嘉觉得他自谦得过分了。

叶敬辞低头，看她穿着他的商务白衬衫，衣摆堪堪遮住大腿，喉结微动，突然把她抱起来放到床上。

他的鼻尖轻轻抵着她的，一边熟练地解她胸前的纽扣，一边在她耳边低语："怎么不会？你每天穿成这样在我面前晃来晃去，你觉得我还有自控力专心复习吗？"

（10）

叶敬辞的生日是九月九日，之前总是出差，尤嘉一直没能为他庆生，今年难得在家，她提前订好了蛋糕，还准备了礼物。

礼物是一只长条形状的盒子，叶敬辞还以为是钢笔，打开却发现不是。

他是第一次看见这东西，并不知道两道杠代表什么，只能茫然地问老婆："这是什么意思？"

尤嘉没说话，神秘兮兮地拿出医院开具的化验单，让他看个明白，叶敬辞却在读完医疗诊断后，感觉自己的大脑不够用了。

"双胞胎？"他难以置信。

尤嘉笑盈盈地看着他，一只手攥拳，假装是麦克风，放在他的嘴边："叶先生，请问你现在是什么心情？"

叶敬辞一时词穷，想了三秒钟，感叹："我也太厉害了吧。"

尤嘉愕然。

喂，不应该是夸我吗？！

周五晚上，尤嘉下班后去参加同学聚会。

很多高中同学后来都来北城发展了，她以往很少参加这种活动，因为季萤和晓善都不在，她跟其他人也没有多熟，怕尴尬。今年不一样，班长即将举家搬往南方定居，这场同学会也是送别会。

下班后，尤嘉给王美兰打电话，让她帮忙去幼儿园接女儿星星和闪闪回家，而后叫了网约车赶往餐厅。

夜里十一点，聚会接近尾声。

有人起身敬酒，看见尤嘉整晚喝的都是橙汁，不满地说："尤嘉，你不给我面子啊，满上满上。"

"不好意思，我备孕。"

"你不是有两个女儿了吗？还生啊？"

"嗯。"

心里想的却是，还不是为了躲酒。这个借口，百试百灵。

那人不满地撇了撇嘴，看尤嘉的眼神多了几分嘲弄："今天聚会不是可以带家属吗？叶敬辞怎么没来？"

尤嘉笑："他公司有事。"

那人明显不信，放下酒杯凑过来，对尤嘉神秘兮兮地说："跟你说件事，前阵子我在万泰好景的售楼处看见叶敬辞了，他身边还有个女的，年轻漂亮，后来我问了售楼处的工作人员，他在那儿买了套房子。"

尤嘉愣了一下，抬头看向说话的人。他叫张元，是当年班里的学霸，每次排名都是第一，可是把成绩拿到年级上就完蛋了，叶敬辞每次都能甩他三十多分，他当然不服气，有一次非说是老师批错了试卷。

男人看尤嘉一脸惊讶，还在火上浇油："呀，这事你不知道吗？万泰好景的房子虽然地段偏，但也不便宜，听说一期都是大户型，一套下来没有六七百万下不来吧。"

他的声音太大了，很快招来其他人的目光。

当初尤嘉和叶敬辞结婚时，他的朋友圈很快被人截图传了出去，没几天季莹给她打来电话，咋咋呼呼地说："嘉嘉，你知道吗？咱们那届的八卦群里都在讨论你和叶敬辞结婚的事！"

"什么八卦群？"

"这不重要！重要的是，他们说你未婚先孕！"

尤嘉这才知道，在其他校友眼里，叶敬辞是风靡一时的天之骄子，而她，只是一个叫不上名的普通同学。虽然现在她在知名出版公司做编辑，但在外行人眼里，这份职业的前途仍然赶不上叶敬辞一分一毫。

反正在他们眼里，她就是一个用手段才把叶敬辞拐骗到手的人，这事越传越离谱，后来她也懒得解释了。

此时，周围人听见叶敬辞背着尤嘉带别的女人买房，纷纷凑过来，七嘴八舌。

"张元，你别不是看错了吧？"

"这话没有证据可不能瞎说，叶敬辞不是那种人。"

"尤嘉，你别听他胡说八道，这事你回去好好问问，别有什么误会。"

大家嘴上这么劝，尤嘉却看出来了，这帮人是看热闹不嫌事大。

她笑了笑，没说话，觉得这顿饭吃得差不多了，拿起手机看了眼时间，说："不早了，我先走了。"

有人问她怎么走，她说叫了车，大家又是一副欲言又止的样子，好像在说：叶敬辞怎么也不来接你？

她无视那些意味深长的眼神，径直离开包厢，走到饭店门口，看见一辆黑色轿车刚好停在路边，她认出车型，快步走过去，拉开副驾驶座车门坐了进去。

车里一阵清洌的柠檬香，是叶敬辞最近新买的车载香薰味道。

尤嘉刚坐好，还没系安全带，他就凑了过来，像小哈巴狗似的，在她身前闻了又闻。

尤嘉失笑，推开他的脑袋："你干什么？"

"确认你喝没喝酒。"叶敬辞重新坐好，正准备启动车子，发觉尤嘉一眨不眨地看着他，于是停下动作问，"你看什么？"

他摸了摸脸，又抬头看了眼内视镜。

尤嘉还是不说话，只是眼底打量的意味又深了几分。

叶敬辞被她看得浑身发毛，想了半晌，弱弱地问："下午公司开会，我真走不开，这才让你找咱妈帮忙接孩子，你别不是因为这件事生气吧？这个月有二十天都是我接她们放学，你坦白说，我这个爸爸做得还算及格吧？"

看他一脸无辜的样子，尤嘉终于绷不住笑出声："我又没说你什么。"

"那你看我干什么？"

"没什么啊。"尤嘉摊手，"拿来。"

"什么？"

"别装蒜。"尤嘉说，"我同学说在万泰好景看见你买了套房子。"

闻言，叶敬辞才算明白到底怎么回事。

自知逃不过，他摸了摸额角，掏出手机，调出一个文件递给她。

尤嘉接过来，看到那是一份电子购房合同。房子位于万泰好景一期，是五居两卫两厅户型。尤嘉又看了眼详细门牌号，六号楼二单元1209，正是她前段时间看中的那套。

她把手机还给他："这么贵的房子我同意了吗，你就买？"

"我看你喜欢嘛。"叶敬辞握住她的手，"而且女儿一天天长大，她们以后也需要自己的房间。咱妈年纪大了，偶尔想你的时候来咱家小住，总不好一直让她睡那个小房间，女儿还得跟咱俩挤一张床。"

尤嘉看了他一眼，无可奈何地叹了口气："那你就瞒着我私自去买房？"

"也不算瞒你吧，上次咱们不是一起去看过房嘛，是你嫌贵才没买的。但我后来想了想，这个价格如果把咱们现在住的房子卖掉，其实也还好，就算后面有贷款，压力也不大。所以我让置业顾问又带我过去看了一次，你喜欢的户型没剩几套了，我就先交了定金，这不是想等结婚纪念日的时候给你一个惊喜嘛。咱家现在住的房子，确实小了点，你觉得呢？"

经他提醒，尤嘉才想起来马上就是结婚纪念日了。她看了叶敬辞一眼，回想方才在饭局上同学们的七嘴八舌，也不知道他们如果知道叶敬辞没出轨会不会失望。

事已至此，她也没再说什么，只是问："什么时候交房？"

"合同上写的是十月。"

她又忍不住叹气："到时候装修也是一笔大数字。"

叶敬辞看她杞人忧天的样子，忍俊不禁："别想那么多了，房子都买了还差装修的钱啊。"他好像想到什么，忽然摊开手，伸到她面前，"我的纪念日礼物呢？"

尤嘉在他的掌心用力拍了一下："没有。"

"也好。"叶敬辞倒是一点也不气，笑吟吟地收回手，"那就欠着，等我回头找你要。"

尤嘉失笑，这人的脸皮还真是越来越厚。

可是结婚纪念日当晚，她就笑不出来了。

叶敬辞这人诡计多端，竟然把星星和闪闪送回了安平奶奶家，尤嘉被他压在床上，整个人沉下去，抬头看到正在单手解衬衫衣扣的男人，下意识地就想把他推开。

叶敬辞一把扣住她的手腕："你欠的纪念日礼物，今晚可以补给我了。"

"你……"

尤嘉还没说话，电话铃响了。

她的手机在包里，而包早在进卧室的时候就被叶敬辞扔在了地上。

铃声响个不停，叶敬辞实在嫌吵，只好起身走过去，把包捡起来，翻出手机，滑了接听。

"您好，请问是尤小姐吗？我是张先生推荐的离婚律师。"

叶敬辞皱眉："什么离婚律师？"

对方一愣："这不是尤嘉小姐的电话吗？"

"是。"叶敬辞看了一眼床上的人，"她现在没空，我是她老公。"

"啊？"对方有些慌张，忙说，"那我一会儿再打过来吧。"

挂了电话，叶敬辞走到床边："怎么回事？"

尤嘉躺在那儿，看他脸黑如炭，莫名地想笑："我有个同学，不是看见你带置业顾问去买房嘛，以为你出轨了，给我推荐了一个离婚律师，我说不用，但他还是把我的电话给了律师。"

叶敬辞站在原地思忖片刻："哪个同学？这么八卦。"

　　尤嘉不想他因为这种事不开心，朝他勾勾手指，等他凑近，双手搂住他的脖子，吻在了他的唇上。

　　几天后，尤嘉正在上班，突然接到季莹的电话。

　　"嘉嘉，嘉嘉，嘉嘉！"

　　"好好说话，不知道的以为你是复读机呢。"

　　"重磅消息！"季莹兴奋地说，"叶敬辞竟然进了安平一中的八卦群！！"

　　"啊？"

　　"他还在群里找了张元，澄清了和你婚变的谣言！哇，那场面，劲爆啊！"

　　尤嘉一脸问号。

番外三
百依百顺 ♪

　　新房终于交了钥匙，验房那天，尤嘉在客厅放了个三脚架，决定把装修过程录下来，制作成装修Vlog（视频日志）。

　　Vlog更新第一期的时候，评论区都是追着问装修品牌的；更新到第五期的时候，都是追着问好物链接的；更新到第十五期的时候，就变成追问她和男主人的恋爱故事了。

　　新房装修的整个过程，叶敬辞都有参与，他在Vlog里的出镜画面，不是踩着梯子安装灯泡，就是帮工人抬家具，本来房子装修好是要请人来做开荒保洁的，他嫌保洁做得不彻底，又系着围裙亲自打扫了一遍。

　　视频里，他虽然全程没露脸，但不妨碍网友夸他帅。

　　于是尤嘉就专门录了一期视频，决定好好回答一下网友提出的问题。

　　周末，两个人坐在三脚架前。

　　尤嘉低头看手机备忘录上整理的问题："第一个问题，你们是怎么认识的？"她放下手机，对着镜头先说了自己的答案，"我们高中在一个学校，我记得高一开学典礼，他是新生代表，上台发言的时候班里同学都在讨论他长得帅，再后来就是期末考试，看到他是年级第一名。不过我们不是一个班的，高中的时候也没说过话。"

　　她说完转头看叶敬辞。

　　他戴着口罩，眼睛却是笑眯眯的样子。

　　尤嘉问："你笑什么？"

　　叶敬辞没回答，他看向镜头，说出自己的答案："我也是高一认识她的。"

　　尤嘉愣了一下，不可思议地看向他："你不是说高三搬到我家楼下才……"

"可是在那之前我就知道你了。"叶敬辞笑意盎然地看着她，"是在高一运动会上，当时你晕倒了，你还记得吗？"

尤嘉点了点头。

"是我把你送到医务室的。"

尤嘉看着他，过了一会儿才确定他不是在开玩笑。她隐约记得那天的情形，自己本来就不擅长运动，那天却为了不给班级拖后腿，强撑着跑到终点，然后整个人就虚脱了，脚下一个踉跄，摔倒在了赛场旁。再醒来，人已经在医务室了。

她还是觉得事情过于玄幻，没等再次确认，叶敬辞用肩膀撞了她一下："快，我一会儿还有个电话会议，下一个问题。"

尤嘉只好暂时放弃盘问，低头看备忘录："第二个问题，你们是谁先追的谁？"

话音刚落，叶敬辞就抢先道："当然是我追的她。"

他对着镜头，认真地说："以前念书的时候我就喜欢她，但是那会儿我一直以为她有男朋友，后来参加同学婚礼，知道她单身，我什么也没想，找到机会就先跟她告白了。"

这个答案就是这样，没有"争议"，尤嘉问下一个："第三个问题，你们婚前婚后有什么不一样吗？"

"我觉得还是有的。"她说，"婚前两个人的工作都比较忙，每天下班后回家都快十点多了，只有周末才能沟通一下感情。但是婚后，尤其是有了星星和闪闪之后，我们两个开始学习平衡家庭和生活的比重，每天会固定拿出两个小时陪家人。"

叶敬辞等她说完，想了想，一本正经地说："对我来说最大的变化可能是她对女儿的关注要比对我多，这一点我还是蛮吃醋的。结婚前，有时候周末我俩会去周边玩，现在基本都是陪孩子，就算出去玩也要带上两个拖油瓶，二人世界少了很多。不过今年情人节，我让岳母过来照顾女儿，然后偷偷在外面订了家酒店，给她准备了一顿烛光晚餐，那种浪漫的二人时光还是挺难得的。"

尤嘉失笑："我怎么听你的意思，你有点嫌弃星星和闪闪呢？"

"那没有。"叶敬辞立刻否认，"有两个宝贝小公主还是很开心的，一家四口是另一种幸福。"

正说着，玄关传来开门声，紧接着就是一串脚步声。

很快，书房的门被推开，星星和闪闪穿着漂亮的芭蕾舞裙出现在他们面前。

今天有舞蹈课，两个小姑娘因为喜欢芭蕾舞裙，下课后也不想换回日常的衣服。

"爸爸！"

"妈妈！"

叶敬辞和尤嘉同时回头，看见两只欢欣雀跃扑过来的小天鹅。

星星说："老师今天表扬我们啦！"

闪闪说："还给我们录了视频！"

尤嘉放下手机，笑着摸了摸两个女儿的小脑袋："跳舞好玩吗？"

她们异口同声道："好玩！"

尤嘉看了眼时间，起身说："妈妈带你们去洗澡吧，好不好？"

又是一声整齐划一的"好"。

然而和谐声音里突然传出一声不和谐的询问："视频还没录完吧？"

"下次有时间再录吧，她俩头上都是汗，现在不洗，一会儿洗完吹干头发，又不知道几点了。"尤嘉说完，头也没回，牵着两个小宝贝就去浴室了。

剩下叶敬辞一个人对着镜头，无可奈何地叹了口气。

他低头，看见尤嘉的手机，干脆拿起来看了眼备忘录，那上面还有几个问题，他大概扫了一眼，看到其中一个网友的提问笑了。

"这个网友问题挺多啊。请问，你老公有什么缺点吗？你俩平时会吵架吗？你是怎么做到让你老公对你百依百顺的？"

叶敬辞坦然面对镜头："我有缺点啊，比如我是慢性子，还有，我比较宅，周末喜欢在家里休息，我太太则相反，她喜欢出去玩一玩，找找生活的新鲜感，不过她有想去的地方我都会陪她。

"另外就是我比较理性，对周围环境的感知力也没有她那么敏感，准确来说，我们俩的性格比较互补。所以我们也会吵架，但不会大吵，而是冷静理性地向对方表达自己的观点，我觉得感情最重要的就是及时沟通，当然，要用恰当的方式。"

"至于我为什么会对她言听计从……"叶敬辞停顿了一秒，突然有些不好意思地抓了抓头发，眼角弯弯地说，"也没什么，就是因为爱她，所以我愿意无条件顺从她。"

他说完，起身冲镜头眨了下眼。

"这期视频到这里就结束啦，我要去给我家的三个小公主做晚饭了。朋友们，下期见。"

（番外完）

MEMORY
HOUSE